第四季

末日审判
Judgment Day

天机
Mysterious Messages

蔡骏 作品

陕西师范大学出版社

图书在版编目（CIP）数据

末日审判／蔡骏著. — 西安：陕西师范大学出版社，2008.6
（天机）
ISBN 978－7－5613－4057－8

Ⅰ.末… Ⅱ.蔡… Ⅲ.长篇小说—中国—当代 Ⅳ.I247.5

中国版本图书馆CIP数据核字（2008）第065566号

图书代号：SK8N0330
上架建议：长篇小说/畅销书

天机·第四季

末日审判

著　　者：蔡　骏
责任编辑：周　宏
特约编辑：张　奇
封面设计：门乃婷工作室
版式设计：利　锐
出版发行：陕西师范大学出版社
　　　　　（西安市陕西师大120信箱　邮编：710062）
印　　刷：北京市业和印务有限公司
开　　本：787×1092　1／16
字　　数：220千字
印　　张：17
2008年6月第1版
2010年3月第2版第1次印刷
ISBN 978－7－5613－4057－8
定　　价：24.00元

当穹苍破裂的时候，

当众星飘堕的时候，

当海洋混合的时候，

当坟墓被揭开的时候，

每个人都知道自己

前前后后所做的一切事情。

——《古兰经》（82：1—5）

前 情 概 要

　　一个来自中国的旅行团，在泰国北方的清迈旅行，一切都再平常不过，可冥冥之中他们的命运已被改变。

　　在陌生的村寨遇到"驱魔节"，吃了从未品尝过的美味"黄金肉"，这顿美餐让他们惹上鬼影般的"山魈"。从此，恶魔时时刻刻纠缠：大雨之中迷失方向，误入一条深深的隧道，发现一座群山环绕中的城市。

　　然而，整座城市竟然空无一人！

　　不是废墟。

　　这是一座华人城市，商店和楼房一应俱全，住宅里有各种家具和生活用品，甚至巨型广告上的刘德华也对着旅行团微笑。整座城市的居民，像突然被外太空入侵者劫持，消失得那样干净与匆忙。他们去哪儿了？为什么会消失？是什么力量在导演这出悲剧？

　　我们的旅行团被抛弃到陌生的城市里，每个人的命运联系在一起，不管是警官叶萧还是他的好朋友——大学历史教师孙子楚；不管是歌手还是美国的留学生；更不管是赫赫有名的私企老板还是自由自在的摄影师。

　　天黑了，暴雨滂沱，大家被迫在空城暂住一晚。

　　次日清晨，地狱大门如期开放，导游小方躺在天台上神秘死亡。司机决定开车带领旅行团离开这不祥之地，他在给汽车加油时，加油站却突然爆炸……

　　叶萧等人侥幸捡回性命，找到一辆汽车想离开空城，却在隧道里碰到塌方，出城道路被完全阻塞。无奈，旅行团只好分成几个小组去寻找生路。

　　整座空城应有尽有——银行、邮局、商店、警局、医院……这座叫"南明"的城市原本繁华和平，现在却一片死寂。

最大的问号浮出水面：2005年的9月，南明城遭遇了什么变故？

天机——不可泄露。

叶萧等人遇到一个神秘的年轻女生，身边跟着一条凶猛至极的狼狗——美女与恶犬吸引他们来到巨大的体育场又悄然消失。

那一夜，屠男在回到"大本营"后离奇死亡，成为这出悲剧的第三个受害者。

荼蘼花开的小院，神秘女孩再度出现，叶萧与顶顶将她捕获带回。谁都不知道她从哪里来，她也不肯说出自己的名字，只有美丽忧郁的眼神，让人既怜悯又怀疑：也许她是空城唯一幸存的居民。

子夜，楼下响起狼狗凶猛的嚎叫，那是神秘女生饲养的"宠物"。亨利、顶顶与黄宛然分别陷入噩梦与回忆之中，这是所有人的不眠之夜。

第三天，旅行团到城市周边探路，发现一座山间水库。另一组人来到南明城西侧，竟是一大片中国人的墓地，在这里，他们再次遭到山魈的突袭。城市中央有一个巨大的广场，矗立着太和殿式的"南明宫"，难道这是一个君主制社会？成立等人辗转至山间水库，游泳的玉灵遭到食人鱼攻击，在杨谋救援之下才死里逃生。

当晚，当其他人回到暂住地后，奇迹竟然发生，全城的电力供应瞬间恢复，光明重新降临沉睡之城。法国人亨利却神秘消失，他被某个预言吓到了——这个旅行团将进入一座奇异的城市，认识一个奇异的女孩，并受到永久的诅咒。

是成立修好了水库发电机。就在他立下大功时，却得知秋秋不是自己的亲生女儿。而妻子黄宛然竟和老情人——摄影师钱莫争旧情复燃。

清晨，秋秋对妈妈的这个新男人——也就是她的生父无法接受，一气之下逃向城市边缘，却意外地栽入鳄鱼潭中。两位父亲争着救女儿，当成立要抓住秋秋时，鳄鱼却死死地咬住了他。成立为了救他的"女儿"，用身体掩护秋秋，最终被鳄鱼咬成两段！

悲剧让这些人燃起更强的求生欲望，叶萧等人再次组成小组探路。穿过结束成立生命的鳄鱼潭，进入一条丛林中的小径。一个神话般的古老世界展现在众人面前，广场中央耸立着一座足以媲美金字塔的建筑，人们目瞪口呆地仰望这座千年前的高塔，拜倒在人类祖先的智慧脚下。

而另一面，留守大本营的人们正焦虑地等待。失去丈夫的黄宛然不知该如何面对女儿。杨谋的新娘唐小甜正等待她的爱人，但当她感到杨谋与玉灵之间的暧昧，活下去的勇气顷刻轰塌……

叶萧他们还在继续求生之旅。大罗刹寺宝塔的背面，是深入黑暗的甬道，石阶尽头竟然是分岔点——三扇门，每一扇门都意味着人类对命运的选择。生存还是毁灭成了未知数，生命就在这三道门中徘徊。

他们选择了象征"现在"的一扇门。门的尽头有一樽石棺，棺内是沉睡了八百年的灵魂——缺少头颅的白色骷髅。

就在大家争论之时，顶顶又发现了一个密室……令人绝望的是，密室的石匣中却刻着"踏入密室者，必死无疑"。

回去的路被塌落的石头堵死，还好他们发现石棺下的隧道通向另一个大厅。石柱上刻着：罗刹之国。

当大家得知罗刹之国的历史后，整座大厅却开始坍塌，人群在慌忙逃生中被分开。

几经辗转，其他人总算逃出宝塔。叶萧和顶顶却仍在地下迷宫转悠，成堆的尸骨连同盔甲挡在他们面前。

大本营的夜晚，唐小甜对杨谋彻底失望了，她不顾一切地跑了出去，等在门外的却是可怕的山魈……这个可怜的女人也死了，她是第五个。

绝望中，厉书和伊莲娜度过疯狂的一夜，醒来的厉书无法面对自己，但却发现了沉睡之城惊人的秘密——他逃向黑夜的深处，没人知道他去了哪里。

白昼来临，秋秋要把亲生父亲钱莫争推下楼去，母亲黄宛然及时喊住了她。虽然她说出了真相，女儿却无法接受。

另一个世界，叶萧和顶顶还在徘徊。罗刹之国，每个人都在思考生存的意义。按照昨天的路线，再次回到三扇门前。顶顶仿佛受了什么蛊惑，推开左边的过去之门，发现了罗刹之国八百年前覆灭的秘密。

同时，旅行团暂住的楼房神秘失火，秋秋趁大家慌乱时逃跑，冲向神秘的罗刹之国。她的母亲黄宛然，为救女儿在第十九层坠落……

她，是第六个。

叶萧等人告别罗刹之国，在回大本营的路上遇到厉书——他宣称已经发现沉睡之城的秘密。当与整个旅行团汇合，厉书要说出至关重要的秘密时，灯光突然熄灭，他却神秘地死去了。

厉书是第七个。

大本营被烧毁了，难道人们要露宿街头？这时一只白猫出现，引导大家来到一栋别墅面前，大家只好在这里暂住。

神秘女孩小枝随着大家住进新家，她是这群人里唯一知道这个城市发生了什么变故的人，于是被重点"保护"。她说一年前这里发生了"大空城之夜"，旅行团离沉睡之城的秘密接近了许多。

半夜，林君如发现孙子楚竟在梦游，当孙子楚被叫醒之后，便陷入了崩溃。

第二天，他们在城市边缘发现了许多年前的美军基地，又在南明电视台里，发现了大量可怕的影像资料——混乱、恐惧、人心惶惶，这全是一年前的"大空城之夜"。

同时，别墅外出现一个神秘的老人，小枝趁机逃了出去。

下午，叶萧等人出发去寻找小枝，却意外地遇到了法国人亨利。在追逐的过程中，叶萧与其他人失散了。

同一时间，顶顶在别墅里找到一本《马潜龙传》，解开了这座城市建立的秘密——二战后，中国远征军在泰国神秘山区，罗刹之国故址建立了这座城市，因为有金矿，使这里成为繁荣之城。他们与外界完全封闭，过着自给自足的生活。但桃花源中的人们也向往外面的世界，关于城市命运的冲突愈演愈烈……

在一座废弃的工厂前，大家发现了"鬼美人"蝴蝶，逃出别墅的小枝再度出现。杨谋受到"鬼美人"的引诱踏入"蝴蝶公墓"，失去了自己的生命。

他是第八个。

傍晚，叶萧闯入一个主题公园，在童话般的旋转木马上，他看到了小枝，心底滋生了一种若有若无的情感。

他带着小枝回到别墅，并发誓保护她。大家都已对小枝恨之入骨，旅行团发生内讧。

次日清晨，叶萧被迫带着小枝出逃，童建国拔枪紧追不舍，展开了惊险的生死追逐。

为了追捕小枝，童建国不顾一切地鸣枪示警，没想到一群闯入城市的大象发狂，踩死了正在河边钓鱼的钱莫争。

他是第九个。

叶萧也终于知道了部分实情——小枝本是这栋别墅家的孩子，父亲是考古学家，母亲是医生。一年前，父亲在罗刹之国的考古发掘中，接触了一种绿色液体，不久就神秘地全身糜烂而死。不久，全城的动物疯狂地攻击人类，一夜之间家园成为人间地狱，进而引发更深层次的社会危机，动摇了南明城赖以生存的基础。

可为什么"大空城之夜"全城居民一下子消失了？

旅行团幸存者们的命运究竟将如何变化？

沉睡之城里还隐藏着什么让你目瞪口呆的秘密？

所有这些谜底，在第四季——也是《天机》的大结局就能彻底解开！

目录

[CONTENTS]

你究竟是我的谁

原作：冈林信康（日本）

翻译：张承志

你的疼痛的深切，
我当然不能理解。
为什么我们离得远了，
其实一直是近在眼前。

是啊，我就是我，
我不能变成你。
就算你在那里独自苦斗，
我也只能默默地注视。

我们俩都经受着考验，
而我究竟是你的谁？
如果这世界将从此崩溃，
而你又曾经是我的谁？

是啊，我就是我，
我不能变成你。
就算你在那里独自苦斗，
我也只能默默地注视。

就是他！

我们旅行团的大巴司机。

这个在《天机》的第一季，整个故事的第二天就被炸死的人！

眼前的这个人是幽灵，还是另一场阴谋的开始？

司机面对叶萧惊恐万分，一直退到墙脚下动弹不得。他那胆怯的眼神已说明了一切，显然他是认识叶萧的，他知道自己不该出现在叶萧面前。

"你没有死？"

叶萧突然感到自己被欺骗了，大步靠近了司机，就像一头愤怒的公牛，要把犄角抵在敌人的心口。

两个人距离不到一米，叶萧大声喝道："告诉我！这一切是怎么回事？"

我们可怜的司机，干裂的嘴唇嚅动了两下，终于要开口说出什么秘密了……

此刻，某个遥远的声音再度飘入耳中——

劈开木头我必将显现，搬开石头你必将找到我。

死而复生的司机究竟将说出什么秘密？亨利为何会亡命天涯？小枝究竟是什么人？叶萧又即将发现什么真相？

请不要太着急，在即将到来的下一秒钟，《天机》的第四季也就是最后大结局的一季，将为你揭开所有不可解释的谜底。

14:11

2006 年 9 月 30 日。

沉睡之城。

在警察局旁边的一条死胡同里，我们旅行团的司机"死而复生"，背靠在一堵坚固的高墙之下，瑟瑟发抖地面对愤怒的叶萧。

"告诉我！这一切是怎么回事？"

司机怯懦地低下头，用简单的汉语回答："对不起，对不起。"

"说！"

"我不是故意的，全是因为——"

就当司机要说出什么话时，突然响起一声清脆的爆破声，紧接着他的额头上绽开了一朵花，许多鲜艳的花汁喷射出来，飞溅到与他面对面的叶萧脸上。

在爆破声响起的同时，我们的司机永远不会再说话了。

叶萧目瞪口呆地看着他，他那又黑又亮的额头上，美丽的花朵迅速被黑血覆盖，变成一个深深的弹洞。

司机并没有被加油站炸成人肉酱，而是被一发子弹打碎了头盖骨。

他死了。

而叶萧警官的脸上，已溅满了死者的鲜血，以及脑中浑浊的液体。

司机软软地倒地，脸上还停留着诧异的表情，仿佛在问："是谁杀死了我？"

他不是第二个，而是第十个。

半秒钟后，叶萧愤怒地转过脸来，双眼如鹰，扫视四周。这条断头巷的一边是院墙，另一边是警察局的四层楼房。

而杀死司机的那一发子弹，只有可能射自警察局楼上！

沉寂的瞬间，四楼某个窗户晃动了一下。

这如头发丝般细微的动静，却没能逃脱叶萧的眼睛。

他立即拔腿冲出小巷，飞快地跑回警察局里。

幸好，小枝还乖乖地留在底楼没有逃跑，当看到叶萧满脸是血的样子时，还以为他受了重伤，吓得几乎尖叫起来。

而叶萧根本顾不得脸上的血，只说了一句："待在这别动！"

他飞快地冲上楼梯，同时摸出腰间的手枪。

二楼走廊依然寂静，充满陈年的尘土气味，还有刑事卷宗的纸张霉味。他强压住心底的怒火，抑或夹有轻微的紧张，拧着眉毛依次检查每个房间，还留心楼梯的动静——他断定那个枪手仍在这栋楼里。

是一个危险的家伙。

叶萧不断告诫着自己，把枪举在身体的左侧，就连呼吸也降到最低程度，却无法抑制狂乱的心跳。

二楼并没有任何异常，他轻轻地走上三楼，职业的第六感告诉他，某种杀气正离自己不远。但仔细察看一遍之后，那个家伙并不在三楼，他还真是沉得住气，一直守在四楼等叶萧上来？也许，他并不知道叶萧手里有枪，以为可以轻易地制伏叶萧。

叶萧低头猫腰走上四楼，但无法确定对方藏在哪个房间。他在黑暗的走廊里没走几步，就感到一阵阴风从背后袭来。早有准备的他顺势蹲在地上，随后重重地挥出了一拳，便感到打在一个坚硬的物体上——那是一组强健的腹肌，居然鼓鼓地接下了他这一拳。

那人立刻急速后退，叶萧也举起枪大喝一声："别走！"

但没想到对面闪起一道红光，叶萧本能地低头闪躲了一下，同时听到一阵清脆的枪响，子弹贴着他的头皮飞了过去。

幸好这里光线昏暗，否则那么近的距离，叶萧早就头部中弹送命了。他缩在墙角开始还击，子弹被撞针冲击着爆破，瞬间冲出枪管射向黑暗。可以听到子弹击中墙壁的声音，同样也没有击中那个该死的家伙。

紧接着楼梯上响起一片脚步声，叶萧迅速举枪追了下去，一口气跑下几层楼梯，一直冲到警察局的底楼。这里的光线亮了许多，他清楚地看到一个黑色的背影，那人浑身都穿着黑色，甚至还有一副黑色的墨镜——黑衣人？

小枝却站在下面呆住了，叶萧大喝道："快趴下！"

同时飞快地瞄准对方，准星直指黑衣人后背又是一枪。但对方躲闪得奇快，子弹钻入了警察局的大门。叶萧只得继续追出去，但刚刚冲出警局大门，便感到对方回身抬起了手，直觉让他即刻趴倒在地。果然黑衣人手中一声枪响，子弹再度贴着他的头皮飞过。

自从多年前在云南的那次缉毒行动后，叶萧再没有经历过这种真刀真枪的交火，冷汗直冒。他卧倒在地还来不及瞄准，便又向对方射出了子弹。

同时他大胆地站起来，再一次举枪对准黑衣人，威严地喊道："不许动！"

烈日之下，南明城寂静的街道上，两个人终于站定不动了。

黑衣人身材修长，全身都是黑色的衣服，右手握着一把黑色的手枪。

就在空气即将凝固的刹那，黑衣人的手微微往上抬了抬。叶萧迅速开枪，正好击中黑衣人的手枪。

异常准确——只要准星稍微再偏一厘米，对方的手指就会被打烂。

此刻手枪掉到了地上，黑衣人的手却完好无损。他再也无法反抗了，如雕塑般站立在原地。

叶萧往前走了几步，以警官的语气厉声道："好了，你已经被捕了，请将双手抱在脑后，把身体转过来。"

黑衣人一动不动地停顿片刻，但叶萧明白对方能听懂中文，高声催促："快！否则我不客气了。"

终于，对方就像被捕的犯人，将双手老实地抱到脑后，缓缓地转过身来面对着叶萧。

阳光下的杀手——虽然戴着墨镜看不清楚，但毫无疑问是一张中国人的脸。

"把墨镜摘了！"

在叶萧的再次命令下，黑衣人乖乖摘掉了墨镜，露出一双狼似的冷酷眼睛。

他看起来三十多岁，身材修长而健美，样貌长得平淡无奇，只是表情出奇地冷漠。尽管面对叶萧的枪口，却似乎永远都不知什么是恐惧。

但是，叶萧有一种奇怪的感觉，眼前的这张脸竟似曾相识，像在什么地方见过。

黑衣人？

叶萧来不及动脑去回想了，只感到一阵轻微的头晕，赶紧大声问道："刚才是你杀了司机？"

黑衣人依然面无表情，好像聋子一样没有反应。

"回答我！"叶萧将枪对准了他的脑门，"YES or NO？"

"是。"

黑衣人用中文回答了，这个字简单而明确，一如他射出的子弹。

"为什么？"他用枪口顶了顶黑衣人的脑门，就像刚才那发打破司机脑袋的子弹，"你是谁？"

"我是我。"

这句废话更让叶萧勃然大怒。作为警官不能容忍犯人如此无礼，他必须要让这个家伙开口——尽管他连小枝的一句真话都套不出来。

突然，黑衣人原本没有表情的脸上，露出一丝奇特的神色，目光投向了叶萧的背后。

但这种小伎俩如何能骗得了人？叶萧明白自己只要稍微一分神，那家伙就会迅即夺枪反抗。

可让叶萧意想不到的是，自己身后真的有人。

她是小枝。

"放他走！"

小枝悄悄走到叶萧身后，说出了这句令人难以置信的话。

"什么？"

叶萧仍然紧紧盯着黑衣人，黑洞洞的枪口不敢松懈，唯恐被那家伙钻了空子。

"我说——放他走。"

"为什么？你疯了？他刚才杀死了我们的司机，也许他就是这里最大的阴谋。"

他不敢回头和小枝说话，只能继续用枪指着黑衣人。

"放他走——"女孩走到叶萧的身边，平静而干脆地说，"你那么快就忘记了吗？两个多小时前，你发誓要为我完成三件事情。"

叶萧当然不会忘记，他已指天发誓绝不反悔，无论如何要为小枝完成三件事——第一件事就是再吻她一次，至于后面两件事连小枝自己都不知道。

"这就是你要我做的第二件事？"

"没错，你必须履行你的誓言。"

他依旧举着枪，面对黑衣人苦笑了一声："你让我做的第二件事情，就是要我把这个杀手放走？"

"是的。"

"要我把这个刚刚杀死了一个人，又差点把我杀死的家伙白白放走？而他一定知道很多重大的秘密！"

叶萧的枪口在微微颤抖，牙齿几乎咬破了嘴唇。而黑衣人依旧面无表情，看起来并无突然反抗的迹象。

"是的，把他放走！"小枝还是回答得斩钉截铁，"我是说真的！难道你要违背自己的誓言？"

"不——"

叶萧痛苦地后退几步，与黑衣人拉开了两米的距离，但枪口依然对准他的脑门。

"放他走！"

小枝就像念经一样在他耳边念叨，让叶萧的精神几乎崩溃。他不敢再看黑衣人的双眼，他明白那双杀人的眼睛里，隐藏着对他的轻蔑与嘲笑。

终于，他闭上眼睛，扣下了手枪扳机。

又一发子弹呼啸而出。

小枝也闭起眼睛蒙住耳朵。

两秒钟后，当枪声还回荡在沉睡之城，小枝和叶萧再度睁开眼睛时，黑衣人却还好端端地站在眼前。

原来，叶萧刚才的那一枪，是朝着天空打出的。

黑衣人依然是那副平静的表情，随后对叶萧点了点头，不知是致谢还是蔑视。而叶萧的枪口已经垂下，无力的双手被地心引力控制着。

"再见。"

终于，黑衣人说出了第二句话，转头向街角飞快地跑去。

小枝也松了一口气，把手攀到叶萧的肩膀上。

半分钟后，当叶萧再度举起手枪时，黑衣人早已消失在十字路口了。

沉睡之城的烈日下，警察局门口的街道再度陷于寂静。叶萧长长地吁出一口气，冷冷地盯着小枝的眼睛。

"告诉我——为什么？"

沉睡之城，南明医院。

有的人永远沉睡，有的人刚刚被惊醒。

法国人亨利·丕平，慵懒地斜卧在医院大楼脚下，炙热的阳光洒在扭曲的四肢上，黑色的血依然在地面流淌，渐渐蔓延到童建国的鞋底。

他再也不会醒来了。

是的，童建国确认他已经死了。这个可怜的法国人亨利，从四层楼顶摔下来头部着地，当场脑浆迸裂而亡。

颤抖着放下死者的头，自从四天前亨利神秘失踪，童建国一直都没能找到他，没想到重逢竟是亲手送他下了地狱。

这几天法国人去了哪里？为何要悄悄逃离大家？又为何此刻出现在南明医院？他身上一定埋藏着许多秘密，或许比小枝身上的谜还要多，却随着坠楼而永远尘封于地下。

童建国单腿跪在地上，死死地盯着亨利的尸体。虽然，他曾在战场上杀死过不少人，但眼前的这个死人，却让他内心万分惊恐，好像已完全超出自己的掌控，落入另一个深不见底的陷阱。

也许，自己并不是猎人，而是别人的猎物。

他摇着头后退了好几步，不知该如何处理死去的亨利，索性跑回医院大楼里，躲避那利箭般的阳光。

在阴暗的走廊里，童建国低头冷静了几分钟，这才想起来这次的目的——寻找消除鱼毒的血清，以解救命悬一线的孙子楚。

他赶快又跑上二楼，依次检查了每一个房间，打开每一个藏着药品的柜子，又拿出每一瓶药，还有类似血清的包装，放到灯光下仔细查看上面的文字，花了二十多分钟却一无所获。他心急如焚地猛踹墙壁，再看时间已将近两点半了，不知道孙子楚是否还活着？

童建国飞快地冲上三楼，不放弃任何的机会。在查看了四五个房间后，他发现一块门牌上写着"医学实验室"。

实验室里有一台大冰柜，藏着很多血清和生物制剂。他兴奋地把这些东西都拿了出来，眯起眼睛看着每一个标签。终于在第二十个瓶子上，看到了一行文字"Constantine 血清（抗黑水鱼毒）"。

"Constantine？"

他别扭地读出了这行英文——没错，就是"Constantine"！

童建国一眼就认了出来。二十年前在金三角，他从曼谷请来一位德国医生，就是用这种"Constantine"血清，救活了深中鱼毒的老板儿子的命。

当年他亲手抄写过这串英文，所以脑中还有些模糊的记忆，再加上标签括号里"抗黑水鱼毒"几个字，让他更坚信了自己的判断。

尽管搭上了一条亨利的人命，但若能将鬼门关中的孙子楚救活，童建国也算是积下了阴德。

不过，冰柜虽然正在工作，但之前已停电一年，不知这瓶血清是否还有效？还好贮藏的地方阴暗潮湿，估计温度也不会高到哪儿去。他兴奋地抱起血清，找了一些废纸将其包裹起来，小心地塞在自己衣服里。

在带着血清离开实验室前，童建国突然神经质地一哆嗦，打开窗户将头伸出去，想要再看看楼下法国人的尸体。

没有尸体。

他一下子还没反应过来，使劲眨了眨眼睛再往下看，楼底下一片阳光灿烂，却没有任何尸体的迹象。

瞳孔刹那间放大了许多，后背的冷汗全冒出来了，他扒着窗口紧盯楼下——毫无疑问，就是大楼的这一边，对面的停车场还有绿化带，他都记得清清楚楚，就是不见了刚才的尸体！

他面色煞白地将头缩回来，用力敲了敲自己的脑门——不！绝对不可能记错的！就在不到半个钟头前，他亲眼看到亨利摔死在地上，千真万确不会有假！

深呼吸了几下，童建国揣着救命的血清，飞奔下医院的三层楼，急匆匆地冲到大楼外面。

偌大的一片空地，白晃晃的阳光照射着一切，不要说一具大人的尸体，就连死苍蝇都不见半个。

他低头仔细查看地面，居然连那一大滩血迹都不见了！

半个钟头前，在法国人亨利的尸体底下，明明流出了很多可怕的黑血，现在连人带血都在阳光下蒸发了。

童建国感觉这是比杀人更大的恐惧，浑身颤抖着后退半步——难道刚才的一切都是幻觉？自己根本就没遇到什么人，也没发生大楼外墙和天台上的追逐，更没有那致命的一枪，当然也不会有摔死在楼底的亨利！

不，这不可能！

一切都可以怀疑，但童建国绝不会怀疑自己！他确信自己的记忆不会错，三十分钟前经历的那些事情，全部都是真实存在的，亨利的确摔死在了楼下。

如果一定要拿出什么证据的话，他抬起自己的鞋子，果然在鞋底发现了残留血迹——刚才他站在这里，鞋底沾到了亨利流淌出的鲜血。

至少鞋子不会撒谎！

童建国总算吁出一口气，确定不是什么幻觉了，亨利百分之百是死在了这里。根据他多年的战地经验，是不可能把活人死人判断错误的——无论是动脉呼吸还是瞳孔，童建国都可以替代医生宣布亨利的死亡。

可是，为什么尸体不见了呢？

一朵乌云缓缓地飘过天际，暂时遮挡住了太阳，童建国的脸藏在阴影里，牙关颤抖着。

难道在天机的世界里，真的任何事情都可能发生？法国人亨利也可以死而复生？

14:30

　　太阳被一朵乌云遮盖，阴影掠过小枝无情的脸庞，在叶萧眼底已失去了所有颜色。

　　"告诉我——为什么？"

　　几分钟前，黑衣人彻底消失在沉睡之城的街道尽头。而不远处的小巷，还躺着旅行团的司机的尸体。叶萧端着一把手枪，脸上残留着不少鲜血，仿佛刚从杀戮战场归来，骇人地盯着小枝的眼睛。

　　"你只需要完成。"小枝仍没有任何表情，就与刚才冷酷的黑衣人相同，"完成我要你做的事就可以了，我可没说过我必须要告诉你理由。"

　　"是的，我绝不会违背我的承诺，但你也不能这样利用我的承诺！你知道那个家伙刚刚干了什么？"

　　他将小枝拖到旁边的小巷，径直走到那堵高墙下面。司机正躺在血泊之中，额头绽开一个大洞，苍蝇们聚拢在尸体上会餐，它们很快就将产下蛆卵。二十岁的女孩捂住嘴巴，不敢再看这血腥的一幕。

　　"这就是我们旅行团的司机！我本来以为他早就被炸死了，却重新出现在这里，让我看到了逃生的希望。就在他要说出所有秘密时，却被藏在警察局楼上的黑衣人一枪打死了！"

　　"我明白。"

　　小枝厌恶地皱着眉头，却又假装轻描淡写地回答，接着转头避开叶萧的目光。

　　"看着我！"他一把将小枝扭了回来，威胁似的举起手枪，紧盯着她那看似无辜的双眼，"你究竟是什么目的？你跟那个黑衣人是什么关系？你是不是本来就认识他？是不是怕他泄露了你们的秘密，所以要我把他放走？"

　　她摇着头走出躺着尸体的小巷："我不需要回答你这些愚蠢的问题。还有——当心你的手枪走火！"

　　"你太让我失望了。"

　　叶萧把手枪塞回腰间，嘴唇颤抖着喃喃自语——他想起昨天傍晚的旋转木马，在城市主题乐园诡异的灯光下，紧紧抱住这美丽女孩时的情景，好像她就是自己的洛丽塔，那不可抗拒的生命之火、欲念之光、命运之唇……还有当所有人都怀疑她时，却是他不顾一切来保护她，放弃了警官的理智和尊严，甚至与童建国以命相搏……今天早晨那惊心动魄的逃亡，让平日抓惯了贼的叶萧警官，第一次感受到了被人追捕的滋味，还几次三番险些葬送了性命……

该死的！这一切都是为了什么？为了眼前这个"欧阳小枝"？天知道她究竟是什么人？天知道她干吗要跑到这里来？几个小时前的心跳和温柔，此刻正渐渐地飘散到空气中，仿佛一个好端端的花瓶，瞬间被砸得粉碎，化作尘土。

胸中像被什么抽空了，这感觉竟是撕心裂腑，叶萧痛苦地摇着头，不敢再看小枝的双眼，似乎只要看一看就会中毒，坠入万劫不复的魔法深渊。

小枝也真切地感到了他的情绪，像做错事的小孩锁起眉头，低声细语道："对不起，对不起。"

"我不需要你的道歉！"

他刚刚想发泄出一腔怒火，可怒火却又被强行塞回肚子里。

郁积的苦闷在心底反复酝酿，化做自我毁灭的惆怅，声音转而变得低沉缓慢："我只要知道你的原因，为什么要我放走黑衣人？"

"不——"小枝无法回避他的目光，神情变得有些憔悴，带着些许的歉意和忐忑，"我不能告诉你，至少现在不能。"

叶萧无奈地仰天叹了一声，"也许，我真的看错你了。"

"别，请别这么说。"

她的语气里也带着酸楚，好像藏着许多难言之隐，但此刻再也无法让人相信了。

"我以为我可以信任你，我甚至觉得我可以——"

但他再也无法说出那个想法了，他觉得自己是那么的幼稚，不像本该成熟的二十九岁的男人。

"喜欢我——并且——爱我！"

小枝代替他说出了他心底无法说出口的想法。

叶萧却为她的大胆所害怕，尴尬地后退了几步，转头回到了警察局大楼里。

空旷的警局大厅，仍弥漫着灰尘和腐烂的卷宗气味，他找了一张还算干净的椅子坐下，看着小枝缓缓走到他身边。

"不要再和我说这种话了！"

他挤出厌恶的表情，随后难过地低下了头。

不要再有那些愚蠢的想法了，叶萧为自己的幻想而悲哀，怎么会输在这个二十岁的女孩手上？或许她真是一帖美丽的毒药，一旦中毒就再也无药可救，只能等待毒发身亡同归于尽的那一刻。

还是想想自己现在的处境吧，从进入天机的世界起到今天，仅仅只过去了六天而已，但算上死而复生再度复死的司机，旅行团已经死去了十个人——超过半数的人已葬身于沉睡之城，活着的只剩下九个人，他们的生命还余下几天？抑或多少个小时呢？

思绪又回到刚刚惨死的司机身上，明明在五天之前的 9 月 25 日，他就已经在加油站被炸成碎片了，为何又再度完好无损地出现了？

但有一点叶萧可以肯定——幽灵不会再死第二次！

所以，被黑衣人一枪击毙的司机，肯定逃过了五天前加油站的大爆炸，或者那根本就是一出设计好了的骗局？

脑中如大幅的电影屏幕一般，反复播放着加油站爆炸前的瞬间——当时叶萧和钱莫争、孙子楚还有司机，四个人坐大巴来到加油站，发现杨谋和唐小甜夫妻俩也跟了过来。很快唐小甜发现小巷里有个人影，后来证明那个人影就是小枝。孙子楚与钱莫争也被吸引出了加油站，当他们五个人向小巷追去，叶萧即将看到小枝之时，加油站突然发生了爆炸……当时只有司机一个人还在加油站里。

叶萧又一次开始职业性的推理——司机很可能使了什么小手段，比如引线之类的东西，趁着其他人在马路对面不注意的时候，就偷偷躲到很远的地方，然后再引爆了加油站。

当旅行团的大巴被炸上了天，整个加油站以及附近的建筑，全都化为灰烬的时候，没有人会怀疑司机已被炸成了肉酱！

何况天上又掉下来一只断手，自然会被认定是倒霉的司机的手，叶萧还把那只断手带回了旅行团。

现在回头再想想，要弄一只断手其实也很容易，比如从清迈的医院里买一条刚截肢的胳膊，甚至是活生生砍下某个可怜人的手，等到加油站爆炸快结束时再扔出去。

就是这些小伎俩，居然骗过了所有人的眼睛，就连警官叶萧也不能幸免，想到这他就捏了自己大腿一把。

但他又转念一想，当时加油站爆炸的时候，其他在场的人也是非常危险的，除非司机想把大家全都炸死，否则他又怎么保证不伤到别人呢？

关键点就在于那个影子，把所有人都吸引到了马路对面。就在叶萧等人一齐追出去，离开加油站有数十米远，保证一定的安全距离时，加油站才"精确"地发生了爆炸。

而那个影子就是小枝！

当时小枝的突然出现，并不是为了救大家的命，而是故意要把他们引过去，之后才会引爆加油站！

于是，他得出一个可怕的推理结果——小枝是司机的同案犯？

他结束漫长的凝思，站起来大喝一声："该死的！"

然而，警察局大厅里空空荡荡的，除了叶萧之外再也没有一个人影。

小枝再一次消失了。

同一时刻。

在沉睡之城的另一侧，十字路口的街心花园里，黑色的铜像依然威严地矗立。

就在雕像地下的五米深处，秋秋好奇地看着金属的舱壁，头顶和身边穿过许多条管道，复杂得像人体内的血管，输送着奇怪的气体和液体。

她用力敲了敲一扇舷窗，厚重的金属外壳保护着窗口，但坚固的玻璃外一团漆黑，没有想象中的深海鲨鱼。

"这真的是一艘潜艇吗？"

十五岁的女孩好奇地问道，她不同于班里的其他女生，倒是一直喜欢看男生们的书，比如两次世界大战的各种武器，最爱看的小说则是凡尔纳的《海底两万里》。

"没错。"

鹤发童颜的老人应声道，他笔挺地站在秋秋的身后，如同六十年前海底的潜艇指挥官。

秋秋依旧不解地问道："可为什么这么安静呢？潜艇里应该充满着各种噪音。"

"因为这是一艘世界上最安静的核动力潜水艇。"

他从头顶抓下一个黑色的圆筒，把眼睛放到观察镜似的东西前，又不断地调整着观察角度，转动类似光学相机的变焦器。

"你在看潜望镜吗？"

"秋秋，你真是个聪明的女孩。"老人抚摸着她的头发，轻轻笑了笑说，"你也可以来看看。"

"真的吗？"

女孩兴奋地跳了起来，老人又把潜望镜调整到适合她的位置，指导秋秋把眼睛放上去。

一个与照相机镜头相仿的世界，圆形的空间里画着十字刻度，却没有见到波涛汹涌的海面，也没有樯橹如林的敌舰，却是一片沉睡着的城市。

刹那间，她吓得后退了一大步，转头看着旁边的老人。

"你可以继续看。"

在他柔和的鼓励声中，秋秋又把眼睛放到潜望镜前，原来镜头是俯瞰的视角，好像站在上帝的角度看世界——她也仿佛站在数百米高的云端，低头俯视着整座南明城。云朵已压得越来越低，对面的山峰几乎与自己平行，往下就像一个巨大的脸盆，无数灰色的建筑矗立其中。这是梦幻般的城市，曾经的桃花源与伊甸园，一度变成遭天谴的所多玛城，静静地沉睡了整整一年，却已被一群不速之客唤醒。

秋秋激动地看着潜望镜里的世界，尽管她知道自己并不是上帝。她看到了自己也在这城中，看到了她的妈妈黄宛然，还有成立和钱莫争。他们走在沉睡的街道上，每个人的手里都捧着一本书，封面上印着"天机"两个字。

这两个字发出金色的光芒，让她刹那间有些晕眩，立刻从潜望镜前倒了下来。幸好老人坚实的大手牢牢地托住了她，很快又让十五岁的女孩站了起来。

"这是什么潜望镜？你让我看到了什么？"

她满腹疑惑地后退几步，后背撞到了潜艇的舱壁。

"天机的世界。"

老人的这句话让秋秋更为疑惑，她触摸着身后凹凸不平的金属，还有那些看似渗透着海水的铆钉，宛如置身于五百米深的海底，被一大堆女妖头发似的海藻缠绕着。

几十分钟前，她还在南明城的阳光下，被这个神秘的老人从阴沟里救起，跟随他走到街心花园。雕像后隐蔽的绿地，突然裂开一条深深的地道。她小心翼翼地走下去，地道四周变成了金属，如一条秘密的舱道。她跟着老人走进一扇隔水舱门，马上又把舱门关紧，好像随时都会有海水涌进来。她发现了一个潜艇的世界，狭窄的圆筒状金属艇壳内，布满各种管道和舱门。走进鸽子笼似的艇员休息室，艇长的休息间最明亮舒适。还有长条形的鱼雷发射舱，密布航海与通信设备的指挥舱，是她熟悉的二战电影里的场景——U571还是海狼号？

她暂时忘却了中午的痛苦，惊奇地欣赏着这艘潜艇。每一个部件都要亲手触摸，似乎能嗅到海水和机油的气味。

最后，老人告诉她潜艇的名字叫**"诺亚方舟"**。

"这艘潜艇会带着我们逃出去吗？"

"不，我们逃不出去。"

这句决绝的话让秋秋失望，但她本来就不抱什么希望，耸耸肩说："没关系，我不在乎，如果能够永远留在这里，我倒是很乐意。"

"你只有十五岁，你不应该死在这里。"

"所以，你才把我从阴沟里救起来？"女孩咄咄逼人地问道，但随即低头柔声道，"谢谢你救了我。"

"也许是这个原因吧。"

老人的语气忽然变得惆怅，他坐在指挥舱里艇长的位置上，看着电子罗盘表上的变化。

"这里很舒服。"秋秋又在狭小的艇身里逛起来，"可是潜艇通常都很闷热，封闭的环境会让艇员承受巨大的精神压力，甚至会变得歇斯底里。"

"你果然看过很多这方面的书，但这艘潜艇很特别，它与众不同。"

"是的，是非常特别——比如我只看到你一个人，我的艇长。你手下的潜艇兵呢？"

"他们都死了。"

他平静地回答，拉直了那身绿色的衣服，仿佛仍在指挥他的艇员们。

"只有你一个人活了下来？"

"不，还有其他许多人，但现在这里只有我。"老人缓缓地走进生活舱，打开一个微型冰箱，"你一定口渴了，要吃水果吗？"

"你这里还有水果？"

她着急地挤到冰箱前，里头果然塞满了各种水果，有香蕉、芒果、椰子、木瓜……几乎所有的南方水果都在里面，好像开了一个水果铺子。女孩已经一周没吃过新鲜食物，更别提眼前这些琳琅满目的水果了，今天早上还因为营养不良而晕倒。

秋秋赶紧拿出一串香蕉，急吼吼地剥开来就吃，果然非常新鲜，像是刚刚从树上摘下来的。她又品尝了芒果和木瓜，老人为她端来一大杯刚榨好的椰子汁，这下让女孩彻底吃饱了。她摸着肚子说："谢谢你的水果！真是太神了，都是从哪来的呢？为什么我们一直没有找到？"

"这又是'天机'哦。"老人神秘地笑了笑，却摸着女孩的头发叹了口气，"可怜的孩子。"

这又引起了父母双亡的秋秋的惆怅，她低头倔强地说："对不起，我不需要别人的可怜。"

"是的，孩子你不需要别人的可怜，你只需要自己救自己。"

但她更加地忧伤了，"这就是我的命运吗？"

"不，命运不是别人为你安排好的，命运是你自己走过的路，遇到过的人，经历过的事，所有这一切走过之后，才是你的命运。"

老人语重心长地对她说道，忽然有些像课堂上的老师，抑或布道的传教士。

"也许——"秋秋撇了撇嘴，深吸了一口气，"你说的对。"

"我刚才给你吃了水果，你现在要给我报酬了。"

"什么报酬？"

女孩倒也即刻警觉起来。

"告诉我——外面的世界现在怎么样了？"

"外面的世界？泰国？中国？美国？"

老人点了点头，又给她榨了一杯新鲜的椰子汁："是的，整个世界，告诉我。"

"让我想一想——"秋秋喝了一大口椰汁，脑中播放着过去半年来的新闻，"黎巴嫩和以色列爆发了战争！"

"终于又打了。"他苦笑了一声，紧紧捏起拳头说，"战争，又是战争，我已厌倦了战争！"

"印度和巴基斯坦大地震。"

"生灵涂炭了吧。"

秋秋又想回到了国内："东方卫视搞了'加油好男儿'！"

"这又是什么？"

"哎，这是奶奶喜欢看的，爷爷可不喜欢呢。对了，今年夏天还有德国世界杯。"

"巴西卫冕冠军了吗？"

"不，意大利人在决赛赢了法国。"

老人闭起眼睛点点头，"这倒也不错。"

"但这次世界杯让我印象最深刻的，是黄健翔在意大利和澳大利亚的比赛上说——**你不是一个人在战斗！**"

这句话让老人听得云里雾里，只得摇摇头说："没有爆发第三次世界大战就好！谢谢你告诉我这些。"

地底的潜艇忽然沉默下来，好像真的葬身于海底了。秋秋静静地侧耳倾听，像在等待深海的巨鲸路过。

突然，她大胆地打破了寂静："你一个人在这里，不觉得孤独吗？"

"是的，我很孤独。"老人叹息了一声，抚摸着潜艇的管道说，"其实，从我年轻的时候起，我就是非常孤独的，从来没有感到过真正的快乐。"

"到今天依然如此孤独吗？"

他停顿了片刻，一下子苍老了许多，**是更加孤独。一个人在地底，没有白天，没有黑夜，只是静静地等待。**"

"等待什么？"

"末日审判。"

老人的回答斩钉截铁，仿佛已看到世界末日的来临。

"那你能不能告诉我——什么是孤独？"

十五岁女孩的这个问题，已远远超出了自己的年龄。老人似乎也从未考虑过这个问题，居然长长地思考了足足一分钟，才缓缓地回答——

"渴望爱与被爱。"

15:00

伊莲娜从地狱深处醒来。

睁开眼睛之前，只感到身体在麻木的同时，还发出剧烈的疼痛。她无法找到疼痛的来源，就像黑暗海洋上的帆船，难以避开触礁的危险。

她想要挣扎着站起来，双手和双脚却更加疼痛难忍，整个身体只能猛烈地颤抖，却无法移动半寸。

终于，眼皮艰难地撑起来，头顶的日光灯昏暗了不少，仍然是这间狭窄的密室。

刚刚做完一场噩梦，回到特兰西瓦尼亚的荒原中，回到那座坍塌了的古老城堡中，见到了十五世纪的德古拉伯爵，并亲吻了他血红色的性感嘴唇。然后，伯爵的獠牙渐渐生长出来，咬住了她的白嫩的脖子，深深插入她的颈动脉中，瞬间吸干了她全身的鲜血……

噩梦中惊醒的她，已完全失去了时间概念，以为在这里被困了几天几夜，以为忘却了饥饿与干渴，唯一的感知就是恐惧，从四周墙壁汹涌而来的恐惧。

"亨利！"她这才想起自己是怎么来到这里的，便用英语声嘶力竭地喊起来，"你这个混蛋，赶快把我放出去！快！"

但唯一能听到这声音的，只有伊莲娜自己。

她的上半身呈 45 度角的状态，正好看到对面有一台电视机，居然还是中国的品牌，29 英寸的康佳。

电视机并没有亮着，不知是何时被搬到密室的，她狐疑地张望四周，却没有发现其他可疑情况。她继续猛烈地挣扎着全身，但捆绑着她的皮带却越收越紧，使她痛不欲生，不得不停了下来。

突然，伊莲娜发现右手边有个遥控器，手指正好可以够着遥控器的按钮。

管它定时炸弹还是救命天使，伊莲娜顺势按下遥控器，没想到电视机居然亮了。

"HELLO！"

电视机喇叭同时发出一个略带沙哑的男声，电视屏幕在闪过一片雪花之后，画面渐渐清晰了起来。

一个男人出现在屏幕上——亨利·丕平。

这张脸让伊莲娜立即安静下来，她紧紧咬住双唇，看着电视机里法国人的双眼。

亨利的眼神充满疲惫，镜头里只有他的脑袋，脸颊布满灰色的胡须，往下是脏兮兮的衬衫领子，背景是一块猩红色的幕布。

"嗨，伊莲娜，你现在感觉舒服吗？"

喇叭里传出亨利的声音，又是法国口音的英语，散布到狭窄的密室之中，伊莲娜只感到耳朵里嗡嗡作响。

"舒服个屁！"

她无所顾忌地大骂起来，想出了英语里所有肮脏的词汇，甚至还包括这几年学来的中国脏话——通常是问候对方女性亲属和祖先的。

"我知道你一定会骂我的。"

屏幕里的亨利停顿了一下，皱起眉毛直勾勾地盯着镜头，而伊莲娜猛烈兼亲切的"问候"，也在瞬间戛然而止。她立刻了安静下来，仔细观察着电视机四周，是否有摄像头之类的东西，说不定亨利正在哪里监视着她。

但还没等她扫视，刺耳的法式英语又开始了，"对不起，我只能用这种方式来表达，因为我比你更加恐惧，不敢面对你说出某些真相。"

伊莲娜还没问真相是什么，亨利就说下去了，"我承认，我欺骗了你们，我并不是巴黎大学的教授，也不懂什么东南亚的宗教艺术，以前从来没有来过泰国——对不起。"

他只停顿了两秒钟，根本不给伊莲娜插嘴的机会，继续说道："非常抱歉，从你们见到我的一开始，我就没有说一句真话。这些天来我一直充满了罪恶感，上帝一定会惩罚我的谎言，而现在我就有这种预感，上帝的惩罚即将应验于我身上。"

"活该！"

伊莲娜终于爽快地冲出一句话来。

"还记得第一天发生的事情吗？"亨利却在她出声的同时说道，"你们的大巴行驶在山间，突然发现我躺在公路上，全身受伤、昏迷不醒。我被抬到了你们的车上，你们又发现路边的山沟底下，刚刚翻下去一辆旅游大巴，紧接着坠崖的大巴就爆炸了。很快你们就迷失了方向，误入隧道而闯进沉睡之城。当晚，我在你们的照料下醒了过来，告诉你们我的名字叫亨利·丕平。"

他又苦笑了一下，"这是真的！就是我的真实姓名，我还说我是一个法国旅行团的成员，大巴在经过那段山道的时候，因为轧死了一条狗，与一个老太婆争执了起来，然后就遭到了她的诅咒。不久大巴发生了意外，刚刚打开车窗呕吐的我，正好被甩到了公路上，而其余的人则随着大巴，一同坠入了深深的山沟里。"

还没等伊莲娜说出"这些都是假的？"时，法国人便说出了相同的话："其实，这些都是假的！那辆坠入悬崖的大巴，里面根本一个人都没有。而我也不是什么旅行团成员，我身上的伤口全是事先准备好的，都只是皮肉伤不会有大问题。至于昏迷不醒可不是装的，我事先吸入了一种气体，八小时内会自动醒来。"

"阴谋家！"

伊莲娜在心底咬牙切齿，恨不得马上挣脱开绳子，把电视机里的亨利挖出来。

"很抱歉，我现在才把这些说出来。但和你们在一起的几十个小时里，我每时每刻都提心吊胆，尤其当我得知导游的死亡之后，已完全超出了我的准备和想象。我实在难以面对你们，又要被迫编出谎言来欺骗——比如我的巴黎大学教授的身份，还有吴哥窟中对你们的预言等，全都是些无稽之谈。"亨利忏悔地叹息了一声，镜头里的脸色愈加苍白吓人，"直到四天前的晚上，我再也无法忍受下去了，便趁乱逃出了你们的旅行团。然而，我才发现一开始就错了！我的命运已不再被自己控制，一旦踏入这座该死的沉睡之城，就没有办法再走出去了！"

说到这儿，他突然低下头，把脸埋在自己的双手之间，电视机屏幕上只见他颤抖的肩膀，许久他才重新抬起头来，两个眼眶都变得红红的，似乎有泪水要流下来。他对着镜头大喊道："上帝啊！我不敢……不敢……不敢再面对了……我只能像一条无家可归的流浪狗，躲避着你们也躲避着死亡，在沉睡之城的黑暗角落里游荡。昨天中午我几乎被叶萧抓住，这是最后时刻即将到来的预兆！今天上午我又意外地遇到了你，但我无法直接告诉你一切，只能通过这台该死的电视机，说出这些应该下地狱的话。"

"天哪，你究竟是什么人？"

伊莲娜已经放弃了挣扎，反而对电视机里的亨利，有了一丝微弱的同情。

"我知道你接下来会问什么问题。"法国人擦了擦脸上的泪水，满眼通红地说，"我是个刚刚失业的话剧演员，整夜落魄在巴黎的小酒馆里。一个月前的晚上，有个神秘的黑衣人来找我，将稀里糊涂的我带到了机场，塞进私人小飞机，几个小时就飞到了美国。黑衣人带我登陆一座孤岛，在一个宫殿般豪华的别墅里，我见到了那个人——但我当即昏迷了过去。当我醒来以后，发现自己躺在一间密室之中，手脚都被皮带紧紧地捆了起来。当时，我吓得差点小便失禁，不顾一切地大喊救命却没有用。密室里有一台破旧的电视机，屏幕里出现一个戴着面具的人，他告诉我现在有一个机会，可以彻底改变我的人生。我的选择非常简单，要么得到一张百万美元的支票，并成为全世界瞩目的人物，要么在巴黎街头流浪下半辈子！"

这下伊莲娜总算明白了——同样是密室，同样是捆绑，同样是电视机——亨利是把别人对付他的办法，再改头换面来对付自己！

她又在心底对亨利咒骂了几十遍，但电视机里的画面却突然停住了，亨利也定在那里一动不动，那龇牙咧嘴的表情令她万分厌恶。

怎么回事？是电视机出毛病了吗？伊莲娜又伸出手指，在遥控器上随便按了一下。

刹那间，电视机发出骇人的响声，紧接着就突然爆炸了！

显像管和塑料外壳的碎屑向四面飞溅，密室里的灯光转瞬熄灭，整个世界沉入无边的黑暗。

伊莲娜的心脏几乎也随之爆炸，同时嘴巴里发出恐惧的惨叫……

地狱就在脚下。

他的名字叫×。

他穿着一身黑色的衣服，还有黑色的裤子，黑色的运动鞋，里面是黑色的衬衫和丝巾。他甚至重新戴上了黑色的帽子，以及黑色的大墨镜，加上天生的黑色头发和眼球，只有皮肤是接近古铜色的。

他穿过一条黑暗的通道，只有尽头射出昏黄的廊灯。他还拖着一个沉甸甸的物体，重量甚至要超过他自己的体重。但他的体能和臂力都大得惊人，双手紧紧夹着一个僵硬的脖子——当然不是他自己的脖子，而属于另一个可怜的男人。

没错，他正在搬运一具尸体。

×的动作依然很艰难，毕竟是七十多公斤的分量，何况现在真的是"死沉死沉"。他只能夹紧死者的颈部，任由尸体的双腿拖在下面，摩擦着布满灰尘的地面。

尸体还残留着一丝温度，但浑身的关节都已僵硬了，×感觉自己像在搬运一块沉重的木头，每走一步都会付出更大的力气。

终于，他来到了那扇铁门前。

门缝里漏出几丝白色的光线，还有一层白色雾气弥漫出来。×有力的肩膀撞开铁门，顺势将尸体拖了进去。

这是个白色的大房间，一进去就感到寒气逼人，头顶射下白色的灯光，宛如来到了西伯利亚。房间里有许多金属的柜子，他随意地拉开其中一个，里头便出现一具腐烂的尸体。

朋友们请不要害怕，这里只是医院的太平间，不会有鬼魂作祟。

×掏出一块白色的口罩，将自己的嘴连同半张脸遮挡起来。他拉开其他的金属抽屉——这些都是贮藏尸体的器皿，里面一个个躺满了尸体，有的面目安详却早已腐烂；有的干脆只剩下骨头了；有的本身就血肉模糊，估计是因为严重的外伤而死。

医院已经停电一年时间了，几天前才恢复了电力和冷气，重新成为冰凉的太平世界。这些尸体能保存到这个程度已属走运。

他冷静地看着这些柜子里的人，只有在这个房间里才能一切平等。没有大老板没有公务员没有打工仔更没有流浪汉，全都化为一具具冰凉的躯壳，等待归于尘土的那一刻，因为我们本来就来自尘土。

×这辈子已见过很多死人，他继续拉开太平间里的柜子，终于发现最后一格是空的。

他回头看着拖进来的那具尸体，仿佛这个空荡荡的金属大抽屉，就是为这个可怜的家伙准备的坟墓。

"再见！"

心底默念了一句，便将沉甸甸的死者拖过来，好不容易才全部塞进柜子。

虽然在冰冷的世界里，×的背后却已布满汗水，再也不顾上刺鼻的尸臭了，他摘下口罩猛喘了几口气，最后看了一眼死者的脸庞——这是典型的法国人的脸，欧罗巴人种阿尔卑斯类型，半边脸上残留着大片血污，两只眼睛睁得大大的，高高的鼻梁似乎折断了——刚才头朝下被拖在地上，很可能磕到突起物。

你猜对了，死者的名字叫**亨利·丕平**。

五十分钟前，这个可怜的法国人，从医院的楼顶坠落下来，颅骨粉碎性骨折当场送命。

十五分钟前，×疲惫不堪地来到医院，在楼下发现了亨利的尸体。他火速将这具尸体拖进大楼，又找来拖把抹布等工具，火速将水泥地上的血迹擦拭干净。在确信不会留下死者的痕迹后，他将亨利拖向走廊的尽头，费尽力气才来到太平间里。

×停顿了几秒钟，便合上死者惊恐的双眼，将大抽屉塞回到金属柜子里——永别了。

他仰头看着太平间的天花板，心想若是有一天自己能躺在这里，而不是臭水沟或者灌木丛抑或建筑工地甚至尸骨无存，已经算是这辈子最幸运的事了。

于是，他捏起鼻子拍了拍金属柜子，对埋葬在抽屉里的亨利说："你真走运！"

他突然听到一阵悉悉索索的声音，屏着呼吸走了过去，在太平间另一头的角落里，隐隐有个影子在晃动。

世界上没有死而复生的人，更没有什么不散的鬼魂——×始终都坚信这一点。他刚刚冲到墙角里，果然看到一个黑影窜了出来，擦着他的裤脚管飞奔了过去。

回过头才发现，那只是一只黑色的大猫。他扑上去跺了跺脚，黑猫便钻出太平间的缝隙，消失在阴暗的走廊里了。

他没有接着冲出太平间，而是在门口停下了脚步，眼前却依旧是那只大猫的影子——它是自己的猎物，或者自己是它的猎物？

但在一个小时前，做惯猎手的×确实做了一回猎物，这回猎手换作了叶萧。

虽然，已不是第一次与叶萧面对面，但在警察局外的烈日之下，看着那双愤怒而冷竣的双眼，还有浑身爆发出来的杀气，仍然使自以为无所畏惧的×，发觉了心底油然而生的恐惧。

原来自己还有害怕的时候——这一点才是真正让他感到害怕的。他闭上眼睛靠在太平间的墙壁上，冷气正从四面八方包围着他，像蚕茧缠绕着蛹子一样。他发觉自己的体温逐渐降低，呼吸越来越困难，心跳也在慢慢地放缓，直到再也难以跳动为止。

就像叶萧顶在他额头的那支手枪。

× = 黑衣人

除了皮肤以外全身都是黑的，就连档案也是漆黑一团——因为他从来都没有过档案，也没有真正的身份和护照，没有被任何国家的政府登记过。他就像一团空气一个幽灵一声叹息，他只剩下一个符号：×

当然，看到他的人都会自然地想到另一种形容：黑衣人。

无论是×还是黑衣人，都从来没有失手过，也从来没有如此丢脸，居然被别人用枪指着脑袋。尽管，他的表情和眼神一如既往，好像自己依然是冷酷的猎人，只不过和猎物玩了个小把戏。但实际上×已经彻底地输了，他的每一根汗毛都悄悄竖起来，心脏几乎碎裂成了两半！

×被叶萧愤怒的意志所打败，被他体内蕴涵的能量所击倒，被他眼睛里的坚强所摧毁——这是一个可怕的男人，根本无法与他抗衡和面对，开始的轻视原来全是错觉，千万不要惹怒这个男人，天知道他会完成什么不可能完成的任务？

最后，×只能依靠二十岁的女孩来拯救他，这将是他一生中最大的耻辱。

他痛苦地蹲在地上，寒冷的气流也郁积于此。正当他感觉自己会冻成一尊黑色的冰雕时，听到一声清脆的爆炸声。

"砰——"

就像花瓶突然被打碎了，也像气球骤然爆裂了，金针似的扎进×的耳膜。他似乎又被充上了电，站起来打开太平间的大门。

黑暗的走廊里依旧寂静无声，却隐隐传来某种焦味……

沉睡之城，光天化日之下。

请允许我让时光倒流，带我们回到南明市警察局。

当叶萧从沉思中抬起头来，却发觉小枝已悄然蒸发了。

脑子里刷的一下变成空白，他下意识地在警局底楼转了一圈，茫然地大声喝道："你在哪？"

空旷的警局里传来他自己的回声，他这才明白小枝又一次逃跑了。

但是，这次他真的愤怒了。他再也不会饶恕她了，再也不会被洛丽塔的眼神诱惑，也不会被欧阳小枝的幽灵所迷惑，更不会陷入到阿鲁特小枝的往事中。

每一根头发都几乎竖了起来，叶萧飞奔着跑出警察局，眼前仍然是那条寂静的街道，隐隐残留着小枝的气味。

向左走？向右走？

这是个问题，但时间并不站在他这一边。叶萧仰起头看着天空，太阳依旧隐藏在云朵后面，一阵凉风从左边轻轻吹来，抚摸过他干裂的嘴唇再钻入喉中。

刹那间抉择已经做出，他相信自己的直觉——向左走。

叶萧飞一般向左边跑去，腰间的手枪硬硬地硌着肚子。他忍住疼痛往前跑去，迎面而来的风拂乱他的头发，宛若藏着小枝的影子。

一口气冲了数百米远，他终于停下来歇了口气，却发现自己站在十字路口，前后左右已辨不清方向。四条道路是那样相似，甚至连警察局在哪都搞不清了，他茫然地环视着四周，绝望渐渐地统治了他的心脏。

忽然，鼻尖嗅到了什么气味，容不得脑子里多想半秒，他立刻朝那个方向跑了过去。果然，冲过两条路口，他就远远地望见了一个背影。

迅速跑上去拉近距离，叶萧断定那就是小枝，随即大声喝道："站住！"

小枝回头也看到了他，反而加快脚步拐进旁边的岔路。这让叶萧心中的怒火更加炙热了，他飞奔地冲到岔路口，才发现这条路通往体育场。数米高的巨大看台，正把阴影投射到他头上。而女孩的身影一闪，冲进了体育场看台下的大门。

这是他第二次来到这里，上次也是为了追逐小枝，结果反而走丢了屠男——当晚就断送了性命。

虽然对于这个体育场，内心有些微微的恐惧，但叶萧仍不假思索地闯了进去。迎面又是绿油油的足球场，疯长的草皮像田野的蒿草，生锈的球门正被渐渐淹没。回头是雄伟的看台，布满了三万个橙色座位，坚固的顶棚呈流线型，只是空空荡荡宛如坟墓。

小枝——就站在大球场的中央。

草原般的绿茵覆盖到她的腰际，使她像走在一片绿色的海洋中，周围是空旷的球场看台，将这里变成一个巨大的舞台，有三万多个幽灵在观赏她的表演。

她的脸庞冷峻而苍白，丝毫都没有惧怕叶萧，反而挑衅似的扬起下巴，展露充满诱惑的眼神，仿佛在说："你过来啊！"

这样的神情更激怒了叶萧，他立即冲入球场，但又高又乱的野草，以及脚底泥泞的土地，大大降低了他的速度。他只能艰难地拨开眼前的草丛，差点摔倒在野草堆中，但他抬头便见到小枝轻蔑的笑容。

"该死！"

他冲得更加猛烈了，不顾一切地来到小枝面前。在即将触到她的时候，耳边却响起一阵狂吠，几乎震碎了他的耳鼓。

"天神"来了！

这条硕大凶猛的狼狗，幽灵般从野草丛中扑出，两只前爪重重地打到叶萧胸口，立时将他扑倒在草地上。

原来"天神"早就在此等候它的主人了，刚才就趴在小枝脚下，只是被野草挡住了而看不见，等到叶萧靠近才突然袭击。

叶萧丝毫都没有防备，连从腰间拔枪也来不及了。他只能狼狈地四脚朝天，被凶猛的大家伙踩在地上。他以前经受过残酷的格斗训练，也可以制伏任何身手矫健的罪犯，却从未尝试过与动物搏斗，因而他在"天神"面前完全落在下风，无论怎么挣扎都难以起身，同时又要保护自己的脸部和颈部——万一脖子被锋利的犬牙咬断，他会在几秒钟内迅速死亡。

但人的皮肤怎能与狗爪子抗衡？叶萧的手肘上已满是鲜血，但这时他根本感觉不到疼痛，只有狼狗嘴里呼出的热气，带着腥味直喷到他的脸上。

就当它张开大嘴要咬向叶萧的胳膊时，小枝在后面大喊起来："天神，住手！不准伤害他！"

狼狗像是听得懂人话，牙齿骤然收了回来。叶萧的胳膊也就此逃过一劫，否则在"天神"的钢牙之下，起码也是粉碎性骨折。

但他依然被狼狗压在地上，双手被迫护住脸颈，根本腾不出手来反抗。就这样殊死搏斗了几分钟，叶萧突然在草丛里打了个滚，终于挣脱了"天神"

的压迫。

他立刻从腰间掏出手枪，打开保险对着天空扣下扳机——砰！

枪声。

在空旷的体育场里回荡了半分钟。

狼狗没有冲上来，叶萧顺势从地上跳起，顾不得胳膊肘上淋漓的鲜血，将枪口指向"天神"。

人与狗的战争，天平终于向人类倾斜。

一阵微风吹过球场，草丛中狼狗威严地站立着，只在草尖上露出双眼与耳朵，如幽灵冷冷地注视着他。

它在等待人类的子弹吗？

叶萧距离"天神"只有两米远，黑洞洞的枪口直指着它的头。他这才感觉到手肘的剧疼，看着自己的鲜血滴落到草叶上。

但他对这条狼狗怎么也恨不起来，扣着扳机的手指颤抖了许久，却无法射出那发一劳永逸的子弹。

最终，他轻轻叹了一口气说："我不杀你，你走吧。"

狼狗完全明白他的意思，嘴里发出一阵细微的声音，随即在原地转了一圈，尾巴轻轻摇了摇，便钻入绿色的草丛深处消失了。

虽然逼退了狼狗，但叶萧也付出了沉重的代价，他将手枪塞回腰间，抓着受伤的胳膊，在球场中央发出痛苦的呻吟。

忽然，他感到有些不对劲——偌大的足球场里只剩下他一个人了。

小枝再一次消失。

他茫然地环视着四周，再也没有那女孩的身影了。怪不得"天神"乖乖地撤退了，原来它已经完成了掩护主人的任务。趁着叶萧与狼狗搏斗的机会，小枝就悄悄地从球场上开溜了。

狡猾的洛丽塔！

叶萧再一次放开受伤的手肘，艰难地冲到足球场的另一端，踏上对面红色的跑道。

他双眼如鹰一般再度扫视，终于在巨大的橙色看台上，发现了一个小小的背影。

就是她！

不知从哪来的能量，他竟如脱兔一跃跳过隔离沟，又从垂直的梯子爬上看台。怒火冲天的叶萧大喝道："你跑不了的！"

小枝回头看到了他，相隔只有十几米远，慌不择路地继续往上爬去。叶萧则三步并作两步地追上来，肘部的鲜血渐渐凝固，彻骨的疼痛感也暂时忘却，唯一的念头就是抓住这个女孩！

眼看叶萧越追越紧，她也开始越爬越高，一直冲到看台的最高处，再也无路可逃的地方。身后就是一道铁栏杆，也没有"天神"来保护她了，小枝蜷缩成一团束手就擒。

叶萧也来到最高点了，他担心小枝又会耍花招跑掉，便飞一般地冲了过来。没想到女孩本能地往旁边一闪，而叶萧已被愤怒冲昏了头脑，无法控制自己的脚步，冲出了高高的铁栏杆。

他丝毫都没有注意外面，等到整个身体都飞出去时，再回头早已来不及了！

这里是球场看台的最高点，距离地面有二十多米高，摔到地面上必死无疑。

小枝发出惊恐的尖叫声，重新扑回到铁栏杆边。而叶萧正悬挂在半空中，疾速地向二十米下的地面坠落，被万有引力定律拉向地狱。

自由落体……

第十一个？

15:30

现在暂时把镜头从球场挪开，转到我们久违了的大本营——沉睡的别墅。

二楼的卧室。

孙子楚，依然在地狱门口徘徊，嘴里不时发出含混的声音："沉睡……之城……罗刹……之国……大空城之夜……末日审判……天机……不可……泄露……"

"他又开始发高烧了！"

林君如摸了摸他的额头，焦急地坐在床边上叹气，看着床上这个半死不活的男人，心里如刀割一般疼痛。

"没想到鱼毒这么严重。"玉灵也在床边来回走动，"都是我不好，实在太不小心了，不应该轻易地煮那锅汤的。"

顶顶从窗口转回头来，拍拍玉灵的肩膀说："现在说什么都没用，只能等童建国回来了，但愿他能找到那救命的血清。"

三个女子都聚拢在床边，看着奄奄一息的孙子楚裹着毯子痛苦地呻吟。他什么都喝不下去，完全失去了神智，情况要比刚才更糟，说不定随时都会毒发攻心而亡。

最后的时刻即将到来了吗？

"还有其他人呢？"顶顶始终皱着眉毛，又回到窗前看着天空，"叶萧和小枝到底是生是死？还有伊莲娜怎么还没回来？秋秋又失踪到哪去了？我们怎么向她死去的父母交代呢？"

"都是我不好！"

玉灵痛苦地低下了头。

顶顶却自顾自地说下去："只剩下我们这几个人了吗？三个女人和一个快死的男人。"

"不，他不会死的。"林君如粗暴地打断了她的话，此刻她有些近乎偏执狂了，"你们都不要诅咒他。"

她说着又抱着孙子楚的脸，仿佛是一对相恋已久的人，连她自己都感到莫名其妙，到底他身上有哪些优点，值得她如此突然地动情呢？

也许，这一切本就不需要理由。需要理由吗？

"好了，我们不要自己吵架好吗？想想救自己的办法吧。"

"不知道还能再多活几个钟头？爸爸妈妈会来泰国找我吗？他们找不到我一定也在哭呢！"

林君如突然又变得那么悲观，神经质地低头抽泣起来。

"让我们回想一下这几天——自从我们进入南明城开始。"顶顶不再管她了，靠着窗边自言自语，"从第一天起就有许多怪事，比如路上遇到的那个法国人，那个法国旅行团的大巴爆炸，为什么偏偏要被我们赶上？接下来就是大巴迷路，司机在这条路开过很多遍，怎么可能迷路呢？"

"你接下来还要说我吗？"

敏感的玉灵立即察觉到了，因为从她第一天进入旅行团，就有人觉得她来历不明行踪可疑，这种怀疑可能到现在都没有消除，也只有童建国完全相信她并保护她。

顶顶有些为难地摇了摇头："我不知道。"

"我也不知道为什么会被卷进来。"玉灵也控制不住自己的情绪了，"虽然我的年纪还很小，但从十八岁就开始带旅行团了，清迈玫瑰旅行社的好多中国团都是我带的，从来没有出过这种鬼事情，干吗倒霉都要被我碰上！大概是我前世造了什么孽，今生要这样来赎罪吧。"

"不要再谈你了，我没怀疑你。"顶顶淡淡地安慰她，仰头仔细回想着几天前，"在第一个晚上，半夜里居然山体塌方，压断了进出城市唯一的隧道——早不塌晚不塌，偏偏要在我们进入这座空城的当天晚上塌方？如果早一天塌方我们也不会开进隧道来，如果晚一天塌方我们也能顺利逃出去了，可就是捡在这个该死的晚上，这实在也太巧合了吧？"

"是啊，世上哪有那么巧合的事。"

终于，林君如擦了擦眼泪也插嘴了，从花痴与悲伤中清醒过来。

"这座空城就像是给我们设置的一个陷阱，等到我们刚刚跳进去，就有人把陷阱口盖了起来。还有第二天的清晨，导游小方怎么会惨死在天台上？我们中间还藏着一个凶手吧？也许是逃跑的法国人亨利？可是那天晚上他还受着重伤，躺在床上不能动弹，怎么可能跑到楼顶去杀人呢？"

"有道理？那会是谁干的呢？"这下轮到林君如来动脑筋了。她暂时放下孙子楚苍白的脸，面色凝重地回想道，"旅行团第二个死去的是司机，他在要带我们逃出去的时候，结果遭遇加油站爆炸而死，可为什么只有他一个人死了？如果加油站大爆炸的话，与他同行的那些人也会没命的，这实在不合常理嘛。"

顶顶点了点头，"没错。还有第二天的下午,童建国和杨谋他们到电视台，已经连接上了卫星通信，并得到了外面的无线电信号，准备向全世界发出求救的时候，天上却突然开始打雷，居然把楼顶的卫星接受器和电视塔给劈坏了，这不是明显不让我们逃出去吗？"

"难道在冥冥之中，真有一只上帝之手在操控我们？"

刚说完这句话，林君如的表情就瞬间僵硬住了。

大家的目光都投向了卧室门口，一只白色的猫，正轻巧地蹲在地上，尾巴尖上一点火红，似乎要燃烧这个房子。

JUDGMENT DAY

030

又是这只神秘的白猫，带着她们来到这栋别墅，又搅得她们彻夜难眠。

猫眼冷酷地盯着她们，仿佛早已看穿各自的心事，连一只猫也对她们不屑。

猫眼，闪烁未来的秘密。

第四季

末日审判

第三章 ■ 太平间

同一分钟，同一秒。

当孙子楚在大本营的床上呻吟时，伊莲娜正在黑暗的密室中哭泣。

刚才电视机突然爆炸，那动静几乎把她给活活吓死——刹那间，闪出一团火星，灯光熄灭，显像管的碎片向周围飞溅，有些打到了她的身上，幸好脸没有被划伤。

整个密室一团漆黑，充满刺鼻的焦味，成为一间密闭的焚尸炉，而她就被捆绑着准备被烧成灰烬。

眼眶像自来水的龙头，无法抑制地分泌着泪水，泪水在抽泣声中滑下脸颊。反正什么都看不到，也没有人会听到她的救命声，就这么放声地痛哭吧。释放的不单是此刻的恐惧，还有进入天机的世界以来，所有的压抑与疼痛。也包括二十多年的生命中，无法摆脱的命运魔咒，甚至回溯到好多年前的雪夜，突然消失再也没有回来过的妈妈……

虽然，在一年以前的特兰西瓦尼亚，她在荒野的古堡中与妈妈重逢。但那已是另外一个人，是中世纪遭受永恒诅咒的人，是仅仅存在于传说中的德古拉家族，也是自己未来命运的预兆——悲剧。

密室中的伊莲娜再一次叹息，悲剧是将美好的事物毁灭给人看，自己是否真的美好呢？

现在等待她的只剩下时间，而世界上最最残酷的就是时间，一点一滴地蹉跎着人的青春，一点一滴地带着人们走向坟墓。

没错，这里就是她的坟墓，她的狭小的地宫，她的残破的棺椁。

她开始想象可怕的未来，自己在这里度过数个日夜，饥饿反复折磨着自己，干渴让她迅速脱水，变成一具还呼吸着的活死人。身体的各个器官会渐渐枯竭，干瘪成木乃伊般的程度，最后将痛苦地张大嘴巴，成为一具骇人的尸体。

最后，蝇蛆和臭虫将占据她的身体，把她变成一堆骨头与尘埃。

这本来就是她的最终归宿。

想到这里她反而不再害怕了，就连泪水也停止了流淌。伊莲娜平静地闭上眼睛，等待最后时刻的来临。

是的，死神来了。

密室的铁门突然被打开了，昏暗的灯光射了进来，同时还有一阵轻微的脚步声。

伊莲娜马上睁开眼睛，瞳孔被光线晃了一下，便看见一个男人的身影。

她随即用喊哑了的嗓子说道："亨利！你这个该死的混蛋！"

然而，当那个男人走到她的面前时，她却感到隐隐有些不对劲。虽然还是看不清他的脸，但他的动作与样子，却与亨利有很大的不同。

"Who are you？"

从刹那间的紧张，又变成了剧烈的兴奋，如果不是亨利的话，那肯定是来救自己的人——不是童建国就是叶萧，反正自己有救了！

果然，那人解开了捆绑她的绳索。

但由于保持同一姿势实在太久了，伊莲娜浑身都已经麻木，一时半会儿还不能动弹。

那个男人一把拉起她，小心地搀扶着她到了门外。借助着门廊上的灯光，伊莲娜才看清了他的长相。

这是一张平淡无奇的脸，是一个大概三十多岁的中国人，却从来没有见到过。

他是×

伊莲娜立刻感到不对，尤其是发现对方除了肤色以外，从头到脚都是黑色的，还戴着一副黑色的大墨镜。

这是一座没有人的空城，怎么会突然出现一个陌生人？

"你是谁？"

她换用中文大声喊起来，而黑衣人×露出了一个奇怪的微笑，依旧牢牢地抓紧她的胳膊，将她往走廊的对面拖去。

走廊的对面是太平间。

伊莲娜到现在都不知道，其实她一直都被关在医院里。是底楼走廊最里面的一个小房间，太平间的对面，以前用来贮存医疗废弃物的，被亨利改装成了一间密室。厚厚的铁门封闭了她的呼救，却无法阻挡电视机的爆炸声，通过走廊传递到对面的太平间。

那些冰冻的尸体们没有惊醒，倒是引来了惊魂未定的×。

"SHIT！把我放开！"

她在太平间门口拼命挣扎，刚刚恢复力气的两条腿，乱蹬到对面走廊的墙壁上。可她的双手被×紧紧地夹着，根本无法摆脱。

刚从密室里被救出来，很快又要被送进太平间了，可怜的伊莲娜声嘶力竭地叫喊，×也只能在太平间门口停顿了一下。

"把她放开！"

突然，他的背后传来一个男人的声音。

太平间终于归于太平了。

×依旧把伊莲娜抓在手中，镇定自若地回过头来，走廊昏暗的灯光照出一个高大魁梧的身影。

"童建国！"

伊莲娜大叫起来。这五十七岁的男人面无表情，双眼冷酷地盯着太平间前的陌生人，还端着一把黑洞洞的手枪。

黑衣人×冷冷地看着童建国，当然也看到了对准自己的枪口，这是他今天第二次被人用枪指着。

"把她放开。"

童建国又一次警告了他，不过这回换做了平静的语调，感觉却比上次更加严厉。

对峙持续了半分钟，伊莲娜也不敢再挣扎，生怕这两个人动起手来，万一手枪走火就惨了。

×忽然冷笑了几秒钟，便一把将伊莲娜往前推了过去。

她自己还没明白过来，便已重重地冲向童建国。狭窄的走廊里无法躲闪，而她又早已慌得手忙脚乱，最终和童建国两个人都摔倒在地。

这是一个致命的疏忽。

不到二分之一秒的工夫，×的右手上已多了一把手枪。

依然是不到二分之一秒的工夫，×的枪口里已射出了子弹。

枪声在整个医院大楼里回荡。

子弹已穿破走廊的空气，撕裂童建国的左上臂，钻入他紧绷的肌肉之中。

血溅太平间。

同时，也溅到了伊莲娜的脸上，她只感到鼻子上微微一热，便看到童建国痛苦地捂住胳膊。

枪声也让她胆战心惊，连滚带爬地向走廊另一头冲去。刚才被囚禁在密室中，反而积蓄了许多体力，她飞快地跑到医院大厅，如同投胎般冲出死亡的大楼。

伊莲娜自由了。

而在太平间的外面，童建国仍然痛苦地躺着，手枪掉在两米外的地上。

他在等待，等待陌生的黑衣人×，送给他第二发子弹。

最后的时刻。

体育场。

乌云，渐渐开始密布天空。

冷风，从四周的高山吹来。

山雨欲来风满楼，自由落体的叶萧，全身都被风包裹着，从数十米高的看台顶端，坠下体育场底部的水泥地。

他的脸朝着下面，仿佛大地向他猛冲过来，却丝毫都没有恐惧感，而是像要去某个地方，就会脱离这沉睡之城，回到遥远的家乡，回到雪儿的身边……

但自身的重量又让他在空中旋转，他突然感到后背撞击到了什么——

却不是坚硬的水泥地面，而是横出看台外侧的塑料天棚。

天棚迅速被他撞得粉碎，只感觉背上火辣辣的疼痛，但坠落的速度却明显降低了。紧接着他的后背再遭打击，又撞穿了第二层天棚，身上全都是塑料碎屑。

此时已非常接近看台外墙，他正好看到身边垂着一根粗绳子，那是清洗外墙时留下来的。叶萧本能地伸手一把抓住，就在抓紧粗绳的瞬间，手腕像被撕裂一样疼痛。尽管他抓得如此之紧，绳子却难以承受坠落的重量。

终于，悬在空中停顿两秒钟后，绳子发出响声并断裂了。

再也没什么能够挽救叶萧了，他结结实实地摔到在地上，虽然抱着脑袋做了保护动作，但头颅的左侧依然受到了撞击。

数十米之上，小枝正趴在看台边缘，目瞪口呆地看着叶萧坠落。

"不！"

她恐惧地大声叫出来，迅速转身跑下看台。

一口气冲到球场底部，又从底层的大门跑出去，终于绕到了看台外侧。

叶萧依然躺在水泥地上，额头流出一些鲜血，纹丝不动没有任何表情，别在腰间的手枪掉到了外面。小枝紧张地扑到他身上，发现他依然有呼吸和心跳，再摸摸脑袋确认没有严重受伤，只是头部皮肤有两处被擦破，失血也不是很多。

她的妈妈是个医生，所以从小就学过急救知识，她赶紧撕开身上的衣服，把叶萧的头包扎起来。又仔细地检查了他的四肢，都没有任何骨折的迹象，只是关节处有些软组织损伤，还有手肘部有狼狗的咬伤。肋骨和骨盆等部位也没什么大碍。真是谢天谢地！

当叶萧抓紧那根绳子时，他离地面不过两米的距离，从高空坠落的力量已经终止。即便后来绳子断裂掉下去，也只是摔下去两米的距离，再加上他做了自我保护动作，所以仅仅脑部受到一定的震荡，暂时昏迷过去了。

真是小强般的生命力！

她大声叫着叶萧的名字，没有得到丝毫反应。她疲惫地坐在他身边，抱着他受伤的脑袋，至少活着就是一桩奇迹。如果他没有抓住那根救命的绳子，恐怕现在就是一具死尸，至少也是个半身瘫痪。

现在该怎么办呢？二十岁的柔弱女孩，肯定搬不动叶萧的身躯，只能将他紧紧地抱在自己怀中。她的泪水轻轻地从眼眶滑落，温热地掉在叶萧紧闭的双眼上面——但这依旧无法将他唤醒。

小枝已经束手无策了，后悔自己不该跑得那么高，没料到叶萧竟那么愤怒，或许他的心中只剩下恨了！

可是，昨晚在游乐场的旋转木马上，当时的感觉又是什么呢？

她只得淡淡地苦笑了一下，俯身轻吻着叶萧的鼻梁。

忽然，身后传来一阵奇怪的声音，回头一看竟然是她的狼狗"天神"。

更让她惊奇的是，"天神"还用头顶着一辆手推车，从球场入口里面一点点"推"了出来。

"你真是我的'天神'啊！"

小枝跑上去抱住她的狼狗，用力亲了它脑袋两下。这辆手推车明显是用来推行李的，类似于机场里旅客用的那种，不知是被"天神"从哪里找到的？南明城可从来没有正式的机场，也许是体育场里给运动队使用的吧。而这条狼狗也太聪明了，知道主人搬不动叶萧，只有这辆手推车才能办到。

她赶紧回来把叶萧拖起来，尽管手推车就在旁边，但还是费了好大的力气，才几下就浑身都是热汗了。女孩使出最大的劲头，就连狼狗也用脑袋顶着叶萧，人和狗一起卖力，总算把叶萧拖到了手推车里。

小枝猛喘了几口气，湿润的发丝紧贴额头，双手握着推车的把手，就像走进了机场大厅，而受伤的叶萧成了她的行李，沉睡不醒地蜷缩在推车里，好似个大男孩，又像个大玩具。

临走时她没忘记捡起叶萧的手枪，小心翼翼地放在自己口袋里。她抓着手推车走上街道，还是感觉十分费力。阴云掠过她的头顶，狼狗"天神"紧跟在左右，嗅着叶萧被包扎的头部。

受了伤应该去哪里？

当然是医院！

医院。

致命的南明医院。

伊莲娜早已消失得无影无踪，偌大的医院大楼里面，只剩下两个活着的人了。

而这两个活人都在太平间。

童建国仍然躺在地上流血，子弹深深地嵌在左臂肌肉中，要是伤到骨头就更惨了。他感到自己真的是老了，仰头对着廊灯无奈地喘息。要是换作十年以前的他，是绝对不可能犯这种错误的，早就迅速腾身而起，一枪击中对手眉心了。

黑衣人×站在他的跟前，冷冷地用枪指着他的脑袋，然后弯腰捡起童建国的枪。现在他的手里有两把枪了，都打开保险上着子弹，随时能打烂童建国的头。

"你是谁？"

虽然身处如此险恶的境地，但童建国问得镇定自若，反倒将×当做了自己的俘虏。当年在金三角的战场上，就是把头拴在裤腰带上，几次重伤从鬼门关前打滚回来，面对敌人的枪口他也从不会害怕。

"我是×。"

黑衣人也同样平静地回答，同时把一只枪塞回到掖下的枪袋。

"×？"

童建国明白这种家伙有许多代号，但至少从没听说过这个"×"。

"对不起。"他还显得非常客气，大墨镜下的嘴角微微一笑，"我只能告诉你这些。"

"你为什么不把我杀了？"

他知道像×这种人是冷酷无情的，按常理将立刻开枪干掉自己，绝不会有半点拖泥带水。

"现在还不是杀死你的时候。"

"是的，我已经老了。"童建国无奈地苦笑了一下，鬓边的白发随之而颤动，"不再像年轻的时候那么厉害，也不值得你动手了。"

"不，我会动手的。"

×的话干脆利落，随即轻轻用脚踢了踢他，又对他扬了扬下巴，意思是让他快点爬起来。

童建国强忍着手上的伤痛，硬撑着艰难地站了起来，肩膀顺势靠在太平间的门上。

"请进去吧。"

"什么？你让我进太平间？"

黑衣人×冷酷地点了点头："是的。"

"没错，每个人都会进太平间的。"童建国自嘲地冷笑了一下，接着蹒跚着走进了太平间，"如果你足够走运，又死得全尸的话。"

"所以，你应该说一声谢谢。"

面对×无情的目光，童建国显得颇有礼貌，仿佛是酒席间的礼尚往来："是的，谢谢。"

然而，冰冷的太平间里充满了尸体的气味，冷气聚拢在下层空气中，让他的膝关节隐隐作痛，硬挤出来的苦笑也中断了。

"别害怕，你的运气不会差的。"

×冷笑了一下，随即关上了太平间的铁门，迅速将门反锁了起来——也不知道这个医院是怎么设计的，居然让太平间有反锁的功能，难道是为了防范僵尸们晚上跑出去？

"我一定会死得比你晚！"

在铁门关拢的刹那，童建国咬牙切齿地喊了出来。

他痛苦地站在太平间里，依靠左边的肩膀靠在墙上，腾出右手来用力拨弄门把——但铁门被锁得非常紧，无论他怎么折腾都打不开。

几分钟后，他终于放弃了开锁。既然连僵尸们都对此无能为力，他一个凡夫俗子又岂能如愿？

由于用了很大的力气，左臂上的伤口流血更多了，几乎染红了整条衣袖。童建国呻吟着倒在地上，只能用右手撕碎裤脚管，做成一条简易的包扎布，把受伤的左臂包起来。当年在战场上几次受伤，根本没有战地救护与军医，完全靠自己包扎伤口来救命，这套动作早已熟能生巧。

虽然伤口被完整地包扎，但子弹仍躺在上臂的肌肉里，而且很有感染的可能——如果伤口被细菌感染，不但一条胳膊可能保不住，整个人都会发高烧。最严重的就是全身感染而死，其次就是被迫截肢——不，他宁愿往自己嘴巴里打一枪，也不愿锯断一条胳膊！

他忽然想起来到医院的目的，紧张地摸了摸上衣口袋，幸好那瓶血清还完好无损，没有在刚才的搏斗中摔坏。

"Constantine 血清（抗黑水鱼毒）!"童建国轻声地念出瓶子上的标签，随后狠狠地咒骂，"该死的瓶子！"

为了拯救孙子楚的小命，他不但牺牲了亨利的生命，似乎还要在这个太平间里，葬送掉自己五十七岁的老命。想到这儿恨不得把这血清砸了，他将瓶子举到半空又停了下来，轻轻叹了一声："砸掉你又能救我的命吗？"

于是，他将血清瓶子又塞回到怀中，继续咬着冻得发紫的嘴唇。伤口已不再流血了，也许这里的冷气有助于凝血？或者有助于凝固成一具尸体？他感到极度的寒冷和疲惫，甚至连伤口的痛楚都忘却了。

他渐渐低下头来，背靠着冰凉的铁门，听天由命地闭上眼睛。在许多具尸体的围绕中，此地已变成一座公墓，等待自己也变成其中的一员……

依然是南明医院。

童建国在太平间陷入沉睡的同时。

小枝正吃力地推着一辆行李车，载着受伤昏迷不醒的叶萧，在狼狗"天神"忠诚的护送下，悄然抵达医院的门前。

阴沉的乌云下，她仰望沉睡的医院，不知里面还躺着多少死人？记忆再一次占领大脑，仿佛回到一年之前那些疯狂的日子。越是熟悉的地方，越容易被恐惧占据。这间医院留给她的恐惧，已在心头压了整整一年。

然而，"天神"毫无禁忌地走进医院大楼，回头朝主人望了一眼，眼神竟像一只温顺的金毛狗。

小枝看了看推车上的叶萧，他依旧蜷缩成一团没有知觉。停顿了几秒钟后，小枝小心地将车推入大楼。

她的妈妈活着的时候，是南明医院最优秀的外科医生。她从小就经常被妈妈带到医院，还会偷看一些小手术，对死亡更是屡见不鲜。常常有刚死去的病人，躺在担架上从她的身边推过，而十几岁的小姑娘毫不慌张，还调皮地摸摸死人的脚丫，来分辨死者断气的时间。有一次她偷偷溜进太平间，却听到一阵幽幽的哭泣声，把她吓得魂飞魄散地逃出来。

鼻息间再次充盈着药水气味，纵然隔了一年也难以消散。她艰难地将叶萧推进走廊，两边的房间全都寂静无声，宛如牢房关住了时间——她也曾在此被关过十几天，在严重的流感侵袭下，终夜孤独地守望星空。她也在此得知了父亲死去的消息，仅隔一周便是妈妈的死讯。外面的世界已是人间地狱，她被强行软禁在医院里，最终却悄悄"越狱"出逃，离开这个伤心地，再也没有回来过。

此刻，小枝又回来了，虽已见不到一个活人，但每个房间都那样熟悉，好像从来没有离开过。她推着叶萧来到外科急诊室，这里有不少急救设备，也包括妈妈用过的外科器械。急诊室里居然还有一台挂壁电视，以前是给输液的病人们看的。

在熟悉的空气中深呼吸了一口，却实在没有力量把叶萧抬到床上。她只能找来一副担架床，就这么铺在急诊室的地板上，把叶萧从手推车上拖下来。

这样折腾了好几分钟，叶萧仍处于昏迷中，但总算躺到了担架上。小枝的额头布满汗珠，"天神"焦急地在旁边打转，不知道怎样才能帮到主人。

虽然感到又渴又累，但她马不停蹄地忙碌着，先将叶萧的手枪放进抽屉，生怕万一走火伤到自己。她找来医用纱布和消毒药水，解开他头上本来的包扎，再用碘酒仔细清洗一遍消毒。还好失血不是很多，也没有更严重的损伤。接着用干净纱布重新包扎，几乎是专业的动作——小时候妈妈全都教过她。

她还必须清理叶萧身上的伤口，但没力气脱他的衣服，只能找来一把大剪刀，将他的上衣和半条裤子剪碎了，这才露出他浑身的淤青与擦伤。她仔细地用药水涂抹每一块伤处，包括所有软组织的挫伤。

尤其是他被"天神"咬伤的手肘处，小枝一边涂一边教训狼狗："谁让你真的咬他的？看把他给咬伤了吧？你真该死啊！"

而"天神"乖乖地在边上趴着，保护着主人和她的伤员。它胆怯地垂下头来，变成了温顺的小宠物，因为犯错而被主人训斥。

叶萧被打上不少护创膏布，全身白一块紫一块的，搞得像阿富汗战场归来的重伤员。等到把他全身都收拾干净，小枝的后背已全是热汗了。其实他身上的伤都无大碍，皮外伤养几天就会痊愈，最严重的不过是被狗咬伤的手肘。关键是一直昏迷不醒，又没办法做头部 CT 检查，最怕大脑受到损伤——搞不好要么变成植物人，要么就是脑死亡！

想到这，小枝后背的热汗全变成冷汗了，她恐惧地抱着叶萧的头，胸口不停地颤抖起伏。原本隐藏挑逗与邪恶的眼睛，竟忽然有些湿润红肿了。

她忍着眼眶里古老的液体，贴着他的耳朵柔声倾诉："对不起！叶萧，全是我的不好！是我该死！我保证不会再逃跑了！我发誓不会再让你难过了！对不起！你快点醒过来吧！快回来吧！"

担架上的叶萧依旧双目紧闭，那表情就像刚刚死去的战士，躺在爱人的怀中不再苏醒。

终于，两滴温热的清泪，从二十岁的女孩眼中坠落，直直滴到叶萧的眼皮上。

滴水穿石。

滴泪穿心。

小枝的眼泪，似一汪春水肆意蔓延，渐渐融化凝固在他脸上的冰，渗透入眼皮之下的瞳仁……

他的睫毛抖动了一下。

同时也让小枝的嘴唇抖动起来，她像做梦一样眨了眨眼睛，嘴里却再也发不出声音了。

因为，叶萧的眼皮也在缓缓颤动，直到睁开那双疲惫的眼睛。

他醒了。

眼睛里是一个白色的世界，朦胧的世界，覆盖着一层薄纱，面纱后面是另一双美丽的眼睛。

虽然还是那样模糊，无法认出这张脸是谁，心底却已被这双眼睛深深刺痛，那感觉竟然如此强烈，疼得他瞬间就喊了出来。

"啊，你哪里疼啊？"眼前这双神秘的眼睛，似乎正在为他而忧愁，她几乎紧贴着他的脸说，"终于醒过来了！"

喉咙里火辣辣地烧起来，他好不容易才挤出几个字："你……是……谁？"

"你说什么？你不认识我了吗？"

他茫然地摇摇头，看了看这个白色的急诊室，却发现自己躺在地板的担架上，同时还赤裸着上半身。旁边蹲着一条巨大的狼狗，伸出舌头要来舔他的脸。

"我怎么会在这里？这是什么鬼地方？我怎么了？"

"天哪！你全都忘记了吗？"她的表情更加痛苦了，无限哀怨地轻声道，"你——连我都忘了吗？"

"你？"

叶萧不置可否地努力睁大眼睛，视线比刚才清晰了不少。他明白心里确实有张脸，尤其是一看到她就会感到疼痛，仿佛这张脸就是一根针，直接插在他的内心深处。

"我是小枝！不是荒村的欧阳小枝，而是南明城里的欧阳小枝。"

她的特地强调让叶萧点了点头，但眼神依旧是懵懂的，他皱着眉头问道——

"你是小枝……那么……那么我……我又是谁？"

"什么？"

"我……是……谁？"

叶萧缓慢地吐出这三个字，连他自己都感到这个问题太过愚蠢。

"你真的忘了吗？"小枝这下真的绝望了，她使劲抓着自己的头发，跪坐在急诊室的地板上，"对不起！全是我的错！我的错！叶萧——"

"等一等！"他立即打断了小枝的话，挣扎着把头抬起来，"你刚才说什么？叶萧？"

"是啊，这就是你的名字，你叫叶萧！"

"叶萧——"

他又闭上眼睛想了许久，刹那间脑子重新通电了，几乎从担架上弹起来说："没错！这就是我的名字，我就是叶萧！我还记得我是中国人……我的职业是警官……我从上海来到泰国旅游……我们离开清迈就迷了路……在一场大雨里走进隧道……沉睡之城……天机的世界……"

叶萧宛如突然爆发的火山，将脑子里的记忆全都倾倒了出来，小枝先是被他吓了一跳，然后又惊又喜地说："你记起来了？全都记起来了吗？"

"记忆？"他的目光不再茫然迷惑了，放射出清澈果敢的眼神，同时看了看旁边的狼狗，"没错，我就是叶萧，你是小枝，而这条狼狗叫'天神'。我们刚才在体育场里，你跑到了看台的最上面，我不顾一切地追上去，结果发生意外摔了下去！"

"是的，你都记起来了！幸好你抓住了一根绳子，所以没有受严重的伤，只是暂时昏迷了过去，是我和'天神'把你送到了医院。"小枝激动地将他扶起来，"对，这里是南明医院的急诊室，我刚才重新给你包扎上药了。"

"对，这里是医院，该死的医院，却没有一个医生和病人。因为这座城市里的人，全在一年前神秘消失了。"

此刻，他的脑子里全部清清楚楚，体力也开始恢复了，可以在她的搀扶下支起上半身。

"是的，你还记起了什么？"

第三章 ▪ 太平间

043

叶萧对自己赤膊的上身有些尴尬，但也只能靠在她的身上，皱起眉头转动大脑。似乎一切都已通透，不再有什么阴影覆盖着记忆，所有的时间点都被连接，如一条川流不息的大河——

"全部！我全部记起来了！天哪！包括我曾经丢失的那段记忆！"

同一时间，同一空间。

依然是南明医院。

当叶萧和小枝坐在急诊室里，离此不到三十米的距离外，受伤的童建国躺在太平间，被很多具尸体围绕着。

下沉……下沉……下沉……

童建国感到自己渐渐沉入地下，沉入古老的地宫之中，泥土将他彻底封闭起来，世界陷入绝对的黑暗。

突然，不知从哪挣扎起一点微弱的火光，燃烧在一座座坟墓中间。他看到许多黑色的影子，在他的头顶缓缓飞舞，发出深海底的尖利呼啸，那是太平间里无法散去的幽灵，还是来迎接他的死神的黑天使？

不，他不愿意就此离去，不愿意在太平间里走到终点，更不愿意被这沉睡之城的命运吞噬。

假如命运可以预见，那么就让命运见鬼去吧！

死神的黑天使们，也请你们先去见鬼——他猛然睁开了眼睛，一切的幻影刹那间消失，地底的冰凉让他跳了起来，伤口再一次以剧痛来提醒自己：我还活着！

是的，只要还活着，怎能轻易死去？

童建国往前走了几大步，脚下又恢复了一些力气，右手重重地砸在金属柜子上，发出清脆而响亮的回音。

"老子还活着。"

他又喘了几口粗气，在太平间里来回踱着步，驱赶四处袭来的冷气，最重要的是保持体温。

总不见得在这里等死吧？就算死也得累死而不能冻死！童建国猛然拉开旁边的抽屉，立刻呈现出一具老年的男尸。

尽管在战场上见过无数死人，他还是本能地恶心了一下，不过这更有利于他恢复清醒。

他对躺在抽屉里的死者轻声说："对不起，打扰了。"

然后，他把抽屉塞回柜子，接着打开了第二个抽屉。结果看到一具年轻的女尸，却是腐烂得不成模样了。此时他已有了心理准备，并没有丝毫的惧怕了。接二连三地打开其余的抽屉，他就像进行人口普查一样，依次检查了太平间里所有的居民，就差给每个人拍照存档了。

其实，他只不过是为了活动身体，能够在死亡的低温中保持清醒。

直到拉开最后一个抽屉。

亨利 · 丕平！

瞬间，童建国的脸色变得和抽屉里的尸体一样难看。

他并不是对尸体感到恐惧，而是对这个死后自己爬进太平间的人感到敬佩。

"终于找到你了！"

轻轻地苦笑了一声，看着亨利死不瞑目的双眼，死者满脸的黑色血污，无法掩盖折断了的鼻梁。

一个多小时前，童建国在医院大楼里发现了他，在追逐的过程中开枪击中了他的腿。结果法国人从楼顶摔了下去，头部着地当场气绝身亡。然而，就在他在大楼的医学实验室里，找到救命的鱼毒血清之后，却发现躺在楼下的亨利的尸体不见了。

尽管他从不相信有什么鬼魂，但仍然心惊胆战，以至于一度怀疑自己是否精神失常？甚至患上了渴望杀戮的妄想症？

他跑回医院大楼，依次打开每个房间，搜索是否有亨利的尸体，抑或还藏着第三个人。就这样寻找了好长时间，几乎查遍了所有楼面。当他再次回到底楼时，突然听到在未曾检查过的走廊尽头，响起一阵沉闷的爆炸声。

赶紧小心翼翼地摸过去，屏着呼吸悄无声息地进入走廊。在昏暗的廊灯照射下，他依稀看到一个黑色的人影，同时听到一个女人的呼喊声。他隐蔽地躲在转角后，发现那个女人竟是上午走失的伊莲娜！而那浑身黑色衣着的男子，则是一个从未见过的陌生人！

童建国从裤管中拔出了手枪，就在神秘的黑衣人架着伊莲娜往外走时，他果断地举起枪来喊道："把她放开！"

接下来的事情大家都知道了，伊莲娜不幸做了一回挡箭牌，随即童建国的胳膊中弹，倒在地上成为黑衣人×的俘虏。

此刻，童建国也来到了太平间中，意外地与死去的亨利再度相会，真是"踏破铁鞋无觅处，得来全不费工夫"！

也许再过几个小时，他也会变成和亨利一样的尸体？童建国无奈地嘲讽着自己，随后将亨利塞回到铁皮柜子里，再也不想看到这张倒霉的脸了。

然而，眼前又浮出另一张脸，一张既陌生又熟悉的脸——神秘的黑衣人×，虽然以前从未见到过这个人，但那双杀人的凌厉目光，对于童建国来说又是那样熟悉。

他断定这个×一定杀过人，而且杀过绝对不止一个人。

自从进入天机的世界，除了路上偶遇的亨利外，旅行团就只见到过小枝一个活人。据说还有一个老人出现过，但仅仅存在于顶顶的描述中，基本可以忽略不计。这个×是他见到的第二个活人，×是否是沉睡之城的居民？这一点童建国颇感怀疑。至于×的手枪倒不难解释，反正警察局和军火库都无人看守了，无论小左轮还是 AK47 都可以随便用。

×为什么会出现在此地？又为什么要绑架伊莲娜？明明可以一枪打死童建国的，却又把他关在了太平间里，难道只是为了让他死得更难过？

一切都是问号。

童建国像陷阱底下的野兽，在太平间里来回走动。左臂的枪伤仍隐隐作痛，如果不把子弹取出来，这条胳膊迟早会废掉。

此刻，他的脑子似乎也跟随脚步在徘徊，许多记忆再度涌上眼前。心底又一次默念起"该死"！他已如此之近地接近秘密，却被囚禁在这座坟墓中等死。

是的，那个秘密，南明城的秘密。

在流浪金三角的岁月里，在舔着血的雇佣兵生涯里，在一次次被敌人杀死的噩梦里，耳边都会隐约响起"南明"这两个字。

他曾经梦想潜入传说中的南明城，彻底离开杀人与被人杀的深渊。但南明就像水中的月亮，一旦想要捞起它便消失得无影无踪。在多次的尝试失败之后，童建国终于放弃了这个选择，黯然告别了吞噬他大半个生命的金三角。

当然，还有一个名字是永远都忘不了的。

那就是南明城的——**马潜龙**。

第 四 季

末日审判

第四章

记忆补丁

"童建国到哪里去了啊！"

林君如放下孙子楚发烫的手，焦急地看了看手表，时针已走到了下午四点三刻。

孤独的大本营，整栋偌大的房子里，三个女人和半个男人——深中鱼毒的孙子楚只剩下半条命了。

顶顶仍然坐在窗前发愣，玉灵走到床边安慰着林君如说："也许，童建国还在寻找那瓶解鱼毒的血清。"

她们并不知道血清已经被找到了，好好地揣在童建国怀里，和童建国一起被囚禁在冰冷的太平间中，随着他的脚步而绝望地徘徊着。

"他会不会快死了？"林君如再度抱住孙子楚的头，她的眼睛早就哭红了，"是不是毒液一流到心脏就会死？"

"不，不知道。"

玉灵虽然拼命摇着头，但她从小就听村里人这么说了，有个同村的小女孩，就是这样被毒蛇咬死的。

"等一等！安静一下！"顶顶神经质地眯起眼睛，把头探出窗外一下，"楼下有人敲门！"

"一定是童建国！他带着救命的血清回来了！"

林君如飞快地跑出二楼房间，一口气冲到小院里，毫不防备地打开铁门。

当然，不可能是童建国。

门外是另一张熟悉的脸——伊莲娜。

美国女孩惊慌失措地冲进门里，脸上青一块紫一块的，披头散发像个疯子，衣服、裤子上全是污渍。

林君如霎时就被吓了一跳——难道被哪个坏男人欺负了？她赶紧把伊莲娜紧紧抱住，而伊莲娜像遇到亲人似的，伏在她的肩头放声大哭起来。

"是哪个畜牲干的？"

她心想钱莫争已经死了，还在外面游荡的男人，不是叶萧就是童建国，但这两个人都不像色魔啊？

伊莲娜只顾着哭却说不出话，林君如只能把她搀扶进屋子，一起回到二楼的卧室里。

玉灵和顶顶都被她吓住了，赶紧去给她端茶送水，又从女主人的衣橱里，找出一套干净衣服给伊莲娜换上——至于躺在床上的孙子楚，已经被当做活死人了。

"出了什么事？"

三个女子都紧张地围着伊莲娜，从上午起就再没见过她，不知遇到了什么天大的不幸。

辛苦地折腾一番之后，伊莲娜总算渐渐平静了下来，脸上的污垢也擦干净了，还好没受什么伤。她也没注意到床上的孙子楚，只是嘴里喃喃地说："TV！TV！HELP ME！"

"WHAT？"

顶顶在她耳边问道，难道伊莲娜受惊过度，以至于把汉语给忘了？

"电视机！电视机！"

终于，伊莲娜又捡回了流利的中国话，惊恐地注视着卧室里的电视机。

"你要看电视？"玉灵拍了拍布满灰尘的电视机，"可这里没有信号。"

"亨利……亨利……在电视机里……爆炸了……"

这段话让大家听得云里雾里，林君如迷惑地问："你是说那个法国人亨利吗？"

"是的，爆炸了，爆炸了！"伊莲娜又颤抖着回过头来，"还有——黑衣人！”

“你在说一部美国电影吗？”

“不，我的脑子很清醒……可我不知道该怎么说……”她又双手抓起头发了，恨不得一根根都拔下来，“对了，我和童建国去追叶萧和小枝，我们追到了一个大商场里，但是我迷路了，突然撞见了失踪的亨利！”

伊莲娜的思维越来越清晰了，她逐渐理顺了所有的记忆，从头到尾详细地说了出来——从地下美食城的突然袭击，到令人窒息的死亡密室，再到那台疯狂的电视机，直到毛骨悚然的短路爆炸，接着就是那个陌生的黑衣人，最后射中童建国的那一枪……而她则凭着本能逃了出来，一口气冲到了大街上，找到路边一辆没锁的自行车，居然还找到了大本营。

听完她的这一连串讲述，如同最惊险的电影情节，大家都面面相觑不敢说话。随之而来的是彻骨的绝望，让屋子里的氧气迅速消失，每个人都感到深深的窒息。

“你说童建国在医院被打伤了？”林君如绝望地坐倒在椅子上，“他肯定是在寻找救命的血清，说不定他已经被杀掉了吧？那血清不就也完蛋了吗？”

玉灵立即猛摇了摇头：“不，他不会死的。”

“完了，一切都完了，又死了一个人！接下去就是孙子楚了，没有血清他必死无疑。”

林君如趴在中毒者的身上，眼泪不知不觉地又流了出来。伊莲娜听不懂她们在说什么，但也看得出孙子楚已命在旦夕。

死一般寂静的两分钟后，玉灵突然走到电视机前，蹙起娥眉道：“你说亨利在电视机里对你说话？”

“是的。”

伊莲娜傻傻地点了点头。

“也许这台电视机里也会有？”

玉灵顺势打开电视遥控器，这台飞利浦的电视机亮了一下，屏幕上出现了一片绿色的画面。

居然有了画面！

房间里的四个女人，刹那间都睁大了眼睛，这里的电视本来都没有信号的，怎么会突然有了画面——绿色变成了茂密的森林，布满在陡峭的山坡上，镜头从山上一直摇下来，出现一大片碧绿的水面。

"天哪，这是什么啊？会不会是 DVD 的画面？"

顶顶不敢相信自己的眼睛，随即检查了电视柜里的 DVD，发现 DVD 播放机连电源都没插上。眼前出现的电视画面，肯定来自有线电视的信号。

这画面拍得异常清晰，应该是下午时候的镜头，在绿色的水面上停了一会儿，却听不到任何的声音。四周都是群山环抱，唯独中间有一片美丽的湖水，宛如世外桃源的仙境。

"这是什么地方啊？"

就在林君如发出疑问的同时，画面已向观众越拉越近，出现了湖边的乱石滩地。一个年轻女子的背影，同时出现在了镜头前方。

更让她们吃惊的是，画面里的这个年轻女子，居然什么衣服都没有穿。

她的身材修长而匀称，腰部的位置特别高，有着本地女孩的鲜明特征，全身光滑而白嫩的皮肤，也足以令许多女人羡慕不已。

伊莲娜在心里打出了问号：难道是什么三级电影？

此时，电视里的女子缓缓走入湖中，很快就被碧绿的湖水淹没。

"她要自杀吗？"

林君如捂起了嘴巴，顶顶回了一句："不可能光着身子自杀吧？"

几秒钟后，水面上浮起一团黑发，一条美人鱼忽隐忽现——原来是在湖水中游泳。

她很快游到湖面的中心，距离镜头已有几十米远了。此时才能听到一些细微的水波声，还有风掠过山谷间树叶发出的沙沙响动。大家看不清女子的面容，她的小半个身体露出水面，与幽静的自然山水融为一体，细长的四肢劈开水波，每一寸肌肤都是如此撩人。她的身体就像一团火焰，随时都会点燃整片森林。

幸好除了奄奄一息的孙子楚外，坐在电视机前的全是女人，否则大家都会很尴尬的。

突然，镜头迅速向前推进，很快对准了湖上裸泳的女子，她也正好回过头来面对着镜头——从这个角度拍摄异常清晰，大家都看清了这张脸。

居然是她！

几乎在下一秒钟，顶顶、林君如、伊莲娜，三个女人都将目光投向了玉灵。

没错，就是这张脸！

她正在电视机的画面里，带着一丝不挂的身体，在青山碧水中轻盈地浮沉——玉灵。

面对着镜头里的自己，玉灵的脸色早已煞白。其实在画面刚刚开始时，她就已经目瞪口呆了。她当然认识自己的身体，记得自己做过的事情，也不会忘记那片山间水库，甚至包括唐小甜的死。

大家再把视线对准电视机，玉灵的脸庞在水中更加清楚，湿漉漉的乌发贴着头皮，一双黑眼睛玲珑剔透，前胸连着水波俏皮地起伏，不时溅起许许多多的水花。

玉灵躲到了房间角落里，痛苦地低下头来，双手紧紧地捂住胸口，仿佛已被剥光了衣服，暴露在所有人的目光之下——正如电视画面里的她。

是的，就像在本书第一季里描写过的那样，他们在城市东缘的山谷深处，发现了一座水库和发电站。玉灵和所有泰族女孩一样，天生喜欢大自然，便脱了衣服跳入湖中游泳，结果却是——

忽然，电视机里的她开始颤抖，整个身体似乎在挣扎着，随即几乎全部没入水中，只剩下一只手伸出湖面乱抓。

就在大家以为她出现抽筋时，画面里又出现了一个男人，他飞快地跑到水库边，脱掉上衣跳进了水中。

镜头很快追到了他的脸上，露出一张年轻英俊的面容——杨谋！

居然是他们中间的杨谋！这个电视台的纪录片编导，新婚后带着新娘来度蜜月，同时也是旅行团里的第一帅哥——昨日刚刚死于"蝴蝶公墓"。

再回到电视机显示屏上，眼看杨谋游到了湖水中心，但不知为什么颤抖起来，折腾几下就沉入水中了。

就在大家惊诧地看向玉灵时，杨谋突然又从水面浮起来了，同时臂弯中还抱着玉灵。镜头迅速推向两个人，两个人的脸上都充满恐惧和痛苦，拼命地往湖水边游了过来。他们一路上不时颤抖着，异常艰难地回到了岸边，狼狈不堪地爬上来，尤其是未着一寸衣衫的玉灵。

在电视机前的几位"观众"间，也只有"女主角"玉灵自己才知道，那是她遭到了水底食人鱼的攻击。在这千钧一发的关头，杨谋奋不顾身地将她救了回来——镜头正好捕捉到玉灵的身上，清澈的湖水边陈列着一条玉体，看得她自己都耳热心跳。

画面里的玉灵和杨谋都很尴尬，她迅速将筒裙重新裹上，又痛苦地摸着自己的胳膊，不知在水里遇到了什么凶险。杨谋搂着玉灵的肩膀，两个人的表情都非常暧昧，宛如一对偷情的男女。

玉灵捂起脸不敢再看了，她感到有三双目光齐刷刷地对准了她，都已判定了她与杨谋的奸情，甚至进一步联想到了唐小甜——就是杨谋的新娘为何愤怒地深夜出逃，结果惨死在山魈爪下的唯一理由。

尽管玉灵什么都没有做过，但面对电视机里确凿无疑的画面，根本无法容她做任何解释，她也不知道这些画面是因何而来。难道是杨谋自己拍下来的吗？只有杨谋才会一天到晚拿着 DV 拍摄，但最后那段不可能是他自己拍的，镜头明显在跟随他的移动，那到底又是谁拍的呢？

更令人不可思议的是，这段画面又怎么会出现在南明城的电视信号里？

当这些疑问都无法解答时，电视机的画面突然消失了，重新变成一片闪烁的雪花。

"怎么回事！"

就像看一部精彩的电影突然中断了，林君如心急如焚地狂按遥控器，但所有的频道都是雪花，根本接收不到任何信号。她又检查了一下信号线和插头，都还是老样子没有问题。

"这究竟是哪里来的画面？"

伊莲娜狐疑地嘀咕了一声，随即又转头盯着玉灵。

可怜的玉灵闭起眼睛，痛苦地低头说："不，不要看着我，我不知道，什么都不知道！"

"算了，不要难为她了。"

顶顶打了个圆场。

虽然那段该死的电视画面，让四个女子既恐惧又互相怀疑，但她们并没有关掉电视机，而是让雪花继续在屏幕上闪烁。她们同时把音量调到最低，静静地等待信号再度出现。

下一次电视机里会出现什么？

17:00

南明医院。

一切都恢复了寂静，从挂号台到重病房，从放射科到注射处，从太平间到急诊室，全都成为了坟墓。

叶萧裸露着上半身，胸前的肌肉上抹着碘酒，躺在急诊室的一张小床上——这是专门用来抢救病危患者的，不知送走过多少条性命。

小枝打开所有的灯，烧了一壶干净的开水端过来，滋润他干渴已久的喉咙。狼狗"天神"还趴在门口，警惕地注视着沉默的走廊，防备任何可能的来犯者。

"你——你真的记起来了吗？"

小枝轻轻地坐在他身边，试探性地问道。

"是的。"叶萧重新睁开眼睛，艰难地坐了起来，胳膊和膝盖都涂满了药水，关节也没有刚才那么疼了，"我刚才休息了多久？"

"几十分钟吧。"

"我的头——"他摸着仍然缠紧纱布的头部，却一点都感觉不到疼痛，脑子里反而异常地清醒，记忆的画面如同电影银幕，铺满了整面白色的墙壁，"撞得好！"

"你怎么了？"

小枝怀疑他是否被撞得精神错乱了。

"不，我所有的记忆都恢复了！就是因为从高处坠落下来，正好撞到脑袋中恰当的位置。在大脑剧烈震荡的过程中，原来堵塞我的记忆的那部分，一下子被撞得粉碎了。我的大脑变得畅通无阻，原先的记忆链都重新接上了！"

"所以你还要感谢这次坠落？"

"是的，我还要感谢你，非常感谢！小枝。"

叶萧苦笑着点点头，尽管还有一句潜台词没说出口——"但我再也不会信任你了"。

"不，不要这样说，"她也明显感受到了尴尬，向后退了退问，"你记起了什么？"

"我想起我为什么会来泰国旅游的了，"叶萧再度皱起标志性的眉头，眯起那双锐利的眼睛，似乎看到了几周之前的自己，"是的，我都记起来了！"

"是什么？说来听听，我很好奇。"

他坐在抢救病危者的床上，痛苦地娓娓道来："那是夏日最后的几天，

第四章 ■ 记忆补丁

053

我遇到一桩极其棘手的案子。为了搜集嫌疑犯的罪证，我连续潜伏监视了几十个小时，最终在拿到证据之后，通过激烈的搏斗逮住了他。但在与罪犯搏斗的过程中，我开枪误伤了他的妻子——我真该死！实际上我已经很久没用过枪了，虽然我依旧信任自己的枪法，却还是避免不了意外发生，这让我非常后悔和内疚。于是，我主动要求局里对我处分，申请停职两个月。"

"就是从这段开始忘记的？"

"是，从我9月24日恢复记忆起直到刚才，我就再也没有想起过这件要命的事情。停职期间我的心情非常苦闷，也许是长久以来的压抑情绪，一直积累到这时爆发了出来。我觉得做什么都没劲儿，晚上总是被噩梦惊醒，早上又浑身酸痛难以起床。我甚至把自己封闭起来，关掉手机，拔掉网线，足不出户，想把以前纠缠我的那些案件，还有令我心悸的不可思议的事件，全都彻底地忘干净。几天下来我已形容枯槁，几乎要成为一具干尸时，发现门缝底下多了一份小册子。打开一看是泰国清迈旅游的介绍，又不知是哪个该死的小广告，我把小册子扔进了垃圾桶。"

"你丝毫都不感兴趣吗？"

叶萧喝了一大口热水，摇摇头说："对付这种塞进信箱或门缝的小广告，我从来都是当垃圾扔掉的。没想到第二天早上，又从门缝里塞进来一份小册子，也是前一天的泰国清迈旅游广告。我感到非常奇怪，就打开翻了翻旅游介绍，无外乎名胜古迹风土人情等。广告里有一个特别推荐项目——兰那王陵，还有详尽的背景资料，我仔细看看还颇为诱人。但我最近的状态太糟糕了，实在没情绪出去旅游，便又把广告册扔进了垃圾箱。"

小枝神叨叨地点头道："根据我读过的小说情节，第三天那份广告册子又来了？"

"没错！真的和小说一样。第三天的清晨，当我看到门缝里再次出现泰国清迈的旅游广告，我怒不可遏地打开房门，冲出去寻找塞广告的家伙。但门外没有任何人影，对方幽灵一般消失了！冷静下来我却感到蹊跷，捧着这份广告册子，心里产生一种异样的感觉，仿佛它还会来到我的身边。我没有再把小册子扔掉，而是放到床头柜上，但也不愿再去想它，包括遥远的泰国清迈。然而，那晚我做了一个奇怪的梦，在梦中到达古老的清迈，城里的人都穿着古代服装，大象载着顶盔贯甲的士兵穿过街道，一个美丽端庄的贵妇人，在奴隶们的簇拥下走出王宫——她就是十三世纪的兰那女王。"

"女王？"

"还有更奇怪的，梦中的女王对我微笑，从人群中一把抓住了我。然后，她将我请入她的宫殿之中，在熏香扑鼻的珍珠帘子后面，是我魂牵梦萦的雪儿！"叶萧睁大着眼睛，依然沉浸于梦境，他一切都记起来了，连最容易忘记的梦中情景，也栩栩如生地重现在眼前，"雪儿的神情很是忧伤，我飞奔过去紧紧地抱住她，狂吻着她并呼唤她的名字。虽然'十年生死两茫茫'，但我永远不会忘记她的眼睛——此刻已是泪水涟涟，梦中的容颜未改，我的青春却渐渐逝去。"

小枝感到脸颊不住地发冷，似乎也被拖入叶萧的梦境，"她在梦中对你说话了吗？"

"是的，现在这个梦我记得清清楚楚，雪儿对我说'来天机的世界，你会见到我！'"

"你见到了吗？"

"不知道。"他又抓起自己的头发，无法驱散那个致命的梦，"她说完这句话，就从我的眼前消失了，随即我感到脚下的地板打开，坠入一个黑暗的深渊。就在即将坠落到底的时候——就像我从体育场的看台上坠落，我就从梦中惊醒了，浑身都是汗水，还有眼角的泪水。"

也许，他从进入天机的世界失去部分记忆起，就是一个无比荒诞的梦境，直到此刻恢复记忆从梦中惊醒。

"你害怕吗？"

"是的。自那天凌晨以后，我就变得寝食难安，盯着那份泰国清迈的旅游广告，它宛如来自地狱的请柬——我把它给烧了。但到了那天晚上，孙子楚突然来到我家，说他最近休假，同样收到了泰国清迈的旅游广告。兰那王陵深深吸引了他，他想约我一起去那里旅游。这样的巧合让我难以置信，也许真是命运的安排？但我还是犹豫了几天，每夜都会梦到古代的清迈，梦到我的雪儿，她不断对我重复着那句话——来天机的世界，你会见到我！"

"最后，你答应孙子楚一起去泰国了？"

"对，我无法抵抗那个梦境，也许我幻想真的能与雪儿重逢？我脑子里什么都记得，9月10日，我和孙子楚一起去了旅行社，他已经提前把我们的护照送过去办签证了，我们只需要付款拿发票。没想到旅行社在一个非常豪华的 A 级写字楼办公，进电梯还需要拿 IC 卡，到了四十层却发现是个很小的办公室，总共只有三四个年轻的员工。我们见到了导游小方，是从另一家旅行社借来的。我还记得孙子楚卡里的钱不够了，我借给他两千多块钱，凑足了每人八千块的费用——这是最豪华也是最离谱的价格。"

小枝的眼神闪烁了一下，撇了撇嘴角，"你就是这样来泰国的？"

"没错。我和孙子楚简单准备了一下，9 月 19 号我们就坐上来曼谷的航班了。我记得很清楚，我们旅行团里的每一张脸，有各个不同的年龄、职业、性格，甚至还有不同的国籍。从航班起飞的那一刻起，我就知道命运将从此改变，谁都无法抗拒。"

"是，谁都无法抗拒。"她的表情成熟了许多，完全不像她二十岁的年纪。她性感地撩着额前的刘海说，"那么你们到达泰国以后呢？我很好奇接下来又发生了什么？"

叶萧凝神沉默了片刻后说：**"2006 年 9 月 19 日晚上，我们抵达曼谷机场，迎接我们的是——政变！"**

黄昏。

最后的大本营。

沦陷前夜的寂静，一座沉睡的别墅。

二楼的主卧室里，孙子楚躺在床上奄奄一息，等待太平间里的童建国的救命血清，林君如趴在他的身边发呆。顶顶始终注视着电视机——屏幕上仍然一片纷乱的雪花，但她们一直在期待信号的恢复，因为刚才那段精彩的画面，让屋里的每一个人都心跳加快。

伊莲娜也在期盼着，但她总感觉有什么事忘了说，是的，童建国在和那个黑衣人对峙，生死不知。可是，这里能动的全是女人了，叶萧也不知在哪里，说了也没用。她刚去浴室洗完澡回来，身上总算彻底干净了，嘴里又嘟囔起来："饿死了啊！"

"哦，我这就去准备晚饭。"

玉灵低着头冲出房间，似乎身上还带着罪恶的耻辱。下午电视机里的那段画面，让她再也不敢抬起头来，逃离众人的目光也算一种解脱，否则她总感觉自己是被剥光了的。

一口气冲到底楼的厨房，泪水才毫无顾忌地流了下来。但她强迫自己不能停下来，从冰箱里拿出真空包装的食品，像个丫环似的吃力地干活。眼泪顺着脸颊滑落，轻轻滴到自己的手背上，却再也不想去擦拭了。

这真是自己的错吗？对于年轻的泰族女孩来说，在大自然的山水中游泳再平常不过了，何况当时周围也没有其他人，只是发生危险之后杨谋才来救她的。至于是谁拍摄了那些画面，是不是杨谋自己？又是谁把这些画面放到电视信号里的？玉灵不想也不愿意去纠缠这些，她只觉得自己背上了原罪，即便她从来都没有做错过。

痛苦的情绪连累得双手颤抖，好不容易才把食品包装拆掉，今晚又是这些东西——他们都已经吃到想要呕吐了。秋秋就是因为无法忍受这些食物，才会让钱莫争去冒险钓鱼，钱莫争最终葬送掉自己的性命，而那些鱼又使孙子楚中毒，生死未卜。

心底又增添一丝自责与愧疚，玉灵困倦地坐倒在餐桌边，她已是巧妇难为无米之炊。命运为何要如此折磨自己？

无奈地摸了摸怀里，却碰到了那本小簿子，昨晚为了防止丢失，就将它塞进贴身的小衣服里。下意识地把小簿子掏出来，翻开一看仍是密密麻麻的蝌蚪文，仿佛化成多年前的那个清晨，年轻英俊的僧人捧着这本小簿子，轻轻地放在她的手心——这是阿姜龙·朱拉写下的文字，记载了一代传奇的森林僧大师，在黑暗生命长河中的旅行。

上次看到哪里了？她还记得那句**"观想自身如坟场"**，倒很合适天机的世界。在黄昏时分的寂静厨房，她暂时忘却了刚才的羞辱，翻到小簿子的最后几页——

我，阿姜龙·朱拉，无论我云游到哪一个国家，哪一片森林，都不会忘记我毕生的使命——寻找罗刹之国。

从群山围绕的湄公河畔，从密林掩盖的吴哥窟中，从硝烟弥漫的越南战场，从罂粟花开的掸邦高原，从数万佛塔的蒲甘古城，从亘古蛮荒的野人山中，我的足迹已踏遍整个中南半岛。自我知道罗刹之国传说的那一刻起，我就梦想能亲眼目睹这个奇迹，梦想能亲手触摸古代圣贤的踪迹，梦想能亲口念出千年石碑上的经文。

为此我消耗了数十年的光阴，从青春少年到孤苦老僧，从漫长和平到悲惨战争——罗刹之国，这片梦想中的王国，总是让我午夜惊醒，只得彻夜盘腿打坐，期待梦境成真。

三年前，我漫游至清迈的郊外。这座古城我已来过无数遍，但我从来都不愿进入闹市，只在城市边缘的森林漫步，向附近的村民们乞讨化缘。清迈四周有众多大山，我独自在山间小道穿梭，莽莽的丛林中传说有老虎出没，上个月刚有人葬身虎口，只有背着枪的猎人才敢走这条山路。但我阿姜龙·朱拉，不过是一介云游僧，又何足惧哉？佛经上还有王子舍身饲虎之故事，我这把皮糙肉松的老骨头，只怕老虎都嫌难吃呢！

我带着足够的食物和水，在大山里走了三天三夜，碰上许多野兽与毒蛇，就连老虎也有一次与之擦肩而过。这一带的地形极其复杂，数百里都渺无人烟，当我怀疑自己是否绝望地迷路时，却遇到一条通往清迈的公路。我没有选择回清迈，而是径直横穿过公路，往大山的另一头走去。

那片森林更为古老，有很多无比高大的榕树，每一棵起码都有千年的树龄。榕树的根须宛如女妖的长发，密布在整片森林之中，以至于我每向前走一步，都要撩开眼前的树须。在森林里走了许久，我渐渐发现自己来到了地下——

那是个奇异的世界，四周挂满了钟乳石，地下暗河在我脚下流淌，没有任何生命的迹象，全然是黑暗的世界。我只能依靠火把照明，我不知道走了多久，也不知道能否走出去，但我不愿回头离去，宁愿葬身于此十九层地狱之中。

忽然，我发觉两边竟已是人工开凿之甬道，脚下是光滑的台阶，载着我逐级往上而去。火把照出墙角的小神龛，古老的佛像正在微笑，召唤着我往前探索。我推开一道石门，进入一条渐渐往下的甬道。在转过数个弯之后，我隐隐看到了光亮，那是真理给我的指引吗？

走到光亮的所在，已是甬道的出口，外面就是光天化日之下的世界了，许多被榕树缠绕的佛像，似乎正在从千年的沉睡中苏醒。我惊诧万分地走出来，发现自己已身处另一个世界——辉煌的神庙，古老的壁画，残破的佛像，巨大的宫殿，精致的花园，还有绽开着莲花的池塘。

我看到了一座无与伦比的建筑，人类数千年来的全部智慧，凝结成这数万尺高的神迹，五座宝塔高耸入云，象征着世界中心的须弥山！

眼前的一切都无比灿烂，我触摸着沧桑的石块，艰难地爬上一层层台阶，来到建筑的最高处——罗刹之国！

我跪倒在地默念金刚经……

是的，这座梦幻中的城市已匍匐在我脚下。昔日的辉煌虽已化作瓦砾，但这副伟大的尸骨，依然足以屹立千秋而不朽。传说的烟雾终于在我眼前散尽，所有神秘已被我窥得一清二楚，这是时间与空间的真谛，这是人类所有传奇的真相，这是我们最后未知的生命密码。

也是我们过去五千年与未来五千年的预言与寓言。

当我跪倒在石板之上，亲吻中心宝塔下的佛像，老泪纵横着坠落下来时，忽然感觉生命已失去了意义——我这一生寻觅的最大宝藏已被发现，一生最重要的梦想已被实现，那么接下来还应该为何而生呢？如果现在立刻死去也不会觉得可惜！

我茫然地走到残破的石崖边，再往下一步便是万丈深渊，自人类建筑的奇迹一跃而下以致永生，或许也是我森林僧生涯的完美终点？

不，突然有个声音在我耳边响起："你要得到什么？"

我要得到什么？

得到财富？不。

得到权力？不。

得到美色？不。

得到爱情？不。

得到家庭？不。

得到荣誉？不。

得到安逸？不。

得到胜利？不。

得到永生？不。

得到崇拜？不。

得到梦想？是。

不是吗？我可以完全忘记自己，可以彻底脱离尘世，可以承受肉体的磨难，可以享受孤独的痛苦，可以放弃人生的一切，却放不下这个梦想——罗刹之国。

那么漫长的森林僧生命历程中，那么遥远的四处云游旅途中，我始终都无法忘却罗刹之国，始终都沉浸在梦想之中。而我越是执著地追求梦想，越是坚定我的信念与勇气，就越是陷入可悲的境地，陷入不可自拔的自欺欺人之中！

其实，我心底一直很明了：罗刹之国再如何辉煌，那神庙再如何伟大，但终究将化为尘土。人世间创造的一切伟大建筑，不会超过数千年的岁月，有的甚至比创造它的人灭亡得更快！在凡夫俗子的眼中，这文明古城是人类力量之证明，而在大彻大悟者看来，不过是一堆无意义的石头——无论这堆石头变成怎样精美的浮雕，化作怎样宏伟的佛像，终究还是石头！

一切来自尘土，一切又将归于尘土。

此理我怎能不明？

然而，我心底的妄念，对梦想的执著追求，让我无法抵御这个古老的诱惑。

若无法走出这罗刹之国——无论肉体抑或心灵，我的人生终究是个悲剧！

不，我重新睁开眼睛，却已看不到这辉煌的世界，只有无穷无尽的废墟，一文不名地沉睡在地底。

世界本来如此。

忽然，我放声大笑起来，面对脚下辽阔的土地，整个宇宙都能听到。

再见，罗刹之国！

我缓缓地爬下高耸的建筑，回到地面，走出广场，从神秘微笑下的门洞穿过，又回到一片丛林之中。接着发现一条林中小道，穿越过去却是一汪深潭，一条小溪从林荫道中流过。我沿着溪流向前走去，周围的景象已截然不同，虽然依旧是群山环抱之中，但已可以眺望到城市的高楼。

果然，我进入了一座城市，与外面的世界同样繁华现代，居民竟然全都是中国人。而我的出现更令本城的居民吃惊，他们说这里叫"南明市"，不属于任何政府之管辖。

我还没来得及在城中停留，便被士兵们赶出了南明，坐上一辆汽车进入隧道，经过一条深深的峡谷，被送回到通往清迈的公路上了。

就这样结束了我的罗刹之国旅行，毕生的梦想如此实现，心底却丝毫没有兴奋，有的只是淡淡的恬定——没有希望便没有绝望。

我的这本小簿子，也终于被我写到了尽头。我一生的故事还有很多，但就这样点到为止吧。在我圆寂之后，我的徒弟将把这本小簿子送给一位有缘之人，或许这些文字会对那个人有用。

最后，请读这首长老偈：

解脱之花

绵密的修习和坚毅于正精进

以念觉为自依处

佩戴这解脱之花的

出污泥者将不再轮回

这是小簿子的最后一页，这漫长的蝌蚪文的最后一行。

玉灵颤抖着捧着它，触摸着罗刹之国的心脏，浑身涌起异样的气流。这本她的初恋——年轻的小僧人送她的簿子，以前也翻阅过无数遍，却从来看不进这最后一段，以至于前看就会后忘。

但在绝望的此时此刻，却让她心底一下子清澈起来，仿佛佩戴上了解脱之花。就连下午在电视机前遭受的屈辱，也感觉被安慰了许多。

她将小簿子又塞回怀里，洗洗手准备做晚餐时，小院外面突然响起了敲门声。

是谁？难道是童建国带着救命血清回来了？

玉灵快步跑出房子，不假思索地打开紧闭的铁门，但她看到的是另一张脸。

一秒钟后，眼前漆黑成了一团，她什么也感觉不到了，沉入无边无尽的黑暗之中……

18:00

乌云已覆盖整座沉睡之城，天色也渐渐暗下来，冷风从街道尽头袭来，吹打到南明医院的窗户上。

"天快黑了。"

小枝站在医院急诊室的窗前，看着院子里摇摆的凤凰树。

"刚才说到哪儿了？"

除了被狗咬伤的手肘外，叶萧身上的伤口都已不怎么疼了。他疲惫地坐在担架床上，抚摸"天神"的下巴和耳朵。这条几乎要了他的命的大狼狗，却突然变成了他的好朋友，温顺地伸出热热的舌头，殷勤地舔着他擦伤的膝盖。

"2006年9月19日晚上，你们旅行团抵达曼谷机场，却遇到泰国发生了政变。"小枝替他复述了一遍，"怎么，你的记性又不好了？"

"切，我脑子里清楚得很！那晚的政变让我们猝不及防，但机场和酒店都还算是正常，只是午夜的街道两边，都站着许多荷枪实弹的军人，甚至还有坦克与装甲车，从我们的大巴前飞驰而过。那个大老板成立说要立刻飞回国，但孙子楚坚持要完成这次旅行，最后导游小方决定继续。我们第二天在曼谷市区游览，第三天去了大城府，又游览了芭提亚与普吉岛，一路上都平安无事，没有受到政变的任何影响。"

"后来你们就到清迈了？"

他抚摸着狼狗的后背，点点头说："没错，抵达清迈的时间是9月23日，大巴在凉爽的晨风里进入古城，我们游览了双龙寺和泰皇夏宫，孙子楚这厮免不了要欣赏美女。晚上，我们去逛了著名的夜市。我和孙子楚总是一起行动，但那里实在太拥挤了，突然跑过来一群美国游客，我就再也见不到他了。在喧嚣吵闹的市场里，周围全是陌生的面孔，我独自茫然地行走着，直到在人群中看到——"

"雪儿？"

小枝的这句提醒，不但没有让他更清醒，反而令他的脑中异样地疼痛起来，好不容易才理清的记忆，再度变成了一团乱麻。

"别打岔！"他万分痛苦地抱着脑袋嚷道，"我的记忆没有问题！但是……但是……雪儿……不……不是雪儿……不是她……该死的……怎么不是她？"

记忆在短暂的混乱之后，那幅画面变得更加清楚，尽管与他的愿望背道而驰。

是的，没有雪儿！

在清迈拥挤的夜市中，他看到的那张脸，并不是雪儿，而是一张男人的脸。

眼前浮起黑色的帽子，黑色的墨镜，黑色的丝巾，黑色的上衣，黑色的衬衫，黑色的裤子，黑色的皮鞋——黑衣人。

叶萧被这个奇怪的人吸引住了，只听到他用标准的汉语说："叶萧先生，请跟我来。"

"你怎么会知道我的名字？"

他惊奇地走了上去，但黑衣人并不回答，只是转身向阴暗的角落走去。叶萧紧紧地跟在后面，转眼离开热闹的夜市，进入一条冷清的街道。

当四周再没有其他人，只剩下叶萧与黑衣人两个时，对方转身摘下墨镜，三十多岁的脸庞暴露在路灯下，一双狼似的眼睛放射出精光。

就是他！

当记忆的潮水流到这个海湾时，这张面孔越来越醒目，叶萧立时想起今天下午——那位开枪射杀了司机，又经枪战被叶萧逮住，最后却被小枝放走的黑衣人。

怪不得下午面对他的时候，会觉得似曾相识，原来在七天之前双方就已打过照面。

再回到 9 月 23 日的夜晚，真实的记忆刚刚浮出水面。在清迈夜市旁边的寂静街道上，叶萧面对陌生的黑衣人问道："你是谁？"

"我是你的朋友。"

叶萧拧起标志性的眉毛，"你认识我吗？"

"是的，很早以前就认识了，在那些关于你的小说里。"

"谢谢，可惜那些都不是真的，仅仅是虚构的故事。"

"我能请你喝杯酒吗？"还没等叶萧回答，黑衣人又加了一句，"我知道这旁边有家不错的酒吧。"

他犹豫了几秒钟，不知怎么下意识地点了点头。再也不管旅行团的同伴了，他跟着黑衣人转过街角，走进一间半地下室的小酒吧。

这里闪烁着暧昧的粉色灯光，只有两三个欧洲人在静静地喝酒。黑衣人带着叶萧坐下，这是一个在角落里的位置，侍者端来红酒给他们倒上——看着杯子里鲜血般的液体，叶萧疑惑地问："为什么要和我搭讪？"

"为什么要来清迈？"

没想到黑衣人还反问了一句，这让叶萧有些恼火，"我在问你呢！"

"我也在问你，请你先回答我的问题。"

黑衣人喝下一大口酒，直视着叶萧的双眼，毫不惧怕他那能杀人的凌厉目光。

"好吧，我为什么来清迈。"叶萧总算妥协了一步，反正也不会吃亏，"你不相信的，因为一个梦。"

　　"你梦到了什么？"

　　叶萧眼前闪过雪儿的影子，他淡淡地回答：**"一个死去的女孩。"**

　　"你爱她吗？"

　　"是，我爱她。"

　　"有多爱？"

　　这时，酒吧里响起一阵幽幽的音乐，那是邓丽君版本的一首歌《但愿人长久》，她在音响里低吟浅唱："人有悲欢离合，月有阴晴圆缺，此事古难全。但愿人长久，千里共婵娟……"

　　邓丽君的声音缓缓飘来，让叶萧的鼻子有些酸涩，但他表面上仍保持平静：**"非常非常爱她。"**

　　"你还想见到她吗？"

　　"是的，但这不可能。"

　　"一切皆有可能。"黑衣人诡异地一笑，随后举起酒杯说，"让我们干一杯吧！"

　　"谢谢！"

　　叶萧举起杯子，看着鲜血似的红酒，仰起脖子一饮而尽。

　　"好！"

　　"好吗？"

　　他惆怅地放下酒杯，任由酒精攻击自己的神经，今夜只想灌满多年未解的愁肠。

　　"很好，很强大。"

　　在黑衣人赞许的目光下，叶萧又给自己倒了满满一杯，还是一大口饮下。

　　"好了，你该告诉我你是谁了。"

　　两大杯红酒下肚之后，一向不胜酒力的叶萧，眼前已有些模糊了。他托着自己的下巴，连喘了几口粗气，感到脸上火辣辣地烧了起来。

　　黑衣人又喝了一大口酒，感觉就像在喝矿泉水，摇摇头说："对不起，我没想到你酒量那么差。"

　　"是，很差，我酒量很差。"叶萧已感觉有些糊涂了，他把头低到了桌子上，大声嚷道，"快点告诉我，你是谁？"

"你会知道的！"

这句话如咒语般传到叶萧耳中，便什么都看不清了。一双手架起了他的身体，他感到了致命的威胁，想要拼命挣扎却使不出力气。

他感到自己被架出了酒吧，回到清冷的街道上。眼皮却重得像块铅，他什么都看不到了，触觉也渐渐消失，只剩下最后一丝听觉。

"叶先生，你喝醉了，我送你回酒店吧！"

接着，黑衣人将他扶上一辆轿车，载着他回到旅行团所在的酒店。

叶萧被送到酒店的房间里，躺在床上再也没有知觉了，而孙子楚直到下半夜才回来。

早上起来浑身酸痛，胃里非常难受，口中有一股难闻的气味，但这绝不是酒精味道。

然后他们坐上旅游大巴，离开清迈前往兰那王陵，他一直在车上昏睡着，直到那个致命的坐标——

2006 年 9 月 24 日，上午 11 点整。

他终于醒来了，这也是天机故事的起点，而旅行团命运的逆转，则远远早于这个时间。因为他们早已被命运选定，因为当穹苍破裂的时候，当众星飘坠的时候，当海洋混合的时候，当坟墓被揭开的时候，每个人都知道自己前前后后所做的一切事情。

"这就是你失去的所有记忆？"

小枝打断了他的叙述，让他心有余悸地抬起头来，额头已布满冷汗。

"是，现在全都想起来了。真是不可思议，也许是个阴谋。"

"你是说黑衣人？"

"如果我猜得没错的话，他一定在给我喝的红酒里，下了某种卑鄙的麻醉剂！"叶萧已愤怒地捏紧了拳头，咬牙切齿地分析，"而这种药剂可以导致人中断部分记忆，我根本就不是因为喝醉了！直到第二天上午才完全清醒过来，却再也想不起之前半个月的事情，实在太可怕了！他为什么要这么对我？"

可他昨天还在回忆雪儿——在顶顶的催眠帮助之下，但那并不是真实的记忆，不过是他失去记忆之后混乱的幻觉。因为当一个人沉浸在臆想之中，他就会极其强烈地渴望见到，自己心中最思念的那个人。

是的，雪儿是他的幻觉，如同催促他来到天机的世界的那个梦。

如果红酒中的药剂再猛一些，是否会让他彻底遗忘所有的记忆？就像我们死后站在奈何桥上，饮下孟婆汤，渡过忘川水，从此将不会再记起这一辈子。

　　叶萧想到这里苦笑了一声，"既然已经失忆，又为何不全部忘得干干净净，不要再记起此生的烦恼了！"

　　"可是当我们一回过头来，却又见到了那块三石生！"小枝被他的情绪感染了，"传说三生石上记载着我们前生今世的一切。"

　　这回她终于惹火了叶萧，"可你为什么要我把黑衣人放走？"

　　"对不起。"

　　她总算有害怕的时候，低下头躲到急诊室的角落里，狼狗"天神"也警惕地回到主人脚下。

　　"顽固的家伙，我已经对你失去信心了。"叶萧无奈地叹息了一声，从痛苦的记忆中抽身出来，"哎呀，我怎么觉得肚子饿了？"

　　"啊，我这就出去给你找些吃的，你留在这里不要乱动，'天神'会保护好你的。"

　　她低头拍了拍狼狗的脑袋，冲出房门时回头补充了一句："一定要等我！乖乖地听话！"

　　这语气就像小护士在对病人嘱咐，叶萧苦笑着说："遵命！"

　　急诊室里只剩下他一个人了，"天神"威严地蹲在门口。叶萧感到又累又饿，便躺倒在担架床上，仿佛等待急救的病危者很快就要被送进同一楼层的太平间。

　　但是他不知道，太平间里还有个人大活人在等待着他。

　　困倦缓缓笼罩着双眼，叶萧又一次抛下了意识，独自陷入痛苦的昏睡之中。

　　夜，快到了。

夜幕降临。

这是他们来到天机的世界的第七个夜晚。

七天七夜。

七天不是七宗罪。

七夜不是七夜怪谈。

大本营。

"玉灵不见了!"

林君如惊恐地喊叫着,她的声音传遍了沉睡的别墅,也让顶顶和伊莲娜心跳加快。

几分钟前,她们依然守在飘满雪花的电视机前,也守在垂死挣扎的孙子楚床前。但玉灵下去准备晚餐已经很久了,怎么一直都没有她的动静?饥肠辘辘的林君如跑到底楼,却发现厨房里空空如也。她又到这栋房子的各个房间去找,也包括外面的小院子,每个角落都不见玉灵的踪影,倒是原本紧闭的铁门半开着。

二楼的卧室里,顶顶的脸色也变了,"她去哪儿了?"

"不知道啊!会不会是因为下午——电视机里放

出来的画面，玉灵受不了我们的目光，就一个人逃了出去？"

伊莲娜立即摇摇头说："不可能，现在晚上跑出去不是送死吗？"

"可她的性格虽然温顺，但也一定有倔强的一面，谁知道呢！"

"我们谁也没有骂她啊。"伊莲娜嘟起嘴巴，耸了耸肩膀说，"而且，对我们美国人来说也没什么大不了的。"

就在她们为玉灵失踪而忐忑不安之时，电视机屏幕上的雪花突然消失了。

画面先是剧烈地抖动了几下，然后变成一个长镜头，里面出现了许多人，背景则是现代的城市。所有人心里又是一惊，都把目光对准了屏幕。

顶顶按下遥控器，将电视机音量调到最大，尽管画面一切正常，但依然听不到任何声音。

画面里出现的都是中国人，还有繁体中文的商店招牌，他们背后是一条街道，看起来很像是港台某地。

"台北！"

林君如骤然喊了出来。电视机里出现的街道，正是台北的忠孝东路，也是台北她最熟悉的地方，爸爸妈妈至今仍住在那条路上。

镜头沿着忠孝东路的人行道稳步推进，不少人从镜头前面匆匆而过，一直推到一栋大楼的底下。接着画面切换了一下，显然是由专业人士处理过的，镜头对准一对五十多岁的夫妇。

他们面对镜头都很激动，神情焦虑不安。尤其是那位女士，眼眶都已经通红了，拿着手绢不停地擦拭脸颊，简直已泣不成声。她的先生接连说了不少话，像是在对着镜头控诉，但电视机始终是个哑巴，什么声音都听不到了。

"天哪！"

林君如已缩到墙角去了，抱着自己的脑袋。

"你怎么了？"

顶顶走过去搂住了她，而林君如指着电视机说："这是我的爸爸妈妈！"

伊莲娜和顶顶都被吓住了，居然在电视里看到了林君如的父母？两位老人身在台北忠孝东路，面对镜头接受采访，但情绪都非常悲伤，像遭遇了什么重大变故。

画面下方还出现了一行英文字幕——"Lin Junru's parents"，意思就是

"林君如的父母"！

没错，电视机里拍摄的地方，就是林君如在台北家的楼下，她的父母肯定在思念女儿，希望她能尽早回家。林君如再也抑制不住难过，泪水冲出眼眶滑落在手背上。上次与父母团聚还是过年的时候，随后匆匆离开台北，坐春节包机飞到上海，算起来已经有两百多天了！而最近一次和妈妈通电话，还是在整整一周之前，旅行团刚刚抵达清迈的时候。

在沉睡之城大本营里的人们，都被这行字幕吓傻了，这是什么电视节目啊！

"我认得这个频道！"伊莲娜指着电视画面的左上方，有一个奇特的龙形 LOGO，"是美国一家很有名的卫星电视台。"

"看来我们所有人都上了电视。"顶顶理智地为大家分析起来，"一个中国旅行团在泰国北方旅途中失踪，至今音讯渺茫生死未卜，他们的家人都非常着急，都在想办法要找到我们。而我们国内的旅行社，驻曼谷的中国大使馆，包括刚刚政变的泰国政府，还有全国乃至全世界的媒体，他们仍然在关心着我们。我们现在看到的画面，就是这家美国的卫星电视台，专门去台北采访林君如的家人。他们一定也采访过我在北京的家人，还有伊莲娜你在美国的家人，总之我们的家人都被采访过了，我们并没有被世界遗忘，他们一定会来救援我们的。"

然而，她乐观的情绪并未感染到其他人，伊莲娜摇着头说："可是，他们肯定不知道我们在哪里。如果能够找到这里的话，我们早就被救出去了。"

此刻，电视画面从台北切换到了演播室。女主播美丽端庄，年约三十多岁，长着一张中国人的面孔——她看起来有些眼熟，像是前几年国内蛮有名的女主持人，因为某桩绯闻而突然销声匿迹了。与她搭档的男主播在五十岁左右，典型的美国人相貌，看起来颇为严肃认真。而在右上角的小画面框里，则是刚刚采访林君如父母的镜头。男女主播先是念了一段稿子，然后相互说了几句，又对着镜头侃侃而谈，不时拧起眉毛表示关切，看来是一个新闻谈话节目。

"SHIT，怎么还是没有声音？"

电视机屏幕里的演播室，变成了哑剧表演的舞台。伊莲娜又折腾了一阵遥控器，但无论换到哪一个频道，出现的都是同一个画面，音响里也同样没有声音。

"真要命！"小画框里还是爸爸妈妈的镜头，林君如心想自己这下变成世界名人了，她心急如焚地喊道，"他们在说什么？说什么？是我们自己聋了吗？"

"你别着急，冷静一点。"顶顶抓着她的肩膀，把她拉到了小沙发上，"有越多的人关注我们，就意味着获救的几率越大。"

目光回到电视画面，镜头再一次切换，这下伊莲娜一眼就认了出来——洛杉矶！

在天使之城洛杉矶的街头，主持人正在随机采访路人。镜头抓住了一个黑人妇女，虽然不知道他们在说什么，但十有八九是关于他们旅行团的事情。黑人妇女还挺有镜头感的，滔滔不绝地说了一长串话。伊莲娜拼命地想看出口型，但还是一点都没看明白。

接着，镜头又瞄准一对白人老年夫妇，他们看起来有些羞涩，只是匆匆地说了两句话，就摇摇头告辞离开了。随后主持人自己面对镜头，抓着标有龙形 LOGO 的话筒，眉飞色舞地大说了一通。

画面又切回到了演播室，仍是一男一女两个主播，不过那个男的更像是节目嘉宾。女主播嘴皮子动了几下，镜头被切换到棚里，有个大学教授模样的男子，摆出一副权威面孔对镜头说话，下面打出一行英文字幕，果然是哈佛大学研究现代传播的某某著名教授。随即镜头又被切到另一个棚，这里出来一个华裔的中年女性，又对镜头大说了一通，下面的英文字幕说明是美国西部某州新当选的华裔女州长。

正当大家被这"无声电影"陷于绝望之际，突然听到一阵震耳欲聋的声音——刚才她们把声音调到了最高，电视机里果然有声音了！没有人想去调低音量，都全神贯注地听着电视机里传出的声音。

然而，电视机里放出的是新闻节目的背景音乐。画面变成巴勒斯坦和以色列的景象，一个新闻主播正用美式英语播报巴以谈判的最新进展。

"我们的节目过去了！"

伊莲娜听得清清楚楚，美国主播嘴里说的每一句话，怎么一到关键时刻就换成其他新闻了呢？当然，这个世界上的大多数人，除了娱乐与八卦之外，更关心战争与灾难，而不是他们这些普通人。

电视机的声响让整栋房子微微颤抖，就连躺在床上的活死人孙子楚，也被惊醒发出一阵轻轻的哀嚎。

顶顶拿起遥控器，想要看看其他的频道，没想到一按下去，电视机干脆变成了黑屏！

这下什么声音都听不到了，三个女人睁大了眼睛，立刻重新按起遥控器，可还是没有任何反应。伊莲娜连续按着电视机下面的钮，也没有让电视机亮起来。突然，她想起下午在该死的医院密室里的那台电视机——她立即尖叫着躲得远远的，生怕这家伙也发生爆炸。

"别害怕！"

顶顶又来安抚伊莲娜了，其实她自己心里也七上八下的。

"不要把它关掉。"林君如狠狠地盯着电视机，仿佛面对一个强有力的情敌，"画面还会再出现的。"

现在，留给她们的只有等待，等待太平间里的血清，等待演播室中的**声音，等待命运的审判之日。**

19:00

夜。

天空已是深黑色了，满天浓云再也无法看到，只有凄凉的山风席卷而来，夹带着零星的雨点，抽打到小枝苍白的脸上。

她低头冲过细雨组成的幕墙，手里提着一个大纸袋子，里面装满了各种袋装食物。在空无一人的街道尽头，耸立着并不高大的南明医院，被雨夜昏暗的路灯照耀着，勾勒出黑色的冰冷轮廓，举头仰望只感到威严与阴森。

十几分钟前，在急诊室里休息的叶萧感到饥饿难耐，她便跑出医院去寻找两个人的晚餐。叶萧再不会像押解囚犯一样牢牢看住她了——他明白自己看不住这个女孩，她就像指间飘过的风，越是想要把她抓得紧，就越是容易伤到自己。

但这股风再也不会吹走了。

她跑到附近街道上的超市里，拿了整整一大袋的食品，还有未过保质期的饮料，连明日的早餐和午餐都一并解决了。

赶回医院的路上已下起小雨，乌黑的天空不知预示着什么？偌大的城市依然安静地沉睡着，或许今夜将大难临头？

　　顶着雨跑进医院的大门，背后已沁出一层汗水，其实今天她也累得够呛。从清晨冒着生命危险逃出大本营——其实原来就是她家，到上午生死时速的追逐，又遭遇城市中的野象群，再到下午神秘黑衣人的出现，以及体育场里的危机时刻。在这短暂的十几个小时里，她仿佛成了电影的女主角，而导演则是隐藏在地底的死神。

　　回到静谧的急诊室里，叶萧仍赤裸着半个身子，安静地躺在担架床上，乍一看如同抢救失败的死者。她拿出食物放在他身边，轻声说："我回来了。"

　　眼皮微微跳了几下，死者从沉睡的世界里复活了，叶萧睁开迷糊的双眼，用了一分多钟才回过神来，磕磕绊绊地说："小……枝……"

　　"是！"她的心也悬了起来，"你脑子又糊涂了？"

　　叶萧从担架上直起身子，猛摇了摇头说："不，我已经清醒了，什么都没忘记！哎呀，我真的好饿啊！"

　　"快点吃！"

　　她将"晚餐"递给了叶萧，虽然这些一年前真空包装的食物，吃起来索然无味又没什么营养，但对筋疲力尽又饥肠辘辘的叶萧来说，简直就是五星级酒店里的美味。

　　两人很快吃完这顿医院餐，小枝却感到有些不对："奇怪，'天神'到哪里去了？"

　　叶萧这才发现狼狗"天神"不见了，摸着头说："你出去的时候，我一直躺在这睡觉，不知道它什么时候跑的。"

　　小枝到急诊室门口望了望，这条走廊里异常昏暗，什么都看不清楚，无奈地摇摇头说："算了，它已经在这座无人的城市里生活了一年，也许已经习惯了独来独往。"

　　"别多想了，我看得出'天神'非常忠诚，它会回到你身边的。"但叶萧又拧起了眉头，恢复了警官的职业天性，"不过，你刚才说它已经在这里待了一年，也就是说这最近的一年来，这里只有动物没有人？"

　　女孩苦笑了一声，又显得少年老成起来，"是的，**你没发现这个天机的世界，若没有我们存在的话，早已经成为了'动物世界'。**"

　　没错，从路上遇到的山魈，到城市里的狼狗"天神"，再到水库中的食人鱼，直至吸血蝙蝠，吃人的鳄鱼潭，神秘的白猫，"鬼美人"蝴蝶，游荡的野象群，最后是身藏剧毒的鱼……

地上跑的，天上飞的，水里游的，海陆空齐全了，果真是个标准的"动物世界"。

"但你说一年前南明城遭遇的灾难，除了令人全身腐烂而死的病毒之外，还有就是发狂的动物攻击人类——那些可怕的动物到哪里去了？"

"我猜想是它们自相残杀而亡了吧？何况这些动物本身也感染上了病毒，很快就会自己毒发而死的，一年的时间足够它们死光的了。"

叶萧深思片刻，点头说："可惜，人类的生命是最脆弱的，我们挨不了那么长的时间，所以要么死亡，要么消失——"

"你在故意套我的话吗？"

她对"消失"这两个字格外敏感，"大空城之夜"的真相如何？这个只有二十岁的女孩，对此依旧讳莫如深、守口如瓶。

"你是这么想的吗？看来你还是时时对我防范有加，我不想再问你什么了，因为我不愿意做你的玩物。"

看来叶萧已经全都想明白了，从答应为她完成三件事起，自己就已经陷入了她编织的陷阱，没必要再往墓穴里头跳了。

"不，不是，不是你想象中的那样。"她悲伤地低下头，又变回小女生的模样，像遭遇了天大的委屈似的，"我不是魔鬼，也不是间谍，更不是凶手，我只是……只是……"

"只是什么？"

无论她怎么变化表情和模样，无论是像纯洁的爱丽斯，还是邪恶的洛丽塔？抑或无辜的聂小倩？叶萧都再也不会相信她了，这才是最致命的伤害。

但她却无法自我辩护，只能别过头去说："你，迟早会明白的。"

"明白什么？不可泄露的天机？"

"是。"

小枝的眼神又恢复了冷漠，单纯的一个字让她变得更不可接近。叶萧冷冷地注视着她的双眼，暗暗揣摩她的心究竟藏在哪里。

南明医院急诊室的窗外，世界已然一团漆黑，雨点愈加密集地打在玻璃上，扫下一层厚厚的灰尘，如被玷污者的眼泪刷刷地流下。

整栋大楼都随着夜雨而哭泣，连同在这里消逝的灵魂们。叶萧靠着冰冷的白色墙壁，身上仍缠着许多纱布和护创膏，安静地听着窗外的雨声，如潮汐把自己推向最后时刻的沙滩。

"小时候喜欢看聊斋，"还是小枝打破了两个人之间的沉默，"最喜欢《罗刹海市》与《聂小倩》两个故事。"

"我也看过。"

当叶萧奇怪她为什么说起聊斋时，小枝托着下巴柔声说："你觉得我像聂小倩吗？"

"那天夜里，在第一次抓住你的那间小屋，神秘的烛光笼罩着你全身，你用木梳掠过黑色的长发，给我的第一感觉就是聂小倩。"

"嗯，就连我自己都这么认为。我觉得小枝就是小倩，就像小说写的那样。"

小枝 = 小倩？

"可我们这不是在聊斋里，也不是在蒲松龄的清朝，而是在二十一世纪的沉睡之城，不可捉摸的天机的世界。"

他想要大声地对小枝叫嚷，可话到嘴边又轻了下去，或许是被雨夜的环境震慑住了，仿佛小倩即将在此地出没——古时兰若大多兼做停放未及下葬棺材的"义庄"，正与这间医院里的太平间相同。

"你害怕了？"

"不，我从不信鬼！"叶萧扬起下巴，强撑着说下去，"若真有鬼魂对我们作祟，也从来都没有人心里的鬼可怕——与其心中有鬼，不如书中有鬼！"

"那么你为什么会心存幻觉？"

"什么？"

他还没有听明白，但小枝立刻凌厉地问道："你以为会在清迈遇到你的雪儿，这才是你参加这次旅行团的原因！或者说你梦想与死去的恋人重逢。"

"我——"

面对叶萧一时的语塞，她点点头继续道："没错，你心里就是这么想的。尽管你明明知道人死不能复生的道理，尽管你也明白雪儿不可能再活过来了，但你仍然心存妄念，希望再见到雪儿一面，这才是你心底最大的欲望——见到自己深爱着的人。"

"是吗？"叶萧已被她连珠炮似的追问逼得无话可说，沉默了许久才答道，**"也许，人生最大的恐惧，就是无法见到自己所爱的那个人。"**

"其实那么多年来，你一直生活在恐惧之中，直到今天也无法摆脱。而你到泰国来的原因，也是为了摆脱你的恐惧，可你注定将要失败！"

"闭嘴！"

他终于忍无可忍了，但又摇摇头不知该如何反驳，或许小枝说的都是事实。

小枝叹息了一声不再说话，两人又僵持了好几分钟，直到一阵猛烈的犬吠，打破了雨夜医院的寂静。

"天神！"小枝兴奋地冲出急诊室，"'天神'在叫我们，它还在医院里！"

同一时刻。

但见不到雨，也见不到夜，只有四面光滑的墙壁，还有幽暗的白色灯光打在一张柔软的大沙发上。

沙发上躺着二十岁的玉灵，筒裙依旧包裹着她的身体，像安静的睡美人一般，但再也等不到吻醒她的王子。

她已经昏睡了将近两个钟头，已经迷失了的意识深处，忽然感觉一丝微光，有人在呼唤她的名字——

"玉……灵……玉……灵……玉……灵……"

这是妈妈的声音！尽管只能从照片上认识妈妈，但在她沉睡的大脑里，仍然固执地相信是妈妈。

于是，她轻轻地抖动眼皮，再度回到天机的世界。

这是个四面封闭的房间，只有墙角摆着一张大沙发。她全身都倒在沙发上，胳膊和双腿依旧无力，胃里还有些轻微的难受。

这是怎么回事？自己为什么会在这里？她好不容易才直起身子，却实在没有力气站起来，只能斜倚着沙发靠背，努力回想被打断的记忆。

是的，她记得下午在大本营里，二楼卧室该死的电视机，放出一段令自己极其难堪的画面。她趁着黄昏痛苦地躲到厨房里，却听到外面有人敲门，结果一打开门就失去了知觉。

接着就到了这个神秘的鬼地方，她试着喊了一声："喂！有人吗？"

一分钟后房门被缓缓地打开，走进来一个修长的人影。

她警觉地往后一缩，但仍然不能起身逃跑。对方是个中国模样的男子，年纪大约有五十多岁，穿着一身笔挺的西装，那是她看不懂的阿玛尼牌子。

一个陌生人。

他渐渐地向玉灵走近，白色的灯光照亮他的脸庞，看起来保养得还是不错的——头发乌黑，那张脸白皙而削瘦，一双炯炯有神的眼睛，使得他的气质出类拔萃，恐怕年轻时也是万人迷的帅哥，只有额头的皱纹泄露了他的年龄。

当男子的身影覆盖玉灵的脸庞时，她战战兢兢地用中文问道："你……是谁？"

"我是对你很重要的人。"

果然是一句标准的中文，他站定在沙发跟前，低头俯视玉灵的双眼，脸上看不到任何表情，唯有一双眼射出咄咄逼人的目光。

玉灵又往后缩了缩，似乎被他的眼神灼烧，受伤了，但她又无力站起来逃跑，只能恐惧地低头道："不要……请不要靠近我！"

"我不会吃了你的。"

他的声音柔和了下来，双眼却盯着玉灵的胸口不放，这让女孩更加害羞起来，"你要干什么？"

"能不能，给我看看你胸口的坠子？"

"坠子？"

玉灵低头看了看，不知这人动的什么脑筋，犹豫着将坠子摘了下来。

五十多岁的陌生男子，小心地接过她的坠子，打开那个鸡心状的小相框——里面是一位美丽女子的照片，容貌与玉灵酷似，她的名字叫兰那。

他仔仔细细地查看着坠子，甚至从口袋里掏出一副眼镜，戴上眼镜把它放到灯光下审视，就像在鉴定什么古董似的，足足花了两分多钟，又将目光投到兰那的照片上。

那人的眼神剧烈地闪烁了几下，又立即恢复了平静，淡淡地问道："这是谁的照片？"

"我的妈妈。"

"她叫什么名字？"

"兰那。"

他微微点了点头，"她现在哪里？"

"妈妈早就去世了，在我出生不久以后。"

这句话让男子停顿了许久，他转身在房间里徘徊了几步，方才低头道："她是怎么死的？"

"那年村子里流行了瘟疫，我妈妈身体不好就染病死了。"

"是哪一年？"

"让我想想——"玉灵皱起眉毛想了片刻，"对了，是1988年，那年我只有三岁。"

他转过头来紧追不舍地问："你的生日是几号？"

"与佛诞日是同一天——但我妈妈死得太早了，是村里的老人把我带大的。"

"这么说你是个孤儿？"

这句话勾起了她的痛楚，她悲哀地点头道："是的。"

"可怜的孩子。"

他伸手抚摸着玉灵的头发，这让她心里愈加地紧张，却又不知该如何反抗。

然后，他把镶嵌着兰那照片的坠子，塞进了自己的口袋里。

"你要干什么？"她一下子担心起来，着急地喊道，"这是我的坠子！是我妈妈留给我的！快点还给我！"

但他不为所动地摇摇头说："但这也是我的坠子。"

"你的？到了你的手里就是你的了吗？流氓！"

从小孤苦伶仃的玉灵，早就习惯了遭受各种委屈，但她无法容忍妈妈的坠子被夺走。因为这枚坠子在她的眼中，要比自己的生命更加宝贵。她积蓄全身的力量往前扑去，竟然从沙发上站了起来，却被对方一把按回到沙发上。

"别乱动，孩子。"

这回他说的居然是泰国话，玉灵惊讶地坐在沙发上不动了，但她仍然执拗地说："请把坠子还给我！求求你了！"

"我没有骗你，这确实是我的坠子。"他又停顿了一会儿，才大声地说，"是我把它送给你妈妈的。"

"什么？"

玉灵瞪大了眼睛不敢相信，他再度想要抚摸玉灵的头发，却被她愤怒地推开了。

"我再说一遍，这枚坠子是我送给你妈妈的。"

"你到底是谁？"

这个问题让他仰起头思考了许久，因为这个古老的问题，对我们每个人来说都是难解之谜。最终，他盯着玉灵的眼睛，怔怔地说——

"我是你的爸爸。"

……

小小的封闭的屋子里，空气刹那间凝固成冰块，仿佛已沉默了几千年。

然而，玉灵绝望地摇了摇头——

"不，我没有爸爸。"

19:30

雨夜。

南明医院。

惨烈的狼狗嚎叫声，震撼了整座大楼，每一寸黑暗的楼道都在颤栗，似乎要把一年前的医生和病人们全部唤醒。

"天神"的狂吠声引出了小枝，她急切地冲出急诊室，循着声音向底楼的另一端走去。

"等一等我！"

叶萧也小心翼翼地跳下担架床，现在他已经可以自己走路了，伤势并没有伤筋动骨，那些皮肉伤也没什么感觉了。

他一路追到外面的走廊里，小枝这才回过头来："你怎么出来了？"

"记住，晚上不能一个人乱跑。"

于是，两个人找到对面的走廊，幸好有几盏昏暗的廊灯。只见狼狗"天神"硕大的身躯，正对着一扇铁门狂叫不已——这正是太平间的大门。

"'天神'！"小枝跑到爱犬的身边，拍了拍它的后背说，"你原来在这里啊，发现了什么？"

狼狗叫得更加起劲了，还不停地用爪子拍打着铁门。想必它是在医院大楼里"检阅"了一番，却闻到太平间门口的味道不对，不单单是死人的气味，还有一个活人的气味，包括残留的火药气味。

"门里一定有什么蹊跷。"叶萧把弄了一下门把手，"而且还被反锁住了。"

但这扇门被反锁以后，只要在外面转动把手，就可以很轻松地打开。

他小心地打开铁门，除了一股寒意扑面而来，便是陈年累月的腐烂气味。

"啊，这里是太平间！不要进去了！"

小枝这才回想了起来，急忙将嘴巴鼻子蒙住了。

"不对，我有一种奇怪的感觉。"

也许又是警官的职业第六感，叶萧轻轻地走进太平间，双脚几乎立刻被冻住了。他发现墙边有几排大铁柜子，不需要再一一打开来检查了，他知道里面藏着的是什么。

一直走到太平间的最里面，却发现地上还半躺着一个人，再走近一看不仅目瞪口呆。

他看到了童建国！

第一个瞬间，叶萧停顿住了，他不知道自己该做什么。眼前这个五十七岁的男人，上午还在迫不及待地追杀自己，两个人几乎以命相搏，此刻他却躺倒在太平间里——他的左臂上缠着绷带，裤子下半截被撕碎了，头发上结了一层薄薄的霜，面色铁青，一动不动。

但是，叶萧的第二反应还是低下头，摸了摸童建国的鼻孔和脉搏，发现他还有微弱的呼吸。

"快点过来帮忙！"

回头向小枝招呼了一声，他明白自己刚刚受了伤，虚弱的体力搬不动壮硕的童建国。

"啊？"

她害怕地颤抖了一下，但看到狼狗"天神"无畏地跑在她前头，只能找来一个口罩蒙住嘴巴，壮着胆子走进了太平间。

"怎么是他？"

小枝的脸色一眨眼就变了。这个奄奄一息的童建国，是旅行团里最最仇视她，也是最起劲地要审问她的人。

"别管那么多了，你没看到他快死了吗？先救人再说！"

他一手搭住了童建国的头，让小枝帮忙抬住他的脚。二十岁的女孩拧着眉毛，犹豫不决地抓起童建国的腿。

第五章 ■ 人生最大的恐惧

一个伤员，一个女孩，两个人都力量不大，而童建国足有一百六十多斤，没抬出去几步就摔倒了。

　　这么一摔正好把童建国震醒了，他恍惚地睁开眼睛却看到了叶萧。一开始还不明白什么意思，但求生的本能让他挣扎着站了起来。幸好刚才睡着的时间不长，要是再迟上一个钟头，恐怕就真的要成为太平间的僵尸了。

　　这下可以轻松许多了，叶萧一把架住他的胳膊，小枝也搀扶住他的另一边。但他们同时也非常小心，害怕童建国会突然恩将仇报，继续上午的仇恨和追杀。

　　也许长期低温使人迟钝，童建国根本没反应过来，被叶萧和小枝架出了太平间。

　　回到外面的走廊，温度迅速恢复正常，身体脱离了冰冻状态，童建国才清醒过来，挣扎着喊道："怎么是你们？"

　　"混蛋！是我救了你！"

　　叶萧还对他上午的所作所为心有余悸，真恨不得再往他脸上痛打两拳。

　　"啊——"

　　童建国也不敢再多说话了，低头一看有条凶猛的狼狗。他的体力也非常虚弱，再加上左臂的枪伤，根本没有力气来反抗，只能像受伤的俘虏一样，被叶萧和小枝押送到急诊室。

　　三个人一条狗来到急诊室里，这下轮到童建国躺到病危担架上。还是叶萧的警惕性高，摸了摸童建国被撕碎的裤子，却发现那把手枪已经不见了。

　　"不要再费劲了，我现在身上没有武器。"

　　他疲倦地吐出一句话，身体还是感到很凉，毕竟在太平间里待了几个钟头。

　　"给他一杯热水。"

　　叶萧给小枝下了道命令，她只能极不情愿地去执行了。

　　狼狗"天神"虎视眈眈地盯着童建国，只要他稍微有些反抗的意思，就会冲上来。

　　他看到叶萧打着赤膊，头上和身上包扎着纱布，疑惑道："怎么，你也受伤了？"

　　但叶萧指着他受伤的左臂，反问了一句："你的胳膊怎么了？"

　　"阴沟里翻船了！"童建国接过小枝递来的热水，毫不客气地大口喝下，

"这座城市里还有一个人，一个不为我们所知的人。"

"谁？"

他喘了几口粗气才说："一个黑衣人。"

"是不是全身都是黑色的，三十多岁的说中文的男人？"

童建国很是吃惊："你怎么知道？"

"下午，我已经和他交过手了。"

"该死的！"他满面羞愧地低头说，"他开枪打伤了我的胳膊，又把我关在了太平间里。"

"看来这里已经完全超出了我们的预料。"

然后，叶萧把下午发生的事情，包括在警察局发现司机，旋即司机被黑衣人开枪打死，又与黑衣人发生枪战，全都事无巨细地告诉了童建国——但略去了小枝要他放走黑衣人的那一段。

小枝暗暗瞧着他的眼睛，两人彼此用眼神交流了两秒钟，看来叶萧还是在庇护着她。否则让童建国知道的话，必定会火冒三丈，又要动刑讯逼供的脑筋了。

"他究竟是什么人？"

童建国沉思了片刻，其实以前他自己也做过这种角色，黑衣人不过是他年轻时候的翻版而已。

"说说你自己吧。"叶萧仍对他保持警惕，催问道，"你又遇到了什么？"

"好吧，看来我真的是老了。"

随即，童建国简明扼要地说了一通，从上午钱莫争在河边被大象踩死说起，接着孙子楚在大本营食物中毒，去医院寻找血清却让法国人亨利送了命，结果遇上绑架伊莲娜的黑衣人，最后便是受伤被囚禁在太平间里。

"孙子楚快死了？"叶萧这才有些着急，毕竟那个多嘴多舌的家伙，是他在旅行团里唯一的朋友，"鱼毒血清在哪里？"

"放心，我把它看得比我的命还重要——"他从怀里掏出贴着"Constantine 血清（抗黑水鱼毒）"标签的瓶子，"孙子楚这个混蛋，你为什么不早点死，害得我在这里倒霉！"

叶萧小心地接过瓶子，看着标签心里有些感激，也许一开始就不该怀疑童建国，他并没有想象中那么坏。其实，仔细想想童建国的所作所为，不都是在为整个旅行团卖命吗？

但他只能低声道："谢谢你。"

"现在说这些有什么用？"童建国又瞥了小枝一眼，"上午，我差点把你们给杀了，你们一定非常恨我。现在我没有力气反抗了，你们随便怎么处置我吧。"

叶萧沉默了半分钟，忽然转头对小枝说："给他检查一下胳膊上的伤势，我觉得他需要换一条干净的绷带。"

"啊——"

"快一点！"

面对小枝犹豫的神情，叶萧使用了命令性的语言。她只得服从命令似的靠近童建国，忐忑不安地解开缠在他左臂上的布条——虽然包扎得还算是不错，但毕竟是从裤子上撕下来的，本身就太不干净，很容易造成第二次细菌感染。

第一次看到枪伤的创口，肌肉组织像绽开的花，而子弹则隐藏在其中。小枝感到一阵恶心，童建国淡淡地说："别害怕，小姑娘，这种伤对我来说是小意思。"

小枝硬着头皮端来碘酒，重新清洗处理了伤口，皮肤上还残留着火药碎屑，不时有鲜血流出来。她找来干净的绷带和纱布，咬着牙给他包扎起来，缠完后轻声说："你胳膊里的子弹，需要做手术才能取出来。"

"谢谢。"童建国始终盯着她的双眼，仍然充满了怀疑和提防，"我明白，我是上过战场的人，自己会处理的。"

在小枝为他处理伤口的过程中，狼狗"天神"一直紧盯着他，鼻子不停地嗅着他的脚，这种威慑让人不寒而栗。

"'天神'！不要这样。"

她往后退了好几步，把"天神"也叫到自己身边，不让它靠童建国太近。

"哎，我还没有力气走路，你们赶快把血清带回去吧，不知道孙子楚现在死了没有。"

叶萧把血清瓶子捏在手中，"好的，那么你呢？"

"先不用管我，让我在这休息一会儿，我会自己回来找你们的。"说罢童建国又苦笑了一声，"我老了。"

叶萧拧眉想了片刻说："好，我替孙子楚谢谢你，你一个人在这里多小心了。"

"年轻人，你们路上也小心些，尤其要提防那个黑衣人。"

当他准备带着血清离开时，小枝突然提醒了他一句："等一下，你就这么带着血清走了啊？"

"怎么了？"

"还要注射器呢！否则怎么把血清注入人体内呢？"

幸亏小枝是医生的女儿，她跑到走廊对面的房间里，找出几套干净的注射器，还有其他一些医用物品，"现在我们可以走了。"

叶萧准备辞别童建国时，忽然又想起一件事，转头问小枝："我的手枪呢？"

"哦，我差点忘了！"

她刚从抽屉里取出手枪，就被叶萧一把夺了过去，同时瞄了一眼童建国，却发现他已躺着闭目养神了。

再检查一遍弹匣，里面还有十八发子弹，叶萧小心地把枪别在腰间，大步走出了急诊室，小枝和狼狗"天神"紧跟在他身后。

虽然头上和身上还有纱布，但已没什么不适感觉了，只是体力还未恢复好。他在底楼找到一套蓝色的衣裤，估计是医院的护理工作服，起码不至于光着上身出去。

穿上医院的工作服，叶萧走出阴森的大楼，外面的世界漆黑一团。雨势已渐渐变大，医院大门外溅满了水花，四处都是嘈杂的雨声，掩盖了沉睡之城的宁静……

第六章 ■

审判

雨夜，同时也笼罩着大本营。

"这场雨下得真可怕！"

沉睡的别墅，二楼主卧室，伊莲娜怔怔地站在窗口。小院里的竹林剧烈地晃动，竹叶间发出摩擦的沙沙声，似乎整个漆黑的天空即将塌下。头发都被风雨吹乱了，她赶快关紧窗户，退回到房间里。

"他快死了。"

林君如已经哭不出来了，语气也变得异常平静，傻傻地坐在床边上，看着奄奄一息的孙子楚。他一点反应都没有，无论怎么喊怎么推，身体毫无知觉，已经进入深度昏迷状态。刚才掀开他的眼皮看了看，瞳孔已经渐渐扩大，或许毒液已经深入到了心脏，死神正亲吻他的嘴唇。

"别……别乱想……"

顶顶也不知该怎么安慰她们，其实她自己也是忐忑不安。她还想起了叶萧和小枝，从早上逃亡出去，一直到现在他们都音讯渺茫，是遭遇了不幸还是已逃出了空城？

就在屋里的三个女人心神不宁时，一直处于黑屏状态的电视机，突然之间亮了起来。

屏幕闪烁的光线刺激了她们的眼球，她们全都聚拢到电视机前坐下，就像许多年前刚有电视机的时代。

画面里出现了一个人——显然是在棚里拍摄的，镜头对准那人的上半身，背景是一大片浅色。

"大家晚上好。"

电视机音响里传出了他的声音，是标准的中文普通话，林君如、伊莲娜、顶顶，她们的心都随之一颤。

镜头里是一张中国男人的脸，年纪大约五十来岁，一身笔挺的昂贵西装，梳得很整齐的黑发，面容削瘦，五官端正，双目炯炯有神，看起来很像某位香港老明星。

"今晚，雨下得很大。" 电视机里的人面带微笑，看起来像大学教授在讲课，**"沉睡之城里的人们，最精彩的时刻即将到来，你们预感到了吗？"**

"啊，他在对我们说话！"

伊莲娜惊慌失措地往后缩了缩，回想起自己被囚禁的密室，电视机里疯狂的亨利。

"你们一定感到很苦恼，自己为什么会被困在这里？为什么有那么多人死去了？" 电视机里的人停顿几秒，耸了耸肩膀说，**"很抱歉，事实上我也不清楚原因，因为答案都在你们自己的身上。我的朋友们啊，没有人捉弄过你们，命运对每一个人都是公平的。只要你足够冷静，足够聪明，就会发现自己的命运。"**

林君如赶紧调大了音量，握着遥控器的手在微微颤抖。

"请不要再怨天尤人，也不要抱不切实际的幻想，一切早已经注定，你们在劫难逃，无人可以生还！" 他的表情一下子变得异常严肃，**"你们并不如自己想象中的那样无辜，你们有的 Pride！有的 Gluttony！有的 Greed！有的 Sloth！有的 Wrath！有的 Envy！有的 Lust！"**

当电视里的人说出这七个英文的时候，伊莲娜也逐一将其翻译成中文，依次是——

骄傲、饕餮、贪婪、懒惰、愤怒、嫉妒、欲望！

"七宗罪？"

顶顶瞬间就反应了过来，电视里的人用英文分别念出了七宗罪。

"是的，七宗罪！你们一定听懂了，但你们的罪恶远远不止七宗，七十宗、七百宗、七千宗都绝不为过！你们一个个自以为高尚，自以为拥有许多财富，自以为可以把握命运，可你们在骨子里都是下贱的，都是些自私自利的家伙。你们从来都不会想到别人，全都只是为了自己，贪得无厌，爱慕虚荣，纸醉金迷！"

他最后几句话几乎变成气声，人也往镜头前靠了靠，两只眼睛显得更大更亮。电视机前的女人们不由自主地后退，担心他会不会像贞子那样，突然从电视机里爬出来？

"请问各位一个问题，我保证你们没有一个人能够回答——你们知道自己为什么而活着吗？不要跟我说什么为了社会为了他人为了理想，全都是胡说八道骗小孩子的话，当你们说出这套鬼话的时候，你们自己会相信吗？你们还有什么理想可言？你们只是为了活着而活着，每个白天和黑夜，不过是些行尸走肉。对了，你们还是出色的演员，每天演给别人看也演给自己看，所以你们才会感到无比疲倦，甚至对未来充满绝望——咎由自取！"

沉睡的别墅二楼，电视机里闪烁着一个陌生男子，他的声音已传遍整栋房子，也让房间里的林君如、伊莲娜、顶顶胆战心惊。

信号，继续在雨夜中穿梭……

此时此刻。

南明医院。

两个人，一条狗，站在阴冷的医院大门前，看着瓢泼大雨的世界，整个沉睡之城已浸泡于水底。

"不行，这么大的雨就算撑伞也没用。"小枝抚摸着狼狗"天神"的耳朵，又转头对叶萧说，"何况你的伤口不能进水。"

他穿着蓝色的护理工作服，眉头已皱了好几分钟，面对大雨一筹莫展，"怎么办？"

"有了！跟我来！"

她突然有了主意，带着叶萧转到大楼的后门，这里正好停着一辆救护车。

"你要我开救护车回去？"

"对，我记得车钥匙放在行政办公室里。"

这辆停了整整一年的车子，让小枝格外兴奋起来，她飞快地跑到办公室里，很快找到了一把车钥匙。

叶萧接过钥匙冲到雨幕里，迅速打开车门坐上去，顺利地发动了车子。小枝也坐到了他的身边，回头一看车里有张担架床，还有不少急救的器具和药品，"天神"就乖乖地趴在后面。

居然还剩下半箱汽油能用，叶萧将救护车开出医院，驶入大雨弥漫的无人街道。

这还是第一次开救护车，虽然腿上还有些伤痛，但踩踩油门和刹车没问题。雨刷在挡风玻璃上不停地扫来扫去，水帘在视线前肆意奔流飞溅。他聚精会神地握着方向盘，打开远光灯分辨夜路，还好这里不会有其他车辆，否则真的是极度危险。

"你还认得回去的路吗？"

叶萧只记得大致的方向，在这样的雨夜很容易迷路。

"当然，从我妈妈上班的医院到我家，我闭着眼睛都能走过来。"

于是，在小枝的指挥之下，救护车很快找到回大本营的路，冲破黑暗的雨幕疾驰而去。

车子没开出去多远，街边的一个橱窗突然亮了起来，叶萧本能地踩了踩刹车，眼角余光扫到一台电视机的屏幕。

急刹车——尖利的刹车声响彻了这条街道，飞溅的雨花让小枝惊叫起来，脑门差点撞到挡风玻璃上。

"对不起！"

车轮滑出去几米才刹定下来，叶萧回头向街边橱窗望去，果然有一台电视机的屏幕亮着。

透过朦胧的雨幕，可以看到电视机里的画面，似乎还有一个人影——怎么会有信号的？

叶萧感到心跳剧烈加快，他立刻把车往后倒去，停到那家商店门口。小枝与"天神"也一起跳下车，顶着大雨冲了进去。

这是一片家用电器专卖店，橱窗里有一台液晶屏的彩电，正在播放着电视画面。他们走到店堂的一面大墙前，和许多家电商场里常见的一样，墙上挂满了十几台液晶电视，如棋盘格子整齐排列。而所有这些电视屏幕，都在播放一组相同的画面；所有这些电视音响，都在轰鸣一串相同的声音——

"你们有爱吗？"

一个男子，正襟危坐于电视画面中，看起来不过四五十岁的样子，年轻时多半是个大帅哥。他就像在百家讲坛做客，表情非常有镜头感，风度翩翩地侃侃而谈：

"不，爱已经死了。只剩下最后的遮羞布，或者说是一张裹尸布，就连尸体的影子都印不出来。我亲爱的朋友们，你们的爱是假的，假的！你们有的只是欲望，只是占有，只是榨取……就算没有身体的占有，也是情欲的占有，精神的占有，这比肉体的痛苦更加可怕！"

虽然这些话让人心惊肉跳，但电视机里的这个男人，依旧保持着良好的仪态，像是在对小朋友们讲故事。

"现在，你们坐在被告席上，所有的证据都在你们心里，一切均已清清楚楚，还有什么需要狡辩的吗？但我并不是不近情理之人，我甚至为你们请来了辩护律师，可惜这位律师已经被你们杀死了，此刻正躺在冰冷的太平间里。"

店里的十几台电视机，全被这个人的讲话充满了，仿佛变成了无数个分身。而对面整堵墙上都是他的脸，最大的一个屏幕是家庭影院，他的脸被放大了很多倍，这么看如同一头怪兽，让叶萧感到不寒而栗。

狼狗"天神"已在地上坐了许久，一直警惕地盯着电视机里的人。突然，它对着最大的屏幕狂吠起来，凶猛的嚎叫掩盖了电视的音响声。更要命的事发生了，狼狗居然把镜头里的人当做了敌人，要冲上去攻击电视机，这时小枝才对它大喝一声："'天神'！趴下！"

它极不情愿地转回头来，又倔强地嚷了几嗓子，才重新坐到地板上。但它盯着电视机的目光，却是那样凶狠冷酷，小枝禁不住颤抖了一阵。

狼狗安静下来以后，他们又能听到电视机里的讲话了：

"今天，也是你们的最后一天——想知道今天是什么日子吗？我可以告诉你们——"

在中年男子冷静的语句中，他们听到三个拖长的汉字：

"审……判……日……"

这三个字让所有在电视机前的人们胆战心惊。

"现在，我来宣读最后的判决书：你们分别犯有骄傲罪、饕餮罪、贪婪罪、

懒惰罪、愤怒罪、嫉妒罪、欲望罪。数罪并罚，判处终身监禁，立即执行，不得假释！"

这段震慑人心的宣判词，从数十台电视机中轰鸣而出，响彻整个家用电器的店铺。画面中的男子，煞有介事地掏出一份文件，庄重而富有激情地念出来。他的背景已化做黑色的帷幕，宛如刑事法庭的审判席，而他就坐在最高大法官的位置上，对每一个人作出最后的审判。

这就是天机的审判日？

叶萧身上的伤口又隐隐作痛起来，他颤抖着仰起脑袋，视线已飞出喧嚣的店堂，来到大雨滂沱的街道之上，黑夜的沉睡之城，浸泡在雨中的建筑物，几乎每一扇窗户都亮起了灯光；每一台电视机屏幕都已亮起；每一个电器行都在播放同一段画面；每一段街区都能听到那个人的宣判……

你是否看到？你是否听到？你是否感知到？

沉沉黑夜，狂风暴雨，汹涌而来，你如一只寒冷疲惫的鸟，却找不到可以躲避风雨的屋檐，只能艰难地飞翔在夜雨之中，俯瞰身下星光点点的城市——没有一台电视机没有打开，没有一个显示屏没有闪亮，没有一个喇叭没有声音。

整座城市都已充满那张脸，成为一个中年男子的表演舞台；整片山谷都已充满那个声音，成为一个无所不能的神圣法庭；整个雨夜都已充满了颤栗，成为一个人类世纪的末日审判！

"末日已经降临！"

2006 年 9 月 30 日 20 点 20 分。

"末日已经降临！"

整座城市都在播放他的讲话，就连深入地下数米的潜艇内部也不能幸免。

秋秋痴痴地坐在电视机屏幕前，十五岁的少女感到彻骨的恐惧。她没想到在这个神秘的地下空间里，也能够接收到外面的电视信号，更没想到自己已被判处了"终身监禁"！

"末日降临了吗？"

她回头望着须发皆白的老人，年迈的老爷爷坐在潜艇控制室里，最醒目的艇长座位上，同样目不转睛地盯着电视机。

电视画面里的讲话还在继续，那个中年男子俨然最高大法官，面对镜头气宇轩昂，炯然肃穆不怒自威——

"这个时间并不是我制定的，很不幸一切的选择都由你们自己做出——这就是我们每个人的命运，就像一个早已设计好了的程序，一旦启动就无法逃避也无法更改。所有的挣扎都是徒劳无功的，只会让你们在面对审判时更加绝望。所以，请你们感激我的宣判，将你们从无望的幻想中解救出来，回到残酷的现实之中，因为这是宇宙间唯一的理性。"

十五岁的秋秋看着电视画面，被这位法官吓得步步后退，似乎绝望也缠上了自己心头。她想起了自己的爸爸妈妈，想起鳄鱼潭里惨死的成立，想起摔死在十九层宝塔之下的黄宛然，想起被大象活活踩死的钱莫争——难道他们也是有罪的吗？他们的心里都没有爱吗？他们因为赎罪而死吗？

她本能地摇了摇头，缓缓退到老人身前，被一双苍老却有力的大手搂住了。

"别害怕，可怜的孩子。"

但老人的安慰并不能解决秋秋的恐惧，她缩到老人怀里问："他——他是谁？"

"一个过去的朋友。"

他面无表情地注视着屏幕，看着电视机里的这个男人，听着那些让人颤抖的话语。老人的目光隐蔽地闪烁着，嘴角微微嚅动了几下，却终究没有发出声音。

然而，电视机里却开始回答女孩的问题了。

"现在，我知道你们最迫切的问题是什么——"

镜头前的男人故意卖了个关子，闭起嘴巴沉默了好几分钟，除了地下潜水艇里的老人以外，电视机前所有的人都心神不宁，仿佛即将要说出谁第一个走上绞刑架。

终于，他轻松地一笑说：

"我是谁？"

没错，这是从伊莲娜到林君如再到成秋秋最后是叶萧都迫不及待地想知道答案的问题（请原谅我激动地用了这么长的一个句子）。

"是谁？"

秋秋禁不住又问了一句，好像对方可以通过电视机听到她的声音。

"好了，我可以大方地告诉你们答案。"

他刚在电视机里说了一句话，却又闭起嘴巴停顿了片刻，这让十五岁的女孩都急死了，"哎呀，快说啊！"

"我是神！"

这就是电视机里的男子的答案，全体的观众刹那间鸦雀无声。就连笼罩沉睡之城的大雨，也仿佛暂停了三秒钟。

他是神？

在地下数米的潜水艇里，充满金属管道的控制室里，秋秋回头看着老人的双眼。

然而，老人异常冷静地回答道："上帝欲使人灭亡，必先使其疯狂。"

上帝欲使人灭亡，必先使其疯狂。

同一时刻，南明医院。

窗外大雨如注，窗内呻吟不住——童建国感到胳膊撕心地痛，只能拼命咬紧了牙关，额头上沁出豆大的汗珠，脸色已变得蜡黄蜡黄。

他的目光紧盯着对面的墙壁，一台挂壁式的液晶电视屏，同样也在播放那疯狂的讲话。

瞬间，电视画面像利剑刺入瞳孔，与胳膊同样令他痛楚难忍。

急诊室里充满了消毒药水的气味，地上却留着一大摊新鲜的血迹，还堆着许多外科手术的器具，好像刚刚抢救过一个病人。

一颗扭曲可怕的金属弹壳，正染着鲜血躺在搪瓷托盘里。

在电视机里的讲话继续的同时，痛苦万分的童建国，用嘴巴咬紧了纱带，独自用右手包扎着左臂的伤口。

大雨之夜，送走叶萧与小枝之后，他一个人在急诊室里休息着。当他感觉体力有些恢复时，便在医院里翻箱倒柜，在外科找到了一些手术器材，又从院长办公室找到一瓶金门高粱酒。他决定自己给自己动手术，取出深入左臂肌肉的子弹——否则他只能留在这里休息，甚至会葬送掉自己的一条胳膊。

当年在金三角的战场上，童建国也做过这种事——没有医生也没有药

第六章 ■ 审判

品，就用酒精和火焰消毒，用军用匕首挖开自己的肉，取出停留在其中的子弹。若是运气足够好的话，休息十来天就能痊愈。若是合该你倒霉的话，伤口就会感染发炎，最终可能要了你的命。还好他的运气一直不错，每次都能从危险边缘死里逃生。

这次依然没有办法麻醉，他先灌下半瓶金门高粱，再把一块毛巾塞到自己嘴里。用酒精灯和碘酒消毒之后，他的右手握着手术刀，轻轻切开左臂的伤口。鲜血顿时奔流出来，他只能紧紧地咬着毛巾，尽量不发出任何声音，浑身的肌肉都在颤抖，痛楚撕裂了他的神经。手术刀一直剖入肌肉深处，才找到那枚该死的子弹。他用尽最后一点力气，换用夹子钳紧子弹，用力把它拉出了肌肉组织——连带鲜血与少许的神经，扔进了医用托盘里。

整个过程虽然只有几分钟，痛楚却是难以想象的，人毕竟不是钢铁而是血肉。在没有任何麻醉的情况下，只靠着半瓶高粱酒的酒劲，他就给自己进行了外科手术，并成功地取出了子弹——要是换作普通人，别说是痛得休克过去，光自己看一眼就被活活吓死了。

终于，他吐出那条带血的毛巾，毛巾几乎已被牙齿咬烂了，他毫不顾忌地发出痛苦的惨叫声，叫声传遍黑夜里的南明医院——连太平间里的亨利都快被惊醒了。

最初的阵痛过去之后，是连绵不断的神经痛，他赶快用药水再给创口消毒，迅速以干净的纱布重新包扎好。受伤的胳膊不能再动了，用绷带把它紧紧缠起来，吊在自己的脖子下面。

当他靠在黑夜的窗边呻吟时，却看到对面墙上的电视液晶屏突然亮了——

是的，童建国看到了那张脸，那张代表神进行宣判的脸。

"我是神！"

电视画面里的男子，直视镜头中气十足地如是说。

整个南明城在他的声音里，安静了三秒钟——世界万物正在聆听他的旨意和教诲。

然后，他在电视里继续说：**"现在这个世界，正在进行着一场看不见的战争。当然，看得见的战争也远远没有结束，在伊拉克，在阿富汗，在巴勒斯坦，杀戮从来都没有一天停止过。世界上没有正义的战争，也没有邪恶的战争，更不存在道德标准。所谓的正义战胜邪恶，从来都是胜利者书**

写的历史，无非是用来自欺欺人的，一切的原因都在于利益。因为这就是战争——政治家因为国家与私人的利益，而驱使己方的炮灰去消灭对方的炮灰。从这个角度而言，胜利者与失败者之间，强者与弱者之间，并没有本质上的区别。此乃物竞天择，战争就是天择的捷径，事实上也是一种人择。"

亲身参加过战争的童建国，倒是觉得这番话并非没有道理，也只有体验过战争残酷性的人，才会如此绝望，如此清醒。

"战争就是对我们的审判，而检控官与法官都是我们自己——从这个角度而言，是人类自己审判了自己。你们并没有意识到，在这场无形的战争之中，你们已经成为了炮灰。从来都不会有胜利者，因为战争本身就是人类的失败。"

随着审判书的进一步宣读，电视机画面里的这张脸，显得更加生动而清晰了。沉睡之城的大雨之夜，南明医院的急诊室，吊着绷带的童建国，用右手托着下巴，冷冷地看着电视里的男子——

是的，就是他！

多少年过去了，虽然岁月被深深地刻画在脸上，但他永远都不会认错。

眼眶忽然有些湿润了，童建国的胸中莫名激动，仰头长叹了一声。

此刻，电视机里的男子再度宣布——

"今夜，就是末日审判！"

"今夜，就是末日审判！"

同一时刻，沉睡的别墅，最后的大本营。

窗外，黑云压城，大雨倾盆，竹叶间不断发出剧烈的沙沙声。

窗内，孙子楚快要死了。

二楼的卧室，林君如、伊莲娜、顶顶，仍聚精会神地盯着电视机，听着镜头前的男子宣读审判书，他已滔滔不绝地说了许久，整个南明城都充满了他的声音。

"不，我不信！"顶顶愤怒地站起来，"你是谁？你到底是谁？"

这同样也是天机，但是即将泄露。

电视机里的人停顿了几秒钟，忽然念出一串英文——

"God's right hand is gentle, but terrible is his left hand."

由于他的英文说得太流利了，大家一上来都没听明白，只有美国人伊莲娜才能听清楚，她立刻用中文翻译了出来："神的右手是慈爱的，但他的左手却是可怕的。"

神的右手是慈爱的，但他的左手却是可怕的。

顶顶皱起了眉头，"感觉在哪里听过？"

"这是一首诗：God's right hand is gentle, but terrible is his left hand——出自泰戈尔的《飞鸟集》。"

伊莲娜一度非常喜欢泰戈尔，高中时还能背诵《飞鸟集》中的不少诗句，当然也包括这一首。

大家的目光仍紧盯着荧屏，里面的男子却沉吟了许久，仿佛还沉浸在泰戈尔的诗中。

就当电视机前的她们焦急起来时，画面却剧烈抖动闪烁了几下，随后就化做了一片雪花。

"啊！怎么回事？"

林君如心头一慌，紧张地按动遥控器，但无论调到哪个频道都飘满雪花，再也见不到任何信号。

"不！不要！"

她们好像对电视里的审判上瘾了，听不到那个人说话就觉得难过。

伊莲娜率先跑到了底楼，打开客厅里的大电视机，但依然收不到什么信号，随便怎么调都是雪花。

此刻，整座南明城所有的电视机，又重新恢复了黑暗和寂静，只剩下肆无忌惮的大雨，却无法冲刷掉曾经的罪恶。

沉睡的别墅里，三个女子都聚到了客厅，她们恐惧地挤在一起，似乎刚才的审判即将被执行。狂风从厨房的窗户吹了进来，许多细小的雨点打在她们脸上，伊莲娜和林君如抱头痛哭。

突然，顶顶隐隐听到外面有什么声音，夹杂在大雨声中刺入耳膜。

"有人在敲铁门！"

她随手抓起一把破雨伞，打开门准备冲出去开门。

"不要！"伊莲娜颤抖着抓住她的胳膊，"外面非常危险，也许是审判要兑现了？"

"那就让法官站到我面前来宣判吧！"

顶顶猛然撑起雨伞，冲入外面弥漫的雨幕，艰难地打开小院子的铁门。

门外黑色的世界里，站着两个阴冷的影子，地下还蹲着一个影子，在这三个影子的背后，停着一辆大汽车的轮廓。

还没等顶顶反应过来，那两个影子就蹿进了铁门。一双有力的大手抓住她的胳膊，响起一个熟悉的声音："我是叶萧啊！"

他和小枝开着救护车回来了——顶顶激动地把伞递给他，飞快地跑回大房子。

叶萧、小枝，还有狼狗"天神"，一起来到底楼的客厅，带着一阵寒冷的风雨，还有医院里死亡的气息。

林君如和伊莲娜看到他们回来，还没来得及高兴就看到了那条凶猛的狼狗，她们立即被吓得逃上了二楼。

"别害怕！"叶萧还穿着医院里的工作服，他摸着"天神"的脑袋说，"这条狗不会伤害我们的。"

"她们胆子太小了——'天神'，你就乖乖地守在客厅里，不要让坏人进来哦！"

小枝甩着淋湿了的头发，对她的狼狗关照了一声，便和叶萧、顶顶一起跑上二楼了。

"孙子楚还活着吗？"

×

黑衣人×。

黑色的帽子，黑色的眼镜，黑色的衬衫，黑色的裤子，黑色的皮鞋，还有黑色的夜。

站在巨大的顶棚底下，雨水形成一道整齐的瀑布，在黑夜里轰鸣着倾泻而下。水幕之外什么都看不清，只有几排灯光如满天星斗，点缀在无边无际的沉默城市之上。

有些风雨固执地穿透水帘，直扑到他没有表情的脸上，轻轻钻入鼻子上的毛细孔，让他忍不住打了个喷嚏。

这个突如其来的喷嚏，让他自己都感到十分滑稽，于是放声大笑起来。在大雨的伴奏之下，他第一次觉得自己笑得那么响亮，但很快就变成了苦笑，最后消逝为轻轻的叹息。

但淋漓的雨声还在继续，他摘下戴了许久的墨镜，疲倦地将后背靠在墙上。似乎这的一切都是湿的，透过衣服浸泡着他的身体。他掏出一个扁扁的金属瓶子，熟练地拧开瓶盖，将瓶口塞进嘴里，仰起脖子喝下一大口——里面装满了上好的洋酒，平时藏在衣服里随身携带。

酒精滋润了他的口腔与舌尖，又经过喉咙灼烧胸口，让他解开衬衫扣子，大口喘息了起来。

是的，他的名字叫×。

这是他的许多个名字里，他自己最最厌恶的一个，也是使用最多的一个。

×——但这确实是最贴切的一个，这一点他自己也承认，他的人生就是一个×，起点是×，终点也将是×。

他始终眯着眼睛，面对烟雾弥漫的雨幕，眼前的一切越来越模糊。拿起瓶子又灌下一口，神经稍微麻醉了片刻，好久都没有这种感觉了。

很多年前，当他还是少年的时候，总是整夜麻醉自己。他没有办法继续读书，也没有其他的出路，终日拎着拳头和酒瓶，浪荡在南方炎热的街头。他的家乡在海边，是个有名的偷渡客之乡。有一天，他的舅舅从太平洋另一端打来电话，问他要不要去那里做事。一个月后，父母给他凑了几万块钱，他便坐上了前往另一个世界的轮船。

在唐人街的第一年，他躲在中餐馆里端菜刷盆子，为了偿还父母为他借下的债务。时常会有移民局的官员过来抓人，他就在迷宫般的街道里东躲西藏。后来，他又因为喝酒而与人打架，结果打伤了一个老大的儿子。自然，他被抓起来打个半死，像流浪狗一样被抛弃在街头。中餐馆的老板不敢再雇佣他了，他受伤了也不敢去看医生，一个人躲在贫民窟的破房子里，呻吟着忍受伤痛。

后来，有两伙人发生了枪战，他亲眼看着一个黑人被乱枪打死，陈尸街头却没有人来管。在警察赶到凶杀现场之前，他偷偷藏起了死者的手枪。他带着手枪去向别人复仇，只是想要吓唬一下他们，顺便狠狠揍一顿了事。但没想到遭到对方激烈的反抗，他的手枪一不留神走火，子弹钻进那个人的心脏，便再也不会跳动了。

他很快被警察逮捕了，作为二级谋杀罪的非法移民，判处了十七年的监禁——这段日子成为了他最悲惨的记忆，其中不乏被一群男人轮奸，尽管他每次都能打倒那些家伙，但毕竟势单力孤，就连监狱看守也不放过他。

两年后的一个早晨，他突然从监狱里消失了——警方动员了成百上千人追捕他，却再也没有了他的消息。这次成功的越狱，使他进入了另一种人生，并为他赢得了"×"这个名字。他成为了一个职业杀手，变得越来越冷酷无情，像机器一样去杀人。仿佛死在他枪下的不是生命，而只是一堆木头和液体。

许多年来，他再也不和国内的家人联系了，也不再有任何一个朋友。他甚至断绝了女色，不再有人能对他产生诱惑。他永远独来独往于世界各地，没有固定的房子和联系方式，只通过一个邮箱接受客户的订单——杀人的订单。

几个月前，他接到一个新的订单，而订单的内容却不是杀人。

犹豫再三之后，一架直升飞机带着他降落在大西洋中的一座小岛上，在那里他见到了……

20:40

雨夜。

大本营。

自从早晨带着小枝逃出这里，叶萧就已准备好不再活着回来了，现在起码不缺胳膊少腿，他自觉已非常走运了。

"孙子楚？"顶顶皱了皱眉头，"不知道现在死了没有。"

叶萧和小枝跑上了二楼卧室，看到孙子楚还躺在床上，板着一张死人的脸毫无生气。

"该死的家伙，你可不要死啊！"虽然这句话明显是个悖论，叶萧还是扑到他身边，着急地拿出血清，"我来救你的命了！"

"啊，血清来了！"林君如这才起劲了，抓着孙子楚还未冰凉的手说，"快点给他注射啊。"

小枝拿出了一套注射器，小心地打开血清瓶子，将这些救命的东西，注射到孙子楚的体内。

"要全部打进去吗？我看他快没命了！"

"不，这些注射量已经足够了。"

小枝注射完就将器具都收好，像是还要给其他人注射似的。

"别吵了，孙子楚这家伙的命很硬，但愿他能够化险为夷。"

其实，叶萧自己心里也完全没底，就靠这瓶小小的血清能救孙子楚的命吗？

这时林君如才安静了下来，坐在床边轻声说："谢谢你们了。"

叶萧却感到有些古怪，她怎么像是老婆在照顾老公呢？不知孙子楚用了什么手段，居然掳获了她的芳心。当一个男人面临生命危险之时，能有女人在身边如此死心塌地地照顾，也算是没有白活了一场。

此刻，窗外的大雨仍然滂沱而泻，整栋房子都被雨声和湿气所笼罩。

孙子楚仍躺在床上不省人事，血清正在他的血管里流动。林君如坐在床边摸着他的脑袋。伊莲娜魂不守舍地盯着飘满雪花的电视机。顶顶站在窗边，心事重重的样子。小枝又变得像个高中生似的，退到卧室角落里一声不吭——这里本就是她死去的父母生前的卧室。"天神"依旧守在底楼的客厅，忠诚地履行着一条狼狗的使命。

除了胳膊受伤的童建国，旅行团的人终于重新汇合了。叶萧扫视着每个人的脸，虽然她们的表情各不相同，但所有人都已陷入末日般的绝望。

深深吸了一口气，他痛苦不堪地坐倒在沙发上——不是因为身上的伤口，而是心底的无助与内疚。

低头沉默了许久，雨点密集而沉重地打在窗上，他突然颤抖着闷声道——

"对不起，我不是先知摩西，我拯救不了你们，无法带你们出埃及渡红海！"

这句话让大家都很惊讶，叶萧怎会想到《圣经·旧约》里的摩西？从小就读过圣经的伊莲娜轻声道："你当然不是摩西，而我们也不是流浪的犹太人。"

"不！是我太没有用了，我简直是个废物！我救不了自己，也救不了别人。"他的声音越来越沉闷了，始终不肯抬起头来，"对不起！"

他还有一句话没说出口："就像当年死去的雪儿，我连自己心爱的女子都救不了。"

"不管今天是不是末日，我们都不能坐以待毙吧。"顶顶冷冷地告诫叶萧，希望他不要丧失信心，"你们继续聊吧，我现在困得要命，要去楼上休息一下了。"

说完她独自走出二楼卧室，消失于众人的视线之中，也不再想过问叶萧身上的伤了。

顶顶的离开让气氛更加尴尬，大家沉默了半分钟后，林君如从床边站起来，盯着缩在墙角里的小枝："你怎么一直不说话？"

二十岁的女孩怯生生地回答："我能说什么？"

但是，小枝现在的这副表情，连叶萧也感到有些厌恶了。怎么一眨眼就从制服诱惑美少女，变成了乖乖的邻家小妹妹？

"这里的一切都太蹊跷了，你们看到刚才的电视了吗？童建国说得一点都没有错，我们当中的关键就是你！"林君如越说越气愤，仿佛孙子楚就是被小枝下毒的，"小姑娘，请不要再装出这副无辜的样子！我能够想象你背后的嘴脸——或者比想象中还要可怕！"

小枝这才抬起头来，淡定而从容地回答："你们都讨厌我？恨我吗？"

"是的，至少我是这样想的。请立刻告诉我们，你到底是谁？"林君如的话音刚落，还没等小枝回答，她就转头看着叶萧说，"你不要再庇护她了，尽管我要谢谢你们，带回了救命的血清。"

至于这瓶血清是如何从童建国手中拿到的，她实在是来不及问清楚了。

"我——"叶萧怂怂地走到窗前，刻意同小枝拉开了距离，"请不要这么看着我！"

林君如点点头靠近了小枝，此刻不再有叶萧的阻挠，可以无所顾忌地审问她了，"快点把真相告诉我！你究竟是谁？"

"欧阳小枝。"

"我不管这个名字是真是假，你到底从哪里来的？又怎么会出现在这座城市里？"

然而，她倔强地扬着头却不说话。

审问却一刻都停不下来："一年前的'大空城之夜'发生了什么？"

叶萧和伊莲娜都不再说话了，小枝也沉默了好几分钟，才轻轻叹了一口气，"不，我不能说。"

"该死的！说啊！"

"大空城之夜——这是一个不能说的秘密。"

第四季

末日审判

第七章 ■ 惊人的发现

不能说的秘密。

但在末日的今夜，一切都可以说了，不会再有秘密。

包括被封闭在密室中的玉灵。她依旧躺在那张大沙发上，白色的灯光笼罩着她全身，地上摆着一个热气腾腾的饭盒——诱人的香味缓缓飘了出来，让沉睡中的她鼓动鼻翼，深呼吸着睁开双眼。

她醒了。

也不记得刚才睡了多久，但双手双脚都有了力气，可以自己下地走路了。她推了推房间的铁门，却是出乎意料地结实。她再用力拍打这扇门，仍然一点反应都没有。

回头才看到那个饭盒，打开一看是新鲜的饭菜，口水自然掉了下来——已经连续一周吃真空包装食品了，这顿新鲜菜无异于山珍海味。

虽然，第一反应也想到是否有毒？但玉灵管不了那么多了，腹中早已唱起空城记，抓起饭盒和勺子就吃起来。

不消片刻就已风卷残云，来不及抹去嘴巴上的油，坐在沙发上摸了摸肚子，却忧伤地叹息了一声："干吗不让我继续受苦？"

"不，这不是你的命运。"

铁门突然打开了，一个男人的声音响起，依旧是标准的泰国北方话。

又是他！那个五十出头的神秘人，乌黑的头发有神的双目，居然自称是她的父亲。

"你——怎么又来了？"但玉灵知道他不会回答这个问题，只能苦笑着问，"那我的命运究竟是什么？"

"你会得到幸福的。"

"我不相信，我只是一个没有父母的孤儿，从小在山区的村子里长大，没有人疼也没有人爱。念完中学只能去城里打工，因为学过中文就当了导游。我没有钱买好的衣服，也没有钱让自己住好的房子，拿到游客给我的小费，还要给村子里的人们还债。我的一辈子就是这样了，如果能嫁给一个好男人，就是我最大的幸运。"

神秘的男子走到她跟前，看了看地上的饭盒，语气柔和了许多："晚餐如何？"

她怯怯地点头道："谢谢。"

"玉灵，请你听我说——"他轻轻地坐在了她身边，直视着她的眼睛，"因为你的生命，是我赐予的，所以我知道你的命运是什么。"

"不，我没有爸爸，我不会相信你的。"

她依旧执拗地别过头去，双手紧紧抓着衣服的下摆。

"每个人都有自己的父亲母亲，你也不例外。那请你告诉我，你的父亲是谁？"

"他在我出生之前就死了。"

"看着我的眼睛！"他又一次以命令式的口吻说话，逼迫着玉灵回过头来，"你的父亲没有死，现在他就坐在你的面前。"

她不敢再说话了，但目光没有再挪动，看到对方的眼神里闪烁着什么。

神秘的男子伸手抚摸着她的头发："对不起，我的女儿，那么多年以后才让你见到我。其实我也不愿意这样，但这就是无法抗拒的命运。你的父亲和母亲都是了不起的人——特别是你的母亲。"

"她叫兰那。"

"是的，她是罗刹之国最后的公主。"他的眼睛有些发亮，但又哀伤地长叹一声，"那么你的父亲呢？你一定很想知道自己的身世吧！"

"知道又能怎样呢？"

"改变自己的命运——你知道你出生在哪里吗？"

玉灵无奈地摇摇头："不知道。"

"南明城。"

"就是这里？"

虽然有些怀疑自己是否还在沉睡之城，但她感到后背心有些瑟瑟发凉，仰头看了看沉默的天花板。

"是，1985年的佛诞日，你出生在这座南明城中，就在南明医院的产房外，我听到了你的第一声啼哭。"

耳边似乎响起婴儿的声音，让玉灵颤抖着缩紧了身体。

"父亲"继续说道："你是我的女儿，玉灵这个名字是我给你取的，我和你妈妈都非常爱你。但那一年遇到了意外，我决心彻底改变这座城市，为了自己也为了全体南明的市民。然而，南明城的执政官——马潜龙，他坚决不让我这么做。在最要紧的关头，我为了保护自己和家人，也为了挽救整座城市，选择了铤而走险！"

"你做了什么？"

"我效仿二战德国军官史道芬贝格，像他进入狼穴刺杀希特勒一样，我在与马潜龙开会的时候，悄悄将炸弹安放在桌子底下。我离开不久定时炸弹就爆炸了，但历史竟然又一次重演，马潜龙奇迹般地死里逃生，仅仅受到轻伤，他的两个老部下则做了替死鬼。我刚刚要开始发动兵变，马潜龙就对全城发表了广播，我的七名亲信被相继逮捕，我本人冒死逃出了南明城。"

玉灵皱起了眉头："你丢下了我的妈妈？"

"对不起，我连与你们母女告别的时间都没有。我的计划在几个小时内就被粉碎，全城戒严对我进行大搜捕，我能够悄悄地逃出南明城，已经算是非常命大了。我从此告别了南明城，再也没有你和你妈妈的消息了，我甚至怀疑你们遭到了马潜龙的报复，被他抓起来杀害了！现在看来是我猜错了，马潜龙的气度没我想象中那么小，显然他饶恕了你们母女，让你们活着离开了南明城。"

"那妈妈为什么不带着我来找你呢？"

她已经有些将信将疑了，"父亲"略显激动地抓着她的手说："你要知道，我逃出南明城时身无分文，就连一张合法的证件都没有，前半生的奋斗全部付诸东流了。我与你妈妈完全失去了联系，也根本不奢望她能带着你出来。当时我独自流浪到曼谷，搞来一张假护照就去了香港。你妈妈也不知道我在哪里，也许她仍然眷恋故乡的大山，不愿意去繁华的城市生活，或者厌倦了权利与金钱，所以带着你到小山村里去隐居了吧。"

"这……这一切……都是……真的吗？"

"现在，我是这里主宰一切的人，又何苦要来骗你？"他仰头吁出一口长气，搂着玉灵的肩膀，"超过二十年了，隔那么久我才回来——但一切都已物是人非，我见到的只是一座沉睡之城！也许一年之前的磨难，在二十多年前就已注定了吧！"

"不要碰我！"玉灵还是感到很不习惯，从他的手中挣脱了开来，躲在房间的角落里，"你又是怎么认定我是你女儿的呢？"

回到大本营。

外面的雨，丝毫都没有减弱的意思，整栋房子似乎都在风雨中飘摇，就连脚下的地板都发出嘎吱的声响。

顶顶匆匆跑回小阁楼里，只感到浑身疲倦。还好天窗被她关紧了，屋顶响着大雨的轰鸣。她深呼吸着坐倒在杂物堆中，昨晚自己与小枝、叶萧三个人在此度过，不知道今夜又将怎么挨？估计楼下还在审问小枝，这下叶萧大概挡不住了吧，至于他们在外面经历了什么，她已经丝毫都没有兴趣了。

就在她闭着眼睛要睡着时，胳膊却碰到了什么东西，她恍惚着低头一看，却是一台老式的无线电收音机。顶顶将它搬了出来，收音机个头非常笨重，身后拖着一根电线，布满了厚厚的灰尘。这种矿石收音机在几十年前很常见，可能算是这栋房子里最古老的电器了。

既然电视机都能收到信号了，那会不会还有电台的信号呢？想到这她立刻插上电源，收音机很快亮了起来。顶顶兴奋地擦去它表面的灰尘，用手调整收音机的频率，有一根标尺在数字线上滑动着，同时喇叭里传出嘶哑的声音。

古老的收音机里发出的声音，让顶顶的心脏几乎蹦了出来。她赶紧坐下来摆弄标尺，虽然喇叭里都是些沙沙声，但有一种规律性的声波，在嘈杂的电磁波中渐渐清晰。标尺一格格地滑动，电磁噪音则在逐步减少，她的心情也越来越紧张。

终于，她听到了什么声音，虽然在电磁背景中还很模糊，但可以分辨出是有意义的信号。

标尺轻轻地固定了下来，顶顶已经听了出来，那是某种规律性的旋律，更确切地说是音乐！

收音机里的音乐——背景的嘈杂声已经淡去，她能够清楚地听到，是一段悠扬的电子音乐，搞不清是什么旋律，也搞不清是怎么制作出来的，但与现有的所有音色都很不同。

此刻，阁楼里充满了收音机的音乐声，就连屋顶上的大雨似乎也与之绝缘了，只有遥远的电磁波不断渗透进来，刺激着矿石收音机发出声音。

顶顶依旧听不出是什么曲子，也无法判断是由何种乐器演奏的。这旋律实在太独特了，不属于如今的任何一种风格，只带着某种神秘的色彩，时而低吟浅唱，时而剧烈起伏，紧紧地揪着听者的心。

这段曲子持续了好几分钟，突然听到了一个男子的歌声——

我在四处流浪看不清路程
我在人间歌唱听不到掌声
来到一座座城市一个个舞台
看到一张张面孔一次次独白

我不知道天有多高地有多厚
我不知道人有多少心有多深
满身伤痕满手寂寞满脚泥泞
满脸无奈满眼泪水满心寒冷

我弹起我的琵琶我的吉他我的痛
我唱起我的前生我的来世我的梦
走吧走吧一路的风尘
走吧走吧一路的风尘

这首歌唱得苍凉而豪迈，宛如歌手真的在人间流浪，抛弃了一切却满身伤痕。在这与世隔绝的沉睡之城，末日来临的大雨之夜，从电波里听到这样一首中文歌，顶顶一阵莫名地激动，抓着古老收音机的手在不断颤抖。

一曲终了，电波里稍微出现了一些杂音，但很快听到一个富有磁性的女性嗓音——

"听众朋友们，各位晚上好，这里是月球广播电台，'天籁之声'节目，我是主持人小蝶。刚才给大家播放了一首老歌《流浪》，这首华文经典金曲诞生至今，已有将近四十年的历史，但仍被许多歌手翻唱。最近'地球男生'选秀大赛的冠军得主，也是依靠重新演绎这首老歌而一举成名。"

顶顶听到这心里嘀咕，这首《流浪》怎么从来都没听过呢？四十年前的老歌，也从来没有这种风格，难道是当年的港台老歌？

电台里放了一段奇怪的音乐，接着又是主持人说话了——

"今天是 2046 年 9 月 30 日，这是来自月球的电波，我们在月球城的传媒中心，为你们发来遥远的祝福。"

2046？

顶顶一开始怀疑自己听错了，但当她听到这是来自月球的电波时，忽然有种恍如隔世的感觉。

的确是恍如隔世——她并没有听错，这是 2046 年的中文电台广播，那时月球已成为中国人的殖民地，大批剩余的中国人口移居月球，这也是第一个从月球对地球进行广播的电台。

天机的世界里，沉睡的城市中，大雨倾盆的夜晚，电波自 2046 年的月亮穿越而来……

今夜没有月亮。

九点钟，南明医院。

急诊室里的电视屏幕闪着雪花，童建国已经可以走动了，左臂吊着厚厚的绷带，血已经完全止住了，但肌肉还不断传来阵痛。

他看着窗外的大雨，内心已燃起了熊熊烈火，不能再坐在这里等死了。他知道那个人就在这里，如此熟悉又如此陌生的那个人，必须去把他找出来！

童建国走出急诊室，去医生的办公室转了一圈，找到手电筒和没启封的电池，还有一件雨衣。他艰难地把雨衣套在身上，带着装好电的手电筒，悄然走出死寂的医院大楼。

再见，太平间！

再见，亨利！

冲出大楼就是骇人的雨幕，全身套在雨衣里的童建国，忍着伤痛走了一圈，却没有发现那辆黄色的现代跑车——下午他开着这辆车来到医院，明明记得把车子停在了医院门口。

对，一定是被黑衣人×开走了！

童建国无奈地苦笑了一声，才想起自己的左臂吊着绷带，只剩一条胳膊肯定没法开车。

雨衣罩着他走入黑夜，虽然四周都难以看清楚，他仍然找到了前往警察局的路——离这里并不是很远，他曾经两次经过那里。

独自在大雨中步行了十分钟，果然找到了沉默的警察局。他大步闯入二楼的办公室，打开没有上锁的保险箱，找到了一把手枪，还有几十发子弹。先将子弹一一装入弹匣，再打开保险试了一枪——清脆的响声回荡在警察局里，童建国对它非常满意。

因为一只胳膊还被吊着，他便找出一个警用的枪袋，将枪绑在腋下的位置，这样便可以像警察那样拔枪。

披着雨衣藏着枪走出警察局，他并没有回大本营或其他地方，而是径直走向附近的一条街道。他记得下午开车来医院的路上，瞥见过一个通信器材商店——果然，他很快找到了那里，店门闪烁着霓虹灯，在雨夜中格外醒目。

童建国闯入电铺之中，打开里面所有的灯，找到许多电子通信器材，其中不乏最专业的设备。这些器材虽然不能与外界联络，却可以探测周边数百米内的电磁信号——这是多年的野战经验告诉他的，当初在金三角内战的时候，他就用这种方法找到目标，准确狙击了敌方的老大。

虽然左手不能使用，但他动作还是很熟练的，几分钟就做成了一个简易电磁信号装置。他用右手拎着这个家伙，回到茫茫的雨夜之中。

刚走出几步远，机器就显示了强烈的电磁信号，就算大雨也无法干扰它们。童建国的心跳加快，不知是否有电磁波的干扰。继续往前走了几分钟，让他感到异常吃惊的是，整个城市都充满着电磁波，必定有不少电子设备正在工作！

沉睡之城，其实并没有沉睡，那些跳动的神经，只是人们的肉眼无法看到而已。

他找到一个电磁信号最密集的方向，循着机器的指示往前快步走去。穿过几条大雨弥漫的街道，有的道路排水系统不畅，积水已经淹到了他的小腿。

终于，童建国望见了体育场高高的看台。

顶棚闪着白色的灯光，穿破苍茫的雨幕刺入他眼中。

手中的机器反应越发强烈，所有的电磁波都指向那里——体育场！

大雨掩盖了他的踪影和脚步声，使他顺利地来到球场外沿。这是整个南明城最大的建筑，硕大无比的看台和顶棚，让每个人都感到自己的渺小。

雨衣中的童建国点了点头，就是这里了——全城的电磁波都来自此地，若不是地下有巨大的磁场，就一定埋藏着什么蹊跷！

现在已不需要那简易的机器了，童建国将它放到边上，再脱下沉重的雨衣，悄然闪入看台下的通道。

吊着胳膊上的绷带，小心翼翼地穿过通道，走进宏伟的体育场内。脚下是红色的跑道，前方是宽阔的足球场，四周则是密密麻麻的座位。大草坪上疯长着野草，仰起头如瀑布降临——顶棚上射下无数灯光，照出一个大雨中的辉煌世界。这是一个标准的灯光球场，仿佛仍在进行着一场足球比赛，只是看台上的观众们已瞬间消失。

真的消失了吗？

同时，同分，同秒。

再把镜头移回我们的大本营。

孙子楚醒了。

二楼卧室，小枝仍然不愿说出秘密，林君如也不敢真的对她动粗。叶萧和伊莲娜都只是冷冷地看着，却没发觉床上的孙子楚已睁开了眼睛，直到他发出一阵轻微的呻吟。

林君如第一个反应过来，回头扑在了他的身上，其他人也都围拢了过来。

孙子楚的脸色依然苍白，但能够缓缓地眨眼睛，嘴里发出一些细小的声音。伊莲娜赶紧端来一杯热水，但小枝示意要等会儿才能给他喝。

叶萧在他耳边轻声说："你这家伙，还记得我们吗？"

孙子楚的嘴唇颤抖了几下，但还是说不了话，只能用力眨了眨眼。

"没错，他认得我们。"

林君如激动地抱着他的头，脸贴着他的脸，期望他能逃过这一劫。

"会不会是条件反射呢？"

伊莲娜悲观地说了一句，但即刻被林君如斥退了："不要乌鸦嘴好吗！"

孙子楚显然是听到了这句话，下巴也往下点了几下，看来这家伙到这时候还在嘴硬。

"他只要能够醒过来，就说明血清已经起到了作用，体内的毒素正在逐渐排出。"小枝根据妈妈告诉她的知识说，"但他的身体还是很虚弱，最好能送到医院里去治疗。"

"可这里的医院只有死人没有活人。"林君如苦笑了一声，又贴着孙子楚的耳边说，"你渴了吗？"

孙子楚果然又点了点头，她立刻将水杯端来给他喝下。

这时，顶顶也从阁楼下来了，她刚想告诉大家——自己收到了2046年的月球中文广播，便看到电视机荧屏闪烁了一下。

接着画面便替代了原来的雪花，同时音箱里响起了一连串的英文。

聚拢在孙子楚身边的人们，马上转头对准了电视机，就连孙子楚也在恍惚之间听着。

电视画面仍然是新闻演播室，左上角有个龙形的台标，女主播依然是以前中国著名的主持人，她面对镜头用英文侃侃而谈——

"观众朋友们，全世界都在关注的'天机'事件，现在又有了最新的进展，请看来自现场的画面——"

这下大家都听到了声音，虽然除了伊莲娜以外，只能理解大约一半的意思，但还是紧张得喘不过气来。

画面切换到一个专题片头，赫然是叶萧、孙子楚、顶顶等人的照片。在一连串快速的英语解说中，他们看到了一个奇异的镜头：

是他们自己！

没错，在卫星电视直播的画面里，出现了他们自己的形象，而且就是在这个房间里！

镜头是从某个特别的角度拍摄的，斜向拍出整个房间，当中的大床上躺着孙子楚，他的身边是林君如和小枝，而叶萧、顶顶与伊莲娜正站在电视机前。

面对电视画面里的自己，叶萧惊讶地站起来后退了几步，而镜头里的自己也是同样的反应。

这是怎么回事？心跳骤然加快的他，捏紧了拳头走向电视机，画面里的自己同时也走向电视。

这根本就是现场直播，面对全世界的卫星直播！

看着自己在此时此刻的动作，所有人都已面面相觑，惊慌失措地逃向房间各个角落，以躲避被镜头摄入画面。

"该死的，有人在监视着我们！摄像机就安在这个房间里！"

叶萧愤怒地大喝起来，也不管身上的伤口了，仰头看着房间的天花板，缓慢而仔细地环视一圈。

同时，他也用眼角余光瞥向电视，直到发现自己正面对着镜头。

镜头就在眼前！

21：40

大雨如注。

体育场继续被雨声覆盖着，灯光穿透雨幕打在他的脸上，宛如舞台上的灯光。

但他不是男主角。

谁都不是。

就在童建国将要转身之际，一个硬硬的东西顶住了他的后腰。

他知道，那个东西的名字叫"枪"。

所以，他不能乱动。

而且他也能够猜到，是谁正在用枪顶着自己的后腰。

他猜的没错，是黑衣人——×。

"你真厉害！我以为你还在太平间里，变成了一具僵尸。"

黑衣人在他身后轻声道，手枪纹丝不动地顶着他。

"我真的老了，如果再年轻十岁的话，我绝不会让你到我身边五米之内。"

"是啊，你的听觉和嗅觉都下降了，还有这大雨声掩盖了我的动作，加上你已经受伤了。"

五十七岁的童建国，看了看自己吊着的左臂，苦笑了一声："你的评价还算是公正。"

"胳膊怎么样？"

"托你的福，我已经把子弹取出来了。"

"是自己做的吗？我记得这里可没有医生。"

童建国镇定自若地回答："是的，但谁让你把我关在太平间呢？那可是在医院里面，有很多手术设备。"

在这球场看台的一角，不断有风吹着雨落到他们身上，两个人一前一后对峙着，只是前者的生命握在后者的枪口上。

"你知道吗？我真的不忍心杀掉你。"

"而我根本就不想杀你。"童建国冷冷地吐出一句，他的右手仍然不敢动弹，×的子弹随时都会射出来，"我能问你一些问题吗？"

"好的，尽管我不能为你回答什么。"

"我不想知道你是谁，因为这本来就没有意义，但我想知道你在为谁服务？"

×摇了摇头说："对不起，你知道我不能说的。"

"好吧，但我已经猜出来他是谁了！"

童建国自信地点了点头，目光掠过模糊的雨幕，射到对面遥远的看台。

"真的吗？"

"现在何必要骗你，我还想知道这里有多少人，除了你以外。"

"对不起，我还是不能说。"

"嗯，你非常敬业，确实是个好手。"他停顿了几秒钟，深呼吸了一口气，"就和二十年前的我一样。"

×微微笑了一下："我知道，你以前也是干这一行的。"

"干吗还不动手？"

"你在催我吗？"

他反倒讽刺了一句："你在英雄相惜吗？"

"我听不懂。"

"快点动手！"

终于，×的枪口微微抖动了一下，不是因为他要扣动扳机了，而是因为他有些恐惧了。

恐惧是人的致命伤，×立刻就得到了报应。

当童建国感受到枪口的颤抖时，便顺势向前面的座位趴下。果然枪声没有响起来，童建国已俯卧在了台阶上。黑衣人×刚要把枪口朝下，童建国便已翻过身来，一脚飞踹向他的腰眼。

枪口再一次沉默了，因为它已脱离了主人的手指。

枪的主人已被踢倒在地，他刚刚挣扎着爬起来，又被童建国那依旧强悍的右手打了一记重拳。整个人已失去了平衡，倒在了后面的栏杆上。紧接着胸口又挨了一脚，这下他彻底翻下看台，坠落到数米深的阴影中去了。

偌大的看台上，再次只剩下一个人了——吊着绷带的童建国。

毕竟是年岁大了，他靠在座位上喘了几口粗气，才倚着栏杆往下面望去，黑咕隆咚什么都看不见。管那个黑衣人是死是活，既然×没有开枪把他打死，何必要对人家赶尽杀绝呢？

刚才的这番剧烈搏斗，让他受伤的左臂又疼了起来，但心情却畅快了许多，看来当年的功夫还没有废掉。

其实，童建国本来是没有机会的，只是因为×第一次动了恻隐之心，又看到他吊着一只胳膊，所以对老前辈轻敌了。

刚才的那一番对话，他甚至还有些喜欢×了，确实是和当年的自己一样！

不需要再多想了，童建国忍着胳膊的疼痛，沿着看台走了半圈，忽然发现有扇小门里亮起了灯光。

他缓缓推开门走进去，前面是一条往下延伸的楼梯。这回他小心地将手放在腋下，随时都可以把枪抽出来，悄无声息地走下了楼梯。

另一个世界正在等待他。

依然——同时，同分，同秒。

再把镜头移回我们的大本营。

所有人都在二楼的卧室，电视机里放着此刻他们的画面，而镜头就在叶萧的眼前！

但他并没有看到镜头，那是天花板与墙角之间的夹角，只有白色的涂料在那里。

"你们有没有感到奇怪？几个墙角里都有许多灰尘和蜘蛛网，只有这一个角落非常干净。"

顶顶突然提醒了大家一句。叶萧搬来一个柜子，爬上柜子摸了摸墙角，感觉确实有些古怪。

他再用力拉了拉墙角，竟把一大块涂料拉了下来——其实根本不是什么涂料，而是一层特殊的薄膜，从外往里看是白色涂料，从里往外看却是全透明的，就像一块干净的玻璃纸。

而在这层薄膜的里面，隐藏着一个专业的摄像机镜头！

一只无所不能的眼睛。

大家都看到了这只眼睛，这只眼睛也直勾勾地瞪着他们，并把他们此时此刻的表情，传递到全球卫星直播的电视画面中。

惊人的发现！

叶萧把脸凑到了摄像镜头前，电视画面里也只剩下他的脸了，由于距离镜头太近了，他的脸在画面中有些变形，射出两道凌厉的目光。

作为一名警官，安装摄像监控探头，也是一种常用的技侦手段。但这台摄像机相当先进，绝不是监控探头那么简单。它的镜头焦距可以自动调节，还带有红外夜视功能，就算在黑暗环境中也可以拍摄。它装有声音采集的系统，背后有复杂的电线，可以从远程实施控制拍摄，与摄影师实地操作没有区别。用它拍摄出来的效果，相当于最专业的摄像机，完全可以用作电视剧的画面。

电视机的屏幕里，始终显示着叶萧的脸，甚至还有他的手在摆弄镜头。他打开摄像机后面的凹槽，想要仔细查看里面的电线情况。

突然，电视画面一下子消失，转眼切换到了新闻直播室里——显然电视台不愿再播放叶萧检查镜头的画面了。

大家又把目光对准了电视，叶萧也从柜子上爬了下来，只见女主播的神色有些慌张，但她很快就调整了回来，镇定自若地面对镜头用英文说——

"叶警官为什么要检查镜头呢？也许他是觉得不该让自己看到这些画

面。但无疑他很清楚自己的处境，特意要和我们的观众有个互动，我感觉在他冷漠的表情之下，还隐藏着一颗富有幽默感的心。"

伊莲娜是完全都听懂了，却更加迷惑不解了："这是怎么回事？你很清楚自己的处境吗？"

"你在怀疑我吗？"叶萧自己也听得云里雾里，便勃然大怒起来，"不，我可没有什么幽默细胞！更不是在和谁开玩笑，哪有什么观众啊？"

电视画面变成了NBA的比赛场，科比·布莱恩特穿着NIKE鞋开始扣篮，原来是进入了插播广告的时间。

趁着这个空档，顶顶大声喝道："你们都冷静一下吧！"

"这到底是什么电视台？"

"宇宙之龙卫星电视台——中文简称'龙卫视'。"伊莲娜坐下来回答了，她在美国还常看这个卫视的新闻节目，"总部在洛杉矶，主要面对亚太地区，最近几年发展非常快，以十几种语言在全世界范围内播出。"

"'龙卫视'？"守在床边的林君如也想起来了，"在台北还能接收到这个台，怪不得他们会去采访我的爸爸妈妈。"

广告画面还在继续，叶萧低头沉思了几秒钟，突然冷冷地说："我敢打赌，这栋房子里绝对不止一个摄像机！"

说完他马上冲出去，跑到隔壁的书房里面，再一次仔细检查天花板与墙角，却没有发现任何异样。但他又盯上了高大的书橱，把书架上所有的书都翻了下来，结果在最高一排发现了摄像机——极其巧妙地隐藏在书与书的缝隙间，再用一张外面看起来是书脊，里面却是透明的薄膜封起来，就算是正面看到也不会被怀疑，简直是藏得天衣无缝！

同样是一个专业的摄像机，具有自动调焦功能，也能在没有灯光时红外拍摄，复杂的电路安装在书橱后部，连接着房间内本来的电线系统。

顶顶和伊莲娜都跟在他的身后，他们又去三楼的房间——那是小枝本来的闺房，三双眼睛共同搜索，费了好大的劲才在窗帘后面，发现了一台更加隐蔽的摄像机，同样由伪装薄膜贴起来，就算把窗帘全部拆掉，也未必能够发现它。

"该死的！"

叶萧重重地咒骂了一句，仿佛在这些摄像镜头面前，自己早就被剥光了衣服，向全球的电视观众展示。

紧接着几个人分头去找——顶顶在阁楼里发现了摄像机，伊莲娜在底楼的厨房也发现了，叶萧则在客厅的玄关上面，发现了一个俯角的摄像机。但他还是不够满足，又在客厅的大电视机柜里，发现了一个仰角的摄像机，居然藏在 DVD 机器里面！昨晚他们使用这台 DVD 的时候，还没发现里面有个摄像机，可见隐蔽得有多么巧妙。

设计这些摄像监控的人，简直是个侦察或者犯罪的天才！

最令他们感到愤怒的是，叶萧在卫生间的镜子里，发现了一个摄像机。原来这是一面特殊的镜子，反面竟然是全部透明的，摄像机就安装在镜子后面，可以肆无忌惮地摄下卫生间里的全部。

女生们发现了这个秘密后，都感到彻骨的侮辱和羞耻，她们捡起杯子酒瓶等家伙，把卫生间的镜子和摄像机都砸得粉碎。尤其对于美国人伊莲娜而言，这根本就是下三滥的犯罪行为，严重侵犯了身体的隐私。

沉睡的别墅，并没有沉睡。

整栋房子到处都安装了摄像机，宛如一个巨大的摄影棚，而他们都在无意识中成为了演员！这些惊人的发现让他们都濒临崩溃，连同窗外的大雨似乎要将人彻底埋葬。

回到二楼卧室，林君如指着小枝的鼻子说："为什么只有你不说话？因为你一切都知道是吗？这里本来就是你的家，你知道这里装满了摄像机，所以故意把大家引到这里来！"

面对这个严重的指控，小枝却不置可否地退出房间。

但是，这回叶萧也不会放过她了，在楼梯口拦住了她，沉下脸说："告诉我，这是怎么回事？"

"我——"

她被迫张开了嘴，却欲言又止。

"说！"叶萧往墙上重重地砸了一拳，甚至将灰尘从楼顶震了下来，胳膊上的挫伤也更疼了，"这里是你的家，也是你布置的一个陷阱，把我们都暴露在镜头底下，是不是？"

"不，这些不是我做的！"

虽然她开口为自己辩解，但也没有否认自己并不知情。狼狗"天神"警惕地跑了过来又把林君如吓回了二楼房间。

但叶萧并不惧怕"天神"，继续追问道："那是谁干的？"

"你们已经看到他了！"

"谁？"

"你们很快就会知道的！"小枝也紧张地咬着嘴唇，"好吧，你要知道真相是不是？那我就告诉你——其实不单单是我的家里，整个南明城都已装满了摄像机！"

22:00

体育场。

童建国已经听不到巨大的雨声了，四周变得坟墓般寂静，只有一条深深的楼梯，在白色的灯光照射下，难道要通往地狱的第十九层？

他的左臂还吊着绷带，右手始终放在腋下的位置，每走一步几乎都踮着脚尖。已经走了好几分钟，这道楼梯似乎永无止尽，让他想起罗刹之国深深的甬道。

难道还会发现什么古老的宝藏？

突然，楼梯变成了平地，一扇大门出现在他的面前。

大门是被锁上的，但这难不了童建国。他从口袋里掏一个小玩意，仅用一只健全的右手，便轻而易举地打开了门锁。

他小心翼翼地推门进去，发现里头是个高大的空间，几米高的天花板上，吊着无数明亮的灯，把体育场的腹腔照得宛若白昼。

这里用简易的塑料板隔成很多小空间，就像是某个大型展览会的现场，每个小空间就是一个参展单位。他低着头从边缘走过去，果然看到远处有几个人影在晃动。墙边开着男女卫生间，门口的垃圾箱里堆得满满的，说明这里有人在生活或工作。

童建国悄悄走到一个隔间后面，透过缝隙往里面窥视。他看到有两个人坐着，面对着几台电脑工作，还有几部监控录像的屏幕，但看不清里面的画面。其中有个人转过身来，嘴里还叼着一根香烟，是一个光头的黑人。他用美式英语和旁边的人交谈——四十多岁的白种男人，挺着一个巨大无朋的肚子。

他听不懂那两个人在说什么，便又摸到另外一个隔间里，发现了一个很大的电视屏幕，在播出着一档英语新闻节目。屏幕底下摆着许多机器设备，上面镶嵌着一些小屏幕，旁边是几台控制电脑，后面有密如蛛网的电线和插座。这里所有的设备和摆设，都说明是一个电视转播中心——许多大型国家比赛，都有这种器材设备，尤其是闭路电视系统。

这时有脚步声靠近了，童建国急忙躲到屏幕后面。他看到一个年轻人走进隔间，那人长着一副中国人的面孔，他拿起电话说了一串英文，挂下以后坐在电脑前，不知在处理什么东西。年轻人看来来非常疲倦，他戴上耳机靠在座位上，就这么闭目养神起来。童建国便轻声地摸出隔间，回到外面的大厅里。

迎面又走过来几个影子，他立即闪到角落的阴影中，从侧面看到了那些人——穿着特别的工作服，从头到脚都包裹了起来，消防队员似的只露出一张脸。他们中有两个白人一个黑人，还有一个看起来像泰国人。这几个人一边走一边脱下工作服，表情都有些凝重，彼此用英语低声交谈。

这条走道像是必经之地，很快又走过来两个人，居然还是一男一女，两人都长着中国人的相貌。那个男的三十多岁，说着一口标准的汉语普通话，而女的则带有明显的港台口音。但两人交流起来没什么问题，童建国听见他们几次说到了"末日"两个字。

那个女的紧张地问道："TOM，我感觉这是最后一夜。"

"老板说过这样的话吗？"

"虽然他没有明说，但谁都已经猜到了。"

"但愿如此！"那男的疲惫已极地仰头叹息一声，"快点结束这场噩梦，让我们回家去吧！"

两人说着说着就拐弯消失在岔路口了，童建国无声无息地跟在后面，看到他们分别走进两个小房间。他不敢跟到房间里面去，只是在外面走了几步，发现十几个这样的简易房间，统一搭建在大厅的一侧。

他轻轻地打开其中一间，还好里面没有人——屋子里有简易的钢丝床和睡袋，除了最基本的生活物品之外，就是一些个人的衣服，居然还有女士内衣。但他没有发现手机、电话等通信工具，也没有电视机等物品，看来只是个临时宿舍。

童建国确信没有人发现他，便退出房间向前摸索。他又发现一个库房，堆满各种食物和罐头，还有几十个纯净水桶。此外是很多工作服和机器，其中不乏最先进的摄像机，以及复杂的电子设备。

这里到底是什么地方？各种设施都非常齐全，足够容纳几十人工作和生活，但又密闭在体育场的地下，仿佛纳粹覆灭时希特勒的暗堡！

随手拿起一个午餐肉罐头看看，生产厂家在泰国清迈，出厂日期居然是前天——就是说这里随时与外界保持着联系，不断有新鲜的食品供应进来！

他在心里咒骂了几句，所谓的沉睡之城根本没有沉睡！这里也不是一个被封闭的围城，只有他们旅行团的人，才像无头苍蝇似的绝望。

摸出库房便有一条通道，四周再也没有其他人和声音。童建国小心地往前走去，天花板只有两米多高，灯光也变得暗了不少，显然是另外一道空间了。

突然，他在墙上看到一个奇特的标记，一条龙正盘旋于银河之上——

宇宙之龙

第四季

末日审判

第八章 ■ 斯蒂芬·金

　　抱歉，请再把镜头移回大本营。

　　大雨丝毫没有减弱的迹象，整栋房子都在狂风中颤栗，也包括房间里的人们。

　　"整个南明城都已装满了摄像机？"

　　叶萧又一次重复了小枝的话，而她像个做错事的小孩，低下头不再说话了。

　　"这怎么可能？"林君如摇了摇头，小枝的任何回答都被她判定为谎言，"那么大的一个城市，到处都是摄像机在监视我们？"

　　"不，我要出去看看！"

　　他的决心已定，撑开一把雨伞，立刻冲出了房子，投入茫茫的夜雨之中。

　　雨点如碎玻璃打在脸上，头上还缠着纱布的叶萧，又感到一阵刺骨的疼痛。这么狂暴的雨，撑伞也没什么用了，他索性扔掉雨伞，跑到街道对面去了。

　　视线已经一片模糊，雨中只有几盏路灯还亮着，变成几团光晕指引着方向。在这样黑暗的雨夜里，就算街边放着一台摄像机，也根本没有可能被看到。

　　于是，他顶着雨冲进一爿小店，打开灯发现是个洗衣房。在这间狭窄的店铺里，残留着许多洗衣粉的气味，角落里堆满了洗好的衣服——它们还未能等主人来领走，整个城市就空无一人了。

叶萧甩了甩头上的雨水，仔细检查天花板与墙角，翻开所有的家什与杂物，结果在一台大洗衣机的后面，发现了用薄膜隐蔽起来的摄像机，后面照例拖着复杂的电线。

他愤怒地将这个摄像机砸掉了，看来小枝说的确是实情——整座城市都布满了摄像机，就连这么一间街边小店都没有放过，即便旅行团的这些人从没有进来过——但只要有他们可能到达的地方，便一定会装上极其隐蔽的摄像机。

这样得要安装多少台摄像机呢？他估算全城起码要一万台吧，假设每台摄像机价值五千元人民币，那光摄像机就得花费五千万！

究竟是什么理由，让那些人敢于一掷千万金，来制造这样大的一个陷阱呢？

只要想想就能让人毛骨悚然，不需要再到其他店铺和民居里去求证了，叶萧随手拿起一块毛毯，盖在头上冲回到大雨中。

飞快地跑回对面的大本营，浑身湿漉漉地冲进客厅，除了躺在床上的孙子楚外，其他人都在这里等着他。

"是的，全城都装满了摄像机！"

他冷静地告诉大家这个惊人的事实，她们都已恐惧得说不出话了。

倒是小枝大胆地说："你的伤口不能浸水。"

"管不了那么多了，总比大家都死在这里强！"叶萧拿来一块毛巾擦了擦头发，"我想回楼上去看电视。"

这句话倒一下子提醒了他们，说不定电视机里又会出现自己的脸呢！

赶紧跑回二楼的卧室，才发现孙子楚已经可以说话了，躺在床上发出微弱的声音："谢谢……你们……救了我。"

"你终于说出一句人话了！"

叶萧走上去拍了拍他的肩膀，林君如也扑到他的身边，关切地问："你现在什么感觉？还有不舒服吗？"

"啊……没什么……已经不疼了……"孙子楚的气色已好了很多，不再是那种死人的脸色了。他感激地挪了挪头，把自己的脸贴在林君如的手上，"你为什么对我这么好？"

林君如不好意思当着大家的面和他温存，反而板起一张脸来，"既然你已经不疼了，那还是少废话吧！"

　　"我要看电视！"

　　大概孙子楚刚才一直在听电视机里的声音，林君如给他垫了两个枕头，这样看电视就不会吃力了。

　　此刻，六双眼睛都对准了电视机。

　　依旧是新闻直播室，背景画着一条黑色的龙，威严地盘旋在银河上——这就是"龙卫视"的标志。

　　华人女主播说了一连串英文，便把画面切换到了香港的街头。在人潮汹涌的铜锣湾，到处都是闪烁的霓虹灯，记者带着摄像师走在街上，随机地抓住一个年轻女孩，用普通话问道："小姐，请问你知道'天机'事件吗？"

　　"当然知道啦！一个中国旅行团去泰国，进入一座没有人的城市，他们被困在里面不能出来，还不断地有人死掉。"香港女孩说着广东口音的普通话，面对镜头格外起劲儿，"我每天晚上都在看这个'天机'节目，实在是太精彩啦！"

　　记者看来是找对了人，接着问道："请问你最关心哪个人物？"

　　"叶萧！我觉得他好帅，也好勇敢，是个非常酷的男人，找老公就要找叶萧那样的！"

　　这话让电视机前的叶萧听得满脸通红，他自嘲地说了一句："像我这头上缠着纱布的样子还有人敢要吗？"

　　电视画面里的记者还在继续问："全世界的观众都在争论：'天机'节目是真实的还是表演的？你觉得呢？"

　　"当然是真实的！看到他们在镜头里的眼神，就算是再好的演员也演不出来的。"

　　"旅行团里那些死去的人呢？你认为是真的吗？"

　　"哦——"香港女孩拧起眉毛想了想，"这个我还真说不好，虽然看起来非常逼真，但我觉得也不排除演戏的可能，说不定那些被安排去死的人，都早已经做好了逃生的准备，他们的死就是逃出了南明城。"

　　"非常感谢你！"记者又转头对准了摄像镜头，微笑着说，"观众朋友们，有史以来全球收视率最高的电视节目——'天机'已进入最关键的时刻！全世界每个角落里的人们，都在关注着神秘的南明城，关注着旅行团里每个幸存者的命运！现在请回到洛杉矶的演播室。"

荧屏上再一次插播广告了，这回是布兰妮做的百事可乐广告。

而在遥远的沉睡之城，坐在电视机前的人们都面面相觑——自己经历的这一切可怕事件，怎么突然变成了一档电视节目，而且还被命名为"天机"？他们被整个世界的目光所关注，创下了有史以来全球最高的收视率！

百事可乐的广告过去了，画面中浮现出一片巨大的山谷，在绵延不断的崇山峻岭之中，矗立着一大片阴暗的建筑——沉睡之城。

众人都睁大了眼睛，这正是他们在第一天下午，通过隧道进入南明，俯视整座城市的景象。本书开头这震撼性的一幕，已永远烙在他们心底，此刻却通过卫星信号传遍了世界。

是的，整个世界都在镜头中了，变成一堆了无生气的建筑，空无一人的城市。

这是神的视角。

神俯瞰宇宙的视角。

镜头应该是安装在城南的山上，缓缓向下推移使城市建筑越来越清晰，一直定格在城市的入口处，刘德华在广告牌上的微笑。

这时画面下方打出一行英文字幕，伊莲娜用汉语翻译了出来：

"天机——史上最伟大的真人秀，全球 20 亿电视观众日夜守候，10 亿网友同时在线观看，神秘的世界，未知的危险，现代的寓言，未来的预言，他们将何去何从？"

接着电视上跳出好几段片花，首先是叶萧等人举着手电，在黑暗中走进一栋居民楼，这就是他们之前的大本营。然后是一个黑暗的房间里，突然亮起的烛光照出一张死人的脸——屠男，这段镜头拍得尤为震慑人心，想必让全世界的观众都胆战心惊，无形之中大大提高了收视率。还有在城市的边缘，成立为了救女儿而被鳄鱼咬成两截，鲜血四溢的画面一度引起很大争议，许多社会团体要求禁播"天机"节目。最后是辉煌灿烂的罗刹之国废墟，叶萧等一行人来到巨大的金字塔下，仰望宇宙几乎绝望地跪倒……

面对这些回顾性的片花镜头，所有人都感觉毛骨悚然，特别是当画面里出现自己的脸庞时，仿佛高压电流从身上通过，即刻羞耻地低下头来——他们知道自己的一举一动、一言一行，无论是好是坏是真是假，都已经被全世界的观众看到了。

长长的片花还伴随着一段劲爆的音乐，演变为一段 MV 画面，竟是许久未曾露面的迈克尔·杰克逊！而且是从未听到过的一首旋律和歌词，想必是他专门为"天机"创作的新歌，真是让人叹为观止。

迈克尔·杰克逊的歌声终了，画面切回洛杉矶的演播室。除了熟悉的女主播之外，还有一个五十多岁的白种男人，睿智的脸上留满了大胡子。

女主播先说了一连串英文，向观众介绍这位特邀嘉宾——全球最著名的惊悚小说家**斯蒂芬·金**！

这下连躺在床上的孙子楚眼睛也直了，他看过斯蒂芬·金的照片，果然就是电视画面里的这位——创作过《闪灵》《肖申克的救赎》《厄兆》《捕梦人》等伟大作品的文学大师，曾经是全球最富有的作家，居然也被"龙卫视"请进了演播室，让电视机前的所有人目瞪口呆。

斯蒂芬·金面对镜头有些紧张，没想到大名鼎鼎的作家还有些怯场。他勉强地微微一笑，用美式英语问候道："HELLO！我是斯蒂芬·金。"

主持人立刻接话道："金先生，您是全球最著名的小说家，拥有数以亿计的读者和崇拜者，您的作品里既有惊悚又有悬疑，有不少被改编成《肖申克的救赎》那样有名的电影，面对'天机'这样一档特殊的悬疑真人秀节目，您是怎么看的呢？"

"这个……这个……呵呵……"我们的惊悚大师傻笑了两声，"从'天机'节目刚刚开始播出，我就每夜守在电视机前面。我可以老实地告诉你，现在我也是'天机'的忠实拥趸了！"

"金先生，非常感谢您的支持，现在全世界都在关注'天机'——这个史上最大的真人秀节目，关注着中国旅行团的命运，关注着南明城里的每一个人，但也产生了法律与道德方面的很大争议。有很多人置疑这个节目的真实性，认为这是一个虚假的真人秀，节目中出现的人物都是在表演，作为一个伟大的小说家，对此您是怎么看待的呢？"

"确实，'天机'的世界太不可思议了，这是现实中不可能发生的事，看起来就像小说一样，而且是最精彩最有想象力的小说！如果这一切真是由人设计的，那确实是第一流的小说家才能做到。"

女主播的反应非常快："那您认为这一切都不是真实的，而是由人设计好的？"

"这个——"斯蒂芬·金大师挠了挠头，"我无法确定，也许一半是真实的，一半是表演的？但之前肯定有过精心的设计，比如这座沉睡之城，比如郊外的罗刹之国——顺便问一下，那个古老的遗址是真的吗？"

"确实是真实的遗址，具有上千年的神秘历史，最近几年才刚刚被发现，因为地理环境过于偏僻，所以未能得到开放，世界上只有少数的考古学家才知道。"

"真实！"斯蒂芬·金大师深深地吸了一口气，"真实是最伟大的！从这次'天机'节目就可以看出来，全世界的人们都厌倦了小说与电影，他们想看到人们真实的故事，想窥探他人真实的隐私。也许，'天机'的节目播出之后，我们小说家就全都要失业了！"

"金先生真是很幽默。"女主播赶快把话题扯了回来，"说到'天机'的真实，也引起了非常大的争议，很多人认为如果'天机'中发生的一切都是真实的，那么'龙卫视'已严重触犯了法律，您怎么认为？"

斯蒂芬·金大师的回答相当圆滑："我不是法律专家，所以不能给你们提供意见。"

"事实上'龙卫视'早就公布了与旅行团成员签定的协议，他们都是自愿参加这次真人秀节目的，如果没有中途退出并顺利完成节目，每人将获得一百万美元的奖金，而最受观众欢迎的那个人——由全球观众在'龙卫视'的官方网站上投票选出，将获得一千万美元的奖金。"

"不过，我听说旅行团成员的家属们，正联合起来起诉你们电视台，希望早日将亲人营救出来，并将向你们索取巨额赔偿。"

女主播面对镜头从容不迫："因为'天机'真人秀一开始，就出现了死亡的意外情况，接着连续不断有成员意外死去，对此'龙卫视'也感到非常遗憾。所以，家属们都强烈要求节目中止，让所有的人都回到家里，甚至怀疑真人秀协议是伪造的。尤其是那几位死者的家属，正在通过美国法院控告'龙卫视'。"

"这个——"斯蒂芬·金大师又一次皱了皱眉头，"虽然我不是法律专家，但你们不怕吗？"

"但是，'天机'真人秀的每位参加者，都已经由'龙卫视'提供了巨额保险，每位意外死亡者可获得五百万美元的赔偿。据目前得到的消息，杨谋先生与唐小甜小姐的家属，已经与'龙卫视'达成了谅解协议，取消了对我们的起诉，并得到了保险公司的巨额赔偿。当然大多数家属还是坚持要诉诸法律，但除了伊莲娜的家人之外，其余人都身在中国，他们必须打一场跨国诉讼，其间将耗费大量时间，没有几个月不能有结果——届时我们的'天机'节目早已结束了。"

"但我还是感到奇怪，现在世界上只要家里有电视机，就没有一个人不知道'天机'真人秀。这个节目的影响力甚至已经超过了世界杯和 NBA，所有的媒体都在连篇累牍地报道着'天机'世界，难道美国与泰国政府就不干预吗？"

女主播仍然镇定自若："现在，就连我们的布什总统也在追看'天机'，至少他本人持欣赏态度。当然，我们也听说 FBI 正在介入此事，准备派人去泰国实地调查。但非常遗憾，我们知道泰国最近发生了政变，在这种情况下很难得到当地政府的配合。而最关键的一个问题是——谁都不知道南明城究竟属于哪个国家？有人说是在泰国境内，也有认为是缅甸境内，甚至传说在老挝境内。既然连南明城的司法管辖权归属哪方都不明确，那就无法通过法律来解决这个问题。"

"看来我已经没办法再搭话了。"斯蒂芬·金大师狡猾地摇了摇头，"不过，我是很看好'天机'这个故事的，无论是真人秀还是表演，都很适合改编成电影，我会向好莱坞的朋友推荐的。"

"好的，非常感谢金先生光临我们的直播室，也感谢您对'天机'的关注，祝愿您的新书《手机》畅销大卖！"

"也非常感谢你，如果有可能替我向叶萧问好——他是好样的！"

斯蒂芬·金大师特意对镜头说了一句，与女主播握手之后就匆匆退场了。

大师的最后一句话，让坐在电视机前的叶萧心里一颤，不知道该惊喜还是悲伤。

"大师看好你啊！"孙子楚在床上叫了起来，好像体力已经恢复了，"叶萧！你真走运！"

电视机里再一次插播了广告，这回是车王舒马赫做的汽车广告，天知道这家电视台赚了多少亿的广告费。

女生们却如同坠入雾里云中，伊莲娜绝望地自言自语："GOD！这到底是怎么回事？你们有谁签过什么真人秀协议？"

"没有！"林君如猛摇了摇头，"这根本是胡说八道，我们从来没有听说过什么真人秀。"

顶顶紧张地咬着嘴唇："我也从来不知道，我们来泰国不就是旅游吗？我只和旅行社签过旅游协议和旅行保险，哪有什么真人秀协议？大家听我说，我们一定要冷静，所谓的协议肯定是伪造的。"

伊莲娜又要恐惧得哭了："他们居然知道我们的一切，现在全世界的人都知道——却为什么不来救我们？"

"就这么看着我们一个个死掉吗？"林君如怔怔地说了一句，然后摸着死里逃生的孙子楚的脸，"他们真的很残忍，包括那些在电视机前，看得津津有味的观众们！"

舒马赫的广告结束之后，电视画面又切回到了演播室，华人女主持说了一长串英文——

"自从'天机'真人秀节目播出以来，成为全世界最大的焦点，也引起了法律、传媒、伦理等各方面的激烈争论。"

她的话音未落，电视荧屏里出现了洛杉矶的街道，许多美国人举着牌子在街上游行。她们大多是中年妇女，愤怒地向一个大楼门口扔垃圾。几十个警察排队站在人群前，但激动的人们不听劝阻，与警察发生了严重的冲撞。

同时画外音在介绍："全世界都在争取营救'天机'中被围困的人们，许多美国电视观众走上了街头，抗议这个节目侵犯了人身自由，希望早日解救旅行团的幸存者。9 月 29 日，他们聚集到洛杉矶的'龙卫视'总部，向大楼投掷鸡蛋石块等物品，并与保安发生肢体冲突。洛杉矶当局被迫派出大量警力维持治安，并逮捕了几名非法闯入'龙卫视'总部的抗议者。"

接着，画面又切换到了室内，一群美国妇女在镜头前高呼着口号，她们中既有十几岁的小姑娘，也有七十几岁的老奶奶，居然打出了一张写得歪歪扭扭的中文横幅——**"叶萧全球后援团"**。

画外音："随着'天机'真人秀创下全球最高的 50% 的电视节目收视率，旅行团的成员们也成为了千万平民心目中的偶像，尤其是叶萧赢得了大量女性崇拜者，已成为本年度最炙手可热的明星。无数美国妇女流着眼泪希望叶萧能够从残酷的真人秀中活下来，更有大量女性给'龙卫视'寄来求婚信希望转交给叶萧。"

电视机前的叶萧看到这一段，真是哭笑不得，居然在不知不觉中成了全球瞩目的大明星、许多少女与师奶的梦中情人，就算能幸运地活着出去，他的人生也已经被彻底改变了。

就在大家看得目瞪口呆之时，画面又被切换回了演播室，女主播的身边又坐了两个人：一个是六十多岁的白人男性，另一个则是年纪相仿的黑人男性。

女主播微笑着介绍道："观众朋友们，现在我们为大家请来了两位特邀嘉宾，一位是《纽约时报》的资深评论员约翰·史密斯博士，另一位是前联邦大法官马丁·华盛顿先生。感谢两位权威人士光临我们的演播室，他们将就'天机'节目背后的法律与道德问题展开讨论。"

电视机位给得非常清楚，《纽约时报》资深评论员是白人，前联邦大法官则是黑人。

白人评论员面对镜头很有经验，显然经常参加此类节目："观众朋友们好，我是约翰·史密斯，大家这几天一定都在关注'天机'节目，并向'龙卫视'提出了很多个质疑：真人秀的参与者们是否知情？这是否是纯粹的商业表演？他们的个人隐私是否该得到尊重？特别是当旅行团成员意外死亡时，为什么不立刻中止节目，并把所有人员撤出南明城？"

黑人大法官有些拘谨地说道："这个——不仅仅是一个道德问题，而是严重的法律问题。真人秀参与者们的家属，大多准备向'龙卫视'提起诉讼，并希望各国政府介入营救，甚至质疑参加真人秀协议的真实性。但他们会遇到许多复杂的法律问题，首先是跨国诉讼——除了美国公民伊莲娜的家属已向加州法院提起诉讼外，其他身在中国和台湾地区的家属们，必须面临艰难而漫长的诉讼过程，以及不同国家和地区间法律制度的不同的困扰；其次是真人秀协议的真伪鉴定，这虽然是一个纯技术问题，但在短时间内无法解决；最后也是最难以解决的问题，因为'天机'真人秀是发生在南明城，节目的意外死亡也都发生在那里，对于这些死亡事件的处理，牵涉到一个司法管辖权的问题——但目前据我所知，泰国政府表示无法确定是否拥有对南明城的管辖权。因为在金三角地区的某些地方，国境线是非常模糊的，南明城可能在泰国境内，也可能在缅甸境内，至今都没有一个定论，这也是两国政府都没有实际管辖那里的原因。"

女主播连连点头赞同："华盛顿先生说得非常有道理，所以不能把全部责任放到'龙卫视'的身上，法律本身就有一些先天的缺陷，但并不能因此说我们钻了法律的空子。史密斯博士，您是资深的媒体人士，能否就大众关注的传媒道德问题发表一下看法？"

"好的！这也是自'天机'真人秀节目播出以来，我们传媒界都异常关心的一个话题。"《纽约时报》评论员说到自己的专业就越发兴奋，"我们是否该暴露那么多人的隐私？由于'天机'真人秀节目组，在南明城里安装了上万个隐蔽的摄像机，使得旅行团成员的一举一动，几乎全部都在电视里播出了，甚至包括某些私密性的镜头。准备控告'龙卫视'的旅行团家属们，也将这一点作为诉讼的理由，而许多民众也据此要求停播'天机'节目。我认为有些镜头不能强迫让观众接受——比如真人秀成员的私人性的画面，尤其是在卫生间中的画面，这会引起部分人群的反感，尤其会导致家长们对孩子的担心。"

这时前黑人大法官插了一句："据我所知，'天机'节目在三十多个国家已被列为限制级电视，当然这无法阻止观众通过卫星和互联网来观看。"

"是的，我们还知道'天机'节目中出现了很多死亡场景——无论这些场景是真实的还是表演的，都引起了非常大的争议！假设所有的死亡都是真实的，那么'天机'真人秀还有必要进行下去吗？发生这种意外应该马上停止，撤除所有的人员并请司法部门介入调查，即便我们无法确定南明城的司法管辖权属谁，但从媒体道德来说这是最起码的。如果电视台不顾真人秀参与者们的生命安全，而执意要把节目进行下去，是否会间接地导致他们的死亡？"

面对《纽约时报》评论员的尖锐质疑，华人女播音员显得相当镇定："非常感谢史密斯博士的意见，华盛顿先生能否发表一下观点？"

"对不起！我的话还没有说完！"《纽约时报》评论员丝毫都不留情面，针锋相对地坚持道，"除了对'龙卫视'的意见之外，我还想说一下对于公众的意见——在这次轰动全球的'天机'真人秀事件中，除了媒体道德之外，大众的道德沦丧也值得我们探讨。面对如此富有争议性的节目，那么多的苦难与死亡的节目，为什么全世界的观众都还如此热衷？在'天机'节目播出的一周之内，电视观众们仿佛在过一个盛大的节目，每个人都兴高采烈地盯着电视机，以一种阴暗与醒醒的心理，来欣赏某些人的恐惧、绝望、挣扎乃至死亡！'天机'充分满足了现代人的窥私欲，人们都厌倦了虚构的电视和电影，希望看到真实发生的事件，这是'天机'真人秀迅速红遍全球的关键原因！"

"对不起，史密斯博士。"

女主播想是接到了上级的通知，要尽快结束这段令"龙卫视"难堪的谈话。

"请不要打断我讲话！"但《纽约时报》评论员仍然意犹未尽，他严厉地指着镜头说，"坐在电视机前的每一个人，你们都需要深刻地反省！当全世界的观众看到真实的死亡，或者即将面临的死亡，为什么不感到悲哀和同情，反而是加倍的兴奋？我们是否有一种原始的本能——渴望目睹他人的死亡？这种本能是否来自我们祖先的暴力欲望？一直隐藏在我们的基因之中，只因为现代文明社会无法实施暴力，便转而通过欣赏他人的真实死亡来实现？我很遗憾地认为：'天机'真人秀的成功，是现代传媒道德的悲哀，也是全体大众道德的悲哀！"

他刚说完最后一句话，画面已被导播强行切换到广告，妮可·基德曼风情万种地走入荧屏……

22:30

末日之夜。

白色的密室，玉灵躲在房间的角落里，注视着眼前这个男人。

五十多岁的他仍显年轻，乌黑的发际线下几乎看不到皱纹，他睁着明亮的双眼，用流利的泰国话反问道："我是怎么认定你是我的女儿的？"

"是的。"

玉灵下意识地抱紧了上半身。

"我亲爱的女儿，其实你们都是我手中的木偶，从一开始就看得清清楚楚。你长得太像兰那了，像得让我第一感觉就异常亲切，似乎有种内心的感应，你就是我的兰那的化身。后来，我知道了你的名字，还知道了你的许多事情，一切都显示你极有可能是我的女儿。所以，我必须把你请到这里来，亲口对你说出一些重要的问题——还有这枚鸡心坠子。"

"请把它还给我！"

"不。"他把坠子放到手上，亲吻了一下："没错，这是我送给你妈妈的结婚礼物，在我们来到南明城不久以后。在你出生之后，她说要把这枚坠子送给你，只有我的女儿才能有这枚坠子。是的，我已经百分之百地确认了，我亲爱的玉灵，爸爸一直思念着你，深深地爱着你。"

但玉灵心里仍然有无数个谜："你——又是怎么看到我的？又是怎么知道我的名字？如何知道这些天来的事情？"

"因为我是神，我无所不能。"

"天哪，你到底是谁啊？"

后半句话她没有说出口——就算你真是我的亲生父亲。

"我已经说了——我是神！"他站直了身子俯视玉灵，目光在庄重里透着威慑，"我还是一个帝国的皇帝，一个巨大的传媒帝国，这个帝国控制着上万人的生存，也影响着上亿人的眼睛和耳朵，全世界的人都能看到我的帝国，并相信我所发布的一切旨意。"

"可我还是听不懂。"

"女儿，你很快就会明白的。我这一生有个最大的遗憾，就是当初没能把你们母女带出南明城，让你的妈妈兰那孤独地死在山村里，又与我的女儿失散了那么多年。纵然我如愿以偿地得到了世界，但仍然不能原谅我失去了你们！我这一辈子有过不少女人，但真正爱过的只有你妈妈一个，而你就是我和你妈妈唯一的骨肉，也是兰那在这个世界上的化身。你的血统也极其高贵，是史上最后一个罗刹公主。"

但她痛苦地捂住耳朵："不，我不要做什么罗刹公主，我只是孤苦伶仃的玉灵。"

"你不想要一个爸爸吗？一个真正地给予了你生命的爸爸！玉灵，你也是我在这个世界上唯一珍爱的生命，爸爸已经错失了你二十年。这二十年里无数个夜晚，我都会梦到你和你妈妈，我无时不刻不想再见到你们。我派出过很多人来打探你们，每次都空手而归，我痛苦得夜不能寐！如今我重新得到了你，你不知道我的心情是多么复杂，这个天大的惊喜让我激动得要流眼泪！"

"真的吗？"

玉灵似乎有些被他感动了，因为她真的发现了他的眼眶里，已经积满了闪烁的泪花。

"对不起，爸爸不能在你面前流泪。"他从西装口袋里掏出手绢，轻轻抹去眼角的泪，"我不想再失去你了，我也可以明确地告诉你，你是这个世界上我仅有的亲人，也是唯一的继承人！我要带你去遥远的美国，去过世界上最好的生活，你是我的庞大帝国的公主，并将在我百年之后，成为这个传媒帝国真正的主人。"

"你是要一个女儿，还是要一个继承人？"

她已经有些被感动了，与其做一个没有父母的孤儿，为什么不得到父爱呢？其实，她从小就期望和别的孩子一样，有父母来疼爱关心自己，至少也要知道父亲是谁！

"当然是要女儿，因为你是我的女儿，所以才有资格拥有我的帝国。"他又伸手抚摸玉灵的头发，将她温柔地搂在怀中，"爸爸深爱着你，永远永远……"

"可是——你怎么会在这里的？你又是怎么找到我的？"

面对女儿的疑问，他微笑着回答："这是一个奇迹，正在发生的奇迹，我很快就会告诉你的。"

"请你现在就告诉我吧！"

突然，一个低沉的声音从背后响起，这个声音虽然有些陌生，却让他陷入深深的回忆漩涡。

他紧紧搂着玉灵转过头，见到了一张比自己更老的脸。

童建国！

没错，他见到了童建国，这个五十七岁的男人，费尽了千辛万苦之后，终于潜入这间密室，来到他和玉灵的面前。

他眯起眼睛辨认了半分钟，确定自己的眼睛没有看错，就是这张曾经熟悉却又已陌生的脸！时光隧道在身边飞驰而过，仿佛两个人的容颜都渐渐重返青春，回到白雾弥漫的山寨，回到弹火纷飞的金三角，回到宁静绝望的西双版纳，回到年少懵懂的上海弄堂——他们已相隔了三十年的漫长光阴，却在这个末日审判的夜晚，重逢在沉睡之城的地下！

童建国左手还吊着绷带，右手却平端着一把枪，黑沉沉的枪口已对准他的双眼，并在骇人的沉默之后，平静地报出了他的姓名——

"李小军！"

相同的时间。

请允许我把镜头切回大本营。

尽管，窗外的雨势已越来越疯狂，两楼卧室里的二男四女，却完全忘记了大雨的存在，全都聚精会神地盯着电视机，与全球观众一样陷入"天机"的世界。

妮可·基德曼走出画面之后，切回到洛杉矶的演播室现场，却只剩下华人女主播一个人了，她从容地面对镜头："感谢刚才光临演播室的约翰·史密斯博士与马丁·华盛顿先生，两位专业人士给我们提了许多富有价值的意见，现在让我们来回顾一下'天机'节目播出至今的历程——"

画面又切到新闻片花，沉睡之城里的人们再度看到自己的镜头。这下切换得更加频繁迅速，旅行团每个成员的形象，包括那些已经死去的人们，都如走马灯一般来回翻动。其中有各自的资料照片，也有面对摄像机的特写，更有一些群体性的场景——在这个被认为与世隔绝的城市里，无数只眼睛都紧盯着他们，所有的一举一动一颦一笑一怒一哀，都牵动着亿万人的心。

同时，画外音响起："9月24日开始，向全球观众24小时直播的'天机'真人秀节目，已创下了世界电视史与传媒史的数十个记录——本次直播在全球范围内，使用了英、法、德、意、西、葡、俄、日、韩、印、泰、土、阿拉伯等十三个语种的同声翻译，使这个旅行团的全部中文对话，能被绝大多数国家和地区的观众听懂。'天机'在包括美国、日本、欧洲等许多地方都创下了有史以来最高的收视率，'天机'官方网站的访问量已迅速上升至全球前二十五位，'天机'节目的视频下载率已创下了全球互联网的记录，巨大的流量几次导致美国服务器的瘫痪。在短短的几天之内，'天机'已创造了全球最高的广告价值，仅仅二十秒钟的广告，已上升到每条数百万美元的天价！"

听到这里，躺在床上的孙子楚咒骂道："全家死光光吧！我们成为电视台的摇钱树了！我们当中每死一个人，他们就能净赚几十亿！"

林君如急忙安慰他说："你可别说话了，好好躺着吧。"

此刻，电视画面又回到了演播室，在华人女主播的身边，又出现了一男一女两位嘉宾，他们都是典型的英美白人，看起来都有些眼熟。

女主播略带兴奋地介绍道："现在我隆重介绍两位嘉宾光临我们的演播室，《哈里·波特》的创造者，拥有全球亿万读者的女作家——J·K·罗琳！"

"GOD！我没看错吧？"

伊莲娜往电视机屏幕前凑了凑，坐在演播室里的这位女士，果然就是大名鼎鼎的J·K·罗琳，也是当今世界上最富有的作家。

"观众朋友们，大家好！"J·K·罗琳已面对镜头说话了，"希望你们像关注《哈利·波特》一样关注'天机'真人秀，无论你是支持还是反对这个节目。"

"感谢罗琳女士，我身边还有一位嘉宾，也是广大电视观众和读者非常喜欢的《达·芬奇密码》的作者——丹·布朗先生！"

这个介绍更让人瞠目结舌，"龙卫视"在几十分钟内，相继请出了斯蒂芬·金、J·K·罗琳、丹·布朗三位脍炙人口的畅销书作家，要么就是付出了惊人的出场费，要么就是"天机"真人秀确实影响空前，让这些从不轻易出镜的人物也走进了演播室。

"我是丹·布朗，很高兴能走进'天机'节目的演播室，与大家共同交流和探讨。"

悬疑大师面对镜头有些拘谨，立即转头看着主持人，女主播笑着说："很感谢丹·布朗先生，我也是您的书迷，能与您和罗琳女士面对面谈话是我的莫大荣幸。能否谈谈您对于'天机'真人秀中的人物们的看法？"

"首先我要对我的书迷们说声对不起，因为最近一周以来，我暂停了正在创作的最新小说，每夜都泡在电视机前欣赏你们的'天机'真人秀节目。"丹·布朗倒是老实交代了，他苦笑着摸了摸脑袋说，"我感觉这个节目太像是电影了，每个人物都有各自不同的性格和背景，他们相互之间又交叉着恩恩怨怨，显然所有的成员都经过了精心挑选，也一定是在充分掌握每个人的资料和秘密之后，才会选择让他们参加这次'天机'之旅。"

"您果然是悬疑大师和符号学专家，具有严密的逻辑推理能力。"华人女主播先是对他夸赞了一番，"没错，'龙卫视'确实经过了几个月的准备，先在中国圈定了数百个候选人，然后经过秘密的层层筛选。尤其是成立一家三口和钱莫争，事先他们已十几年未曾联系过，我们费了很大精力才获悉他们的秘密。最终，确定了这十四个人的旅行团，连同导游小方、司机、玉灵、法国人亨利和神秘女郎小枝，总共是19个人。"

"19——在符号学上是个神秘的数字，具有特别的重要意义。"

丹·布朗补充的一句，让女主播连连点头："是的，现在请罗琳女士来发表一下观点吧。"

"哦，我也很荣幸能与丹·布朗先生对谈。我有个问题想请教主持人，叶萧这个人物也是经过你们精心挑选的吗？"

"当然，他是第一个被选定的人，因为之前已在许多本书里出现过他，因为他的存在可以牵出另一个重要人物——小枝，我们断定这两个人物会发生强烈的互动。但小说毕竟和现实不一样，我们又去上海秘密考察了叶萧，感觉他的气质非常符合'天机'节目的主旨，一定将成为核心式的人物，并赢得全球亿万观众的喜爱。"

"你们选得太好了！" J·K·罗琳大胆地笑道，"叶萧已成为了大众情人，就连我也成了这位中国警官的粉丝！"

真正的叶萧坐在电视机前看到她的这段话，脸都红了起来，悄悄回头瞟了小枝一眼。

"啊！真的吗？"女主播还大惊小怪了一下，"《哈利·波特》之母也是叶萧的崇拜者？"

"没错，我知道现在全世界很多女生都非常喜欢他，还成立了叶萧全球后援团，我希望他能够平安无事地归来，如果可以与他见面就更好了。今天下午，在电视里看到叶萧从体育场的看台摔下来，我都吓得捂住了眼睛不敢看，幸好他大难不死——如果他真的发生了意外，我的心一定会碎的。"

"罗琳女士，能否从一位畅销小说家的角度，分析一下叶萧的性格魅力？"

"当然，他是个很感性也很有魅力的男人，能够沉着冷静地处理各种事件。叶萧是一个典型的摩羯座男人——外冷内热，冷漠的外表下藏着一颗火热的心，足以灼烧他身边所有的人。他非常聪明，具有一个警官的所有优秀品质，并把理性与感性很好地融为一体。任何困难都无法让他后退，任何危险都不能使他恐惧，只要心底认定了的目标，他会以圣徒般的毅力去完成。当然，在他表现出坚强一面的同时，我也发现了他身上不易被察觉的一点——脆弱。"

女主播向 J·K·罗琳侧了侧身子："您是说叶萧还有脆弱的一面？"

"因为他内心深处的脆弱，所以在生活中异常坚强。我能从他的眼神中看出来，还有镜头前的一些反常举动，我猜想在他以往的人生里，肯定有过莫大的痛苦，始终纠缠在心头无法解脱。"J·K·罗琳笑了笑说，"请相信我作为一个小说家的判断，同时作为一个女人的直觉。总而言之，我非常喜欢他。"

"谢谢罗琳女士，刚才她从一个女作家的角度评价了叶萧。"女主播转向身边的丹·布朗，"那么丹·布朗先生能否从一个男性的角度，也是悬疑大师的角度来分析叶萧呢？"

"好的。我也对叶萧这个人很感兴趣，他身上有一些与罗伯特·兰登的共同点，那就是聪明与坚持，甚至可以说是极端固执。我感觉叶萧是个理想主义者，他的眼睛里容不得沙子，嫉恶如仇，具有宗教般的献身精神。如果把'天机'真人秀放到《圣经》故事里，旅行团就像三千多年前的犹太人，而空无一人的南明城，就如同犹太人寄居的埃及，沉睡之城令他们无比绝望，叶萧想做先知摩西式的人物，要带领他的旅伴们逃出去，就像摩西带领犹太人出埃及渡红海——但他永远都成为不了摩西，所以'天机'不会成为《圣经》。"

女主播啧啧赞叹道："丹·布朗先生果然不愧为《达·芬奇密码》的作者，谈起《圣经》故事来如数家珍。"

"'天机'真人秀旅行团里的人物，又让我想起了一位香港导演，也是在好莱坞非常有名的吴宇森先生，他的电影作品大多具有'双雄'模式，即两个男人同样强大，但性格与命运都各不相同，他们之间既有合作也有对抗，并由此而产生的英雄故事。那么'天机'中的'双雄'是谁呢？其中一个毫无疑问就是叶萧，另一个我认为是童建国。"

现在洛杉矶演播室里的讨论，已从叶萧移到其他人身上了，女主播饶有兴趣地问："您也喜欢童建国这个人物吗？可惜前方镜头捕捉不到他的画面，我们暂时失去了他的信息。"

"啊，真可惜啊，但愿他没有遭到意外。童建国的坚强与固执不弱于叶萧，在格斗、杀戮、生存等方面的技能还要更胜一筹，他几乎就是三十年后叶萧的翻版，也可能是叶萧的一面镜子，让叶萧看到自己的另一面——这两个人就像海明威小说中的男主人公，面对绝望而不公正的命运，永远都不会屈服，要拼尽个人英雄的魅力战斗到底。童建国尤其像《老人与海》中的老渔夫桑地亚哥，就算一无所获都不能把他击败，当今这个社会太缺少这样的男人了。"

"是的，'天机'真人秀歌颂了阳刚坚强，不向命运低头的勇敢男人的形象，也是这个节目赢得大量女性观众的重要原因之一。"女主播先是自吹了一通，随后又谦卑地问道，"丹·布朗先生，您能否再为电视机前的观众们，分析一下旅行团其他成员的特点呢？"

"每个人都各有其特点，但也都有致命的弱点，比如很早就死去的屠男，他明显就是个饕餮，并且好高骛远喜欢说大话，他的死是个警诫——尽管我对此非常遗憾，希望屠男先生并没有真正死去，只是一场表演而已。杨谋与唐小甜夫妇俩则是个莫大的悲剧，也许他们之间的结合本就是错误的，最终蜜月旅行变成了前往地狱的旅行，但愿这也仅仅只是表演。"

女主播赶快强调了一句："这是真实的，并非表演。"

"哦，是的的的。还有厉书，他是个特别的人物，他自小就信仰天主教，后来又从事了图书出版，这种家庭和职业背景，给他染上了一层压抑的色彩。他之所以会有见到吸血鬼的臆想，完全出于其幼年受到的宗教教育，最终他的疯狂死亡——至今仍然是个谜。至于法国人亨利，由于他来路不明，在真人秀过程中又突然失踪，所以很难说清楚。"丹·布朗突然停顿了下来，看了看旁边说，"对不起，我是不是说得太多了？该让罗琳女士来发表观点了。"

J·K·罗琳其实早已准备发言了："丹·布朗先生真的很客气。在'天机'真人秀的旅行团中，除了叶萧以外，我最喜欢的是成立夫妇和钱莫争这三个人。成立与黄宛然之间并没有感情，他们只是为了女儿秋秋而维系着脆弱的婚姻，这显然受到了中国传统文化的影响。一旦钱莫争突然闯入他们的生活，原有的平衡就被迅速打破了，特别是进入神秘的沉睡之城，令人紧张到窒息的真人秀开始以后。但最让我感动的是，虽然成立知道了秋秋并非自己的亲生女儿，但依旧奋不顾身地跳入潭中，为了拯救秋秋而牺牲自己的生命——看到电视里出现这段场景，我在心惊肉跳的同时，也禁不住掉下了感动的泪水！"

我们的《哈利·波特》之母说到了激动之处，竟然当着镜头的面哽咽了，眼眶红红的再也说不下去。女主播适时地递上一条手绢，让激动的J·K·罗琳擦去泪水。

华人女主播也感叹道："罗琳女士以善良的本性，让我们看到了'天机'

真人秀的感染力，也让我们从'天机'真人秀中体验到了人性的力量。"

"对不起，我有些失态了！"J·K·罗琳无奈地捂着嘴巴，将沾满清泪的手绢还给女主播，"本来我是非常讨厌成立的，但他却以死亡赢得了我的尊敬，他同样是个真正的男人。还有黄宛然的死亡也让我感动不已，这个不幸的女人在爱情、婚姻、生活等方面失去了一切，但她仍然努力追求自由与幸福，并最终为了女儿牺牲了自己。她仿佛是有意这么做的，她的心底肯定有强烈的负罪感，这种罪恶感使她想用生命来偿还——我和丹·布朗先生的态度一样，但愿这一切都是表演，他们夫妻仍然活在人世。"

"两位尊贵的嘉宾，能否再谈谈仍活着的那些真人秀成员呢？此刻，他们正坐在南明城的电视机前，看着我们演播室里的谈话呢。"

还活着的人？听到电视机里女主播如是说，林君如心头一团怒火——难道自己很快就要死了吗？

"哦，真的吗？"J·K·罗琳已从伤感中恢复了回来，"不知道他们是否是《哈利·波特》的读者？我对伊莲娜也很感兴趣，大家都说她可能是吸血鬼的后代，又因为她是一个美国人，使她在美国观众心目中的地位也很高。她的父亲参加过越战，母亲在多年前神秘失踪，她又能说一口流利的汉语，真的很特别。林君如来自台湾，她似乎对清迈非常感兴趣，因为她的父亲也来自金三角。让我感到奇特的是，她居然爱上了孙子楚——那个家伙虽然讨人嫌，但有时候也蛮可爱的。"

听到这话孙子楚差点喷了出来，第一次有人用"可爱"来形容他，竟是大名鼎鼎的 J·K·罗琳。

J·K·罗琳继续娓娓道来："顶顶这个人物也很特别，一开始大家觉得她可能通灵，但她身上有很多复杂性，让叶萧可以信任她，又使她相对独立于其他旅伴。她是旅行团中思考最多的一个人，往往会自寻烦恼地陷入困境，但她同样也非常固执。到了节目的后半部分，则越来越显得冷静，我觉得她也具有一定的关键性。还有玉灵这个人物，她不是旅行团里的成员，是在进入沉睡之城的道路上，作为当地导游半途加入的，她的身世始终都是一个谜。"

"罗琳女士说得非常透彻，秋秋现在也不在摄像机的监控中，我们也不知道这个十五岁的孤女在哪里。"女主播又回头看了丹·布朗一眼，表情变得异常庄重，"但我们现在可以确知，今夜将是旅行团的最后一夜，他们在'天机'的世界里，会遭遇到末日的——"

突然，画面变得一团模糊，什么信号都没有了，电视屏幕上只剩下白色的雪花。

伊莲娜着急地按了按遥控器，又走上去拍了拍电视机。只听到机壳里发出沉闷的声响，接着便是火花飞溅的声音，清脆的爆炸声吓得她摔倒在地。担心电视机会爆炸，叶萧立刻示意大家都往后退。

虽然没有发生可怕的后果，但电视机里传出一阵刺鼻的焦味，叶萧赶紧去拔掉了电源，拧着眉毛说："也许是被人动了手脚。"

"我们可以去试试楼下客厅的电视机。"

顶顶提醒了大家，叶萧和她匆忙地跑下楼，打开客厅的电视机，却还是什么信号都收不到。

"混蛋，究竟是谁捣的鬼？"

他狠狠地跺了一下脚，又跑回到了二楼卧室。当所有人都沉默地聚在冒烟的电视机周围时，这才意识到窗外惊天动地的大雨。

沉默了几分钟后，倒是躺在床上的孙子楚说话了："全世界的人都在讨论着我们，包括斯蒂芬·金、J·K·罗琳、丹·布朗，不知是我们的幸运还是不幸？"

"不，我宁可谁都不认识我。"

伊莲娜轻声地说了一句，引起了林君如的共鸣："我现在只想快点回家！下午我在电视里看到了爸爸妈妈，他们一定非常担心我，一定整夜都在伤心难过。"

"刚才在电视机里，J·K·罗琳与丹·布朗说到了我们每一个人，现在想想他们分析得还真有道理。"

"是，我还想到了法国人亨利那家伙——"伊莲娜已对这个人恨之入骨了，"女主播好像不知道他的下落，为什么唯独他避过了摄像机呢？他的出现一定是个阴谋，是隐藏在我们中的特洛伊木马！"

"亨利已经死了。"

叶萧淡淡地说了一句，这是南明医院里童建国告诉他的，这让伊莲娜彻底无声了。

"你们有没有注意到一个细节，刚才电视里说过我们所有的人，除了一开始死掉的导游和司机外，但唯独漏掉了一个人——"

这回说话的是林君如，她从孙子楚的身边站起来，目光直盯着角落里的小枝。

是的，刚才只有小枝没有被演播室提到。

她是一个例外。

为什么？

在小枝还没有回答之前，叶萧抢先问话了："说——你现在必须要说了！"

"你已经断定我是个阴谋了？"

她低着头轻声问道，但众目睽睽之下无法诱惑他。

"是的，但我不想伤害你，只希望你自己说出来。"

此刻，叶萧变得异常冷静，仿佛坐在审讯室里面对他的嫌疑犯。

虽然他答应过小枝必须为她完成三件事，在已经完成两件令自己难堪的事之后，还有最后一件未知的任务捏在她的手中。但他已经不再惧怕她的要求了，只要能够说出全部的真相，就算立即要他去死也会答应。

其余人也以同样的目光审视着她，在末日审判开始之前，被审判者们先开始审判小枝了。

风雨猛烈地摇晃着窗户。

她以忧怨的目光注视着大家，如同回到荼蘼花开的小院中，回到烛影摇红的镜子前，重新成为被侮辱与被损害的聂小倩，只是她的宁采臣尚不知在何处……

忽然，孙子楚轻轻喊了一声："咦？"

众人的目光随之而投向门口，一团白色的精灵钻了进来。

猫。

一只白色的猫。

它的奇特的眼瞳闪烁着幽光，无所畏惧地注视着屋子里的人们。就是这双神秘的猫眼，带领着他们来到这栋房子。

"小白！"

她终于喊出了自己的宠物猫的名字，白猫摇了摇点缀着火红色斑点的尾巴，轻巧地钻过叶萧双腿间的缝隙，跳到了它的主人的身上。

小枝一把抱住猫咪，如同抱住失散多年的孩子，让它毛茸茸的脑袋摩擦着自己的下巴。

原本觉得这只猫很邪恶的人们，也第一次感受到了它的可爱，甚至也产生了想伸手摸摸它美丽皮毛的冲动。

她重新抬起头来，仍紧紧搂着怀中的"小白"，怔怔地看着叶萧的眼睛说——

"好吧，我把一切都告诉你。"

第四季

末日审判

第九章 ▪ 秘密基地

"李小军！"

当沉睡之城的大本营里，小枝即将说出全部秘密时，在离此不远的另一个秘密空间内，童建国也说出了另一个致命的名字。

这是一间白色的密室，冷酷的灯光照射着墙角里的一对父女——玉灵和最后审判的法官。

沉默维持了半分钟。

两张老男人的脸都异常僵硬，就像那支面对其中一个的枪口。

玉灵在两个人中间犹豫了片刻，才慌乱地躲到了童建国的身后。

这次重要的站队选择，让另一个男人心痛欲裂，他毫不畏惧地面对枪口，也喊出了对方的名字："童——建——国——"

"呵呵，感谢你还认得我！"他古怪地笑了起来，虽然左手仍吊着绷带，但握紧枪口的右手，丝毫都没有摇晃，"其实我的变化要比你大很多，我看起来也比你老了很多。而你还保持得那么好那么帅，就和你年轻的时候那样。"

"你是在讽刺我吗？我还记得我们曾经是最好的朋友，而且从来没有反目成仇过，甚至连这样的机会都没有过。"

"是的，李小军，我的好兄弟！"童建国再次苦笑一声，枪口却靠近了李小军的额头，"我们已经有多少年没见面了？"

"应该有——"李小军低头想了片刻，"三十一年了吧。"

"三十一年，那年我们都是二十六岁，现在我们已经老了许多，尤其是我。"

看到这两个男人叙旧了，当中却还隔着一只随时可能开火的枪，玉灵茫然地在童建国身后问："你们，你们认识很久了吗？"

"是的，我们差不多是同时认识你妈妈的。"

"那是三十一年前的事情了。"李小军坐在了沙发上，反而轻松了不少，"童建国，你大概已经猜到了，玉灵就是我的女儿。"

"1975 年，那时候你知道我爱着兰那，我也发现了你和兰那之间不寻常的关系。"

"对不起，当村寨遭到毒品集团攻击后，我身受重伤昏迷了过去，醒来后就发现你失踪了。兰那在那场灾难当中，奇迹般地幸存了下来。寨子里几乎空无一人，毒品集团随时可能卷土重来，没有办法再生存下去了。我和兰那悄悄离开了山谷，在莽莽的原始森林中走了三天三夜。当我们即将干渴而死时，却意外地发现了一群中国人，他们正在一个秘密的盆地，建设一座全新的城市——这就是最早的南明城。他们友好地收容了我们，我和兰那已经无处可去，便在南明城中定居了下来。"

童建国深呼吸了一口，枪口终于晃了晃："我被毒品集团俘虏了，但我很快就逃了出来，回到村寨却发现已空无一人——我以为你和兰那都已经死了！死了！这是我一辈子最大的耻辱：没能保护好自己心爱的女子。"

"你没想到我们活了下来，还私奔到了南明城。但我并没有拐骗兰那，我与她情投意合，她深深地爱着我。我们在南明城里获得了新的生活，那是我生命中最幸福的时光。"

"你不用解释了，我并没有恨你，因为那是兰那的选择，我怨不得任何人。"

李小军感激地点了点头："你可以理解就好，我和兰那在南明城里生活了十年，南明城的执政官马潜龙非常器重我，因为我是唯一来自大陆的知青，

141 第九章 ■ 秘密基地

与那些国军老兵们相比更有价值。马潜龙对我委以重任，并亲自为我和兰那做了证婚人。但我们很久都没有孩子，直到十年后她才怀孕，并生下了我们的女儿——玉灵。"

说完他看着童建国身后的玉灵，而女孩依旧不愿走过来。童建国冷静地说："是的，你是玉灵的父亲，也是兰那的丈夫，我曾经最好的兄弟。"

"在南明城里的十年，我和兰那度过了幸福的婚姻生活，我们一起看着南明城从无到有，变成一座繁荣美丽的城市，而我也是这座城市的建设者之一。我逐渐成为马潜龙执政官的亲信，掌管全城的交通电信事务。我亲手创建了南明电视台，开通了南明广播电台，使电视走入了千家万户，每个人都能坐在家里知道天下大事。我成为马潜龙的得力干将，他甚至准备要指定我为继承人，成为南明城未来的执政官。"

"你是一个能够忍辱负重的人，从我们小时候在弄堂里玩就能看出来。"

"也许你说的没错，还是你最了解我。"李小军叹息了一声，"但好景不长，我很快与马潜龙产生了矛盾，我希望南明城对外开放，不再自我窒息于群山之中。于是，我私自与美国和香港的电视台签定合同，希望与海外的电视台合作，请他们来向全世界报道南明城。但我低估了马潜龙的手段，他的耳目早已遍布于全城，很快发现了我的密谋。我被马潜龙解除了所有职务，从最接近权力巅峰的地方坠落到谷底。"

童建国的手枪依然没有放下："你恨他？"

"是的，为了复仇，也为了拯救南明城——我坚持认为马潜龙是错的，南明城的自我封闭，最终的结果只能是死亡。二十年后的残酷事实，也证明了我的预言！我聚拢了一批死党，在 1985 年的夏天，准备秘密刺杀马潜龙。"

"但你失败了！"

他靠在沙发上苦笑了一声："很遗憾，炸弹仅仅炸伤了马潜龙，我的计划全部破产，死党们也被一网打尽。我被迫逃亡出南明城，这本身已是一个奇迹了。只是非常对不起妻子和女儿，玉灵刚出生没几天，就被我抛在了南明城里！如此一别就是二十年！"

"这二十年来，你是怎么过的？"

"我先逃亡到了曼谷，又想方设法去了香港。刚开始我吃了不少苦，还被迫为黑社会卖命，后来我白手起家地奋斗，为自己赚到了第一桶金。九十年代初，我移民去了美国，又经历好几年的磨难，也得到了一些特别的机遇，终于实现了在南明没有实现的愿望——创办属于自己的电视台：**宇宙之龙卫星电视台**。"

"你看起来很成功。"

李小军摸了摸乌黑的头发："但是，最初的艰辛就不细说了。我的电视台原本主要面对美国华人，此后扩大到港澳台、新加坡等华语地区。2000 年，'龙卫视'进行了重新定位，重金聘请了几位全美最主流的主持人，大力开拓美国本土人群市场。短短几年之内，我们从一个华语为主的电视台，实现了凤凰涅槃般的巨大变化。'龙卫视'扩张成为全球性的电视台，英语节目变为主流，覆盖整个美国，并向全球各地迅猛扩展。目前，华语观众仅占不到 10%，欧美语种的观众则占到 60%，观众数超过全中国的人口。节目内容涵盖新闻、综艺、体育、电视剧等，尤其是我们的真人秀节目，正在引导着全球的流行时尚。如今，我们已成为世界性的娱乐传媒巨头，也是仅次于默多克的新闻集团的全球第二大电视媒体。"

"很抱歉——"童建国打断了他的长篇大论，"那么多年来，我连中国的电视都不看，更别说是美国的卫星电视了，也根本不知道你还活着。"

"即便在美国，也很少有人知道我的名字！虽然是'龙卫视'的老板，但我在幕后隐藏了很多年，从不接受采访，也从不在镜头前露面。就连我们公司里的许多员工，都不知道我的真实姓名是什么。"

"为什么搞得那么神秘？"童建国不屑地努了努嘴，"我的大老板。"

"因为我还有更大的抱负，'龙卫视'仅仅是一个手段，绝不是我的目的。"

"你的目的是什么？"

"你很快就会知道的。"

这句回答让童建国停顿了片刻："你没想过回金三角看看吗？"

"1995 年，我派遣了一批人秘密潜入南明城，前去刺杀我最仇恨的那个人——马潜龙，没想到他的防范仍然那么仔细，刺杀行动又一次失败，几名刺客都死于非命，从此我就断绝了这个念头。"

然后，两个人都沉默了许久，玉灵也躲在童建国身后瑟瑟发抖。

"我现在只有一个疑问——你是怎么进来的？"

还是李小军打破了沉寂，童建国仍然举着枪说："是不是感到很意外？你的天衣无缝的计划，终于被我撕开了一个口子。傍晚，我在电视上看到了你的脸，你对我们发表了疯狂的讲话，但我立刻就把你认了出来——李小军。"

"谢谢你，我的好兄弟。"

"我发现这座城市到处都充满电磁场，却一点都没有手机与普通电波的信号。我根据电磁场追踪到了体育场，又发现了这个地下的密闭空间。你居然搞了一个如此巨大的转播中心，想必早已经煞费苦心，要编织那么大一个陷阱，将我们推进万劫不复的深渊。刚才我发现了一条通道，尽头有个铁皮的保险门，悄悄推开居然发现了玉灵——还有我当年的好兄弟。"

"好了，你现在到底要做什么？"李小军忽然从沙发上站了起来，"你无论做什么都可以，但玉灵必须留在我的身边。"

"不，你已经不是当年的李小军了，也不是那个兰那喜欢的李小军了，你已经变成了另一个人，或者已经不是人类了。"

童建国说完直接就把枪口顶在李小军的额头，一直把他顶到墙边上。

而玉灵在后面浑身颤抖，轻轻喊了一声："不！"

再次沉默了一分钟。

李小军也曾打过仗，一点都不惧怕枪口，即便已紧紧顶住自己的脑袋："你为什么不开枪？"

还没有等童建国回答，他感到身后传来一阵脚步声，接着响起一个沉闷的声音："不许动！"

不用回头他就知道身后的人是谁了，也知道还有一把枪对准了自己的太阳穴。

玉灵吓得躲到了角落里，她看到一个浑身黑色打扮的男人，正举着手枪对准童建国，而童建国的手枪则对准了李小军。

黑衣人——×

三个男人，两把枪。

只要童建国扣下扳机，李小军的脑袋就会爆炸；但只要童建国一扣下扳机，黑衣人×也会立即扣下扳机，那么童建国的脑袋也会爆炸。

李小军看到黑衣人×冷酷无情的脸，就微微笑了起来，对着童建国的枪口说："如果你想让玉灵成为孤儿，那就请开枪吧。"

大雨之夜，体育场地下的深处，死神正在与死神对峙……

镜头移回大本营。

窗外，大雨没有刚才那么吓人了，打在玻璃上的雨点已渐渐稀疏下来，就像绞在死囚脖子上的锁链总算松了。

但屋里的人们依旧紧张，所有的目光都朝向小枝。就连躺在床上的孙子楚，精神也比之前要好了许多，他在林君如的搀扶下直起身来，靠在床架上睁大了眼睛。

"好吧，我把一切都告诉你。"小枝抚摸着怀里的白猫，好像又回到了一年前，这里本来就是她的家，"整整一年之前，南明城的'大空城之夜'，那是无法用语言描述的灾难，我的父母家人都死去了，只剩下我孤苦伶仃地逃出空城。经过秘密的安排，我途经仰光飞到了新西兰，并得到了新西兰的永久居留权。我提取了父母留下来的存款，靠这笔钱可以保证我三年的生活。我考入了奥克兰的一所大学，一切的生活都很正常，只是经常会怀念死去的父母，还有留在南明城里的'天神'与'小白'。"

顶顶摇了摇头说："这是我听到的第三个版本了。"

"让她说下去吧。"

叶萧干预了一下，托着下巴在心里分析她的话。

"一个月前，有个神秘的黑衣人来到新西兰，找到我住的房子，他说一位大人物想要见我。开始我感到很奇怪，但他给我提供了前往美国的往返机票，并为我预订了纽约最好的酒店。于是，我跟着他踏上了美国的土地。刚到纽约的机场，就有一架直升飞机来接我们。我被送到了一个大西洋上的孤岛，在一个宫殿般豪华的别墅里，见到了一个五十多岁的中国人——也就是傍晚在电视机里讲话的那个男人。"

"你说的神秘的黑衣人，就是下午开枪打死了司机，落到了我的手上以后，又被你下命令放掉的人吧？"

叶萧说到这里咬紧了牙关，因为这是自己的耻辱。

"是的，就是他——但我也仅仅知道这些，我甚至连他的名字都不晓得。"

"但你们无疑是阴谋的同伙，你也因此要我放走他。"他仰头叹了口气，"你继续说下去吧。"

小枝停顿了一下，把头低下来说："在大西洋上的小岛上，那座宫殿般的豪华别墅里,黑衣人称那个五十多岁的男人为老板。那个男人对我非常好,和我聊了很长时间,尤其是我在南明城的过去——他说以前他也在南明城里,但是在我出生之前,他就已经离开南明了。"

"他为什么要找到你?"

"因为,我的姓名——欧阳小枝,他说他很喜欢阅读悬疑小说,有好几本书的女主人公也叫欧阳小枝,当然这与我的姓名纯属巧合,世界上同名同姓的人太多了。但是,在偌大的南明城里,只有我一个欧阳小枝。而且,当他见到我并与我交谈以后,感觉我整个人形象与气质,同书里写的小枝实在太像了。我简直就是小枝在现实中的翻版——南明城里的小枝。"

这回轮到孙子楚讲话了:"没错,从一开始我就感觉到了。"

"你少说两句,算你起死回生了是吧?"叶萧教训了他一顿,又盯着小枝的眼睛,"说下去。"

"那个人给我安排了任务——重返南明城,参加史上最伟大的电视真人秀'天机',事成之后他会给我一百万美元,并送我到哈佛大学读书。我在小岛上考虑了三天,最终答应了他的任务。其实,我并不是贪恋那一百万美元,而是想回到南明城里——新西兰不是我的家乡,遥远群山中的南明城才是,就是这里!不,你们不会明白的,永远离开家乡是什么感觉。"

"但是,对于创建南明城的国军老兵们而言,故乡永远都是中国。"林君如冷冷地顶了她一句,她已理解了来自金三角的父亲当年的忧伤,"你是只把他乡作故乡!"

这句话似乎说到了小枝的痛处,但她毫不示弱地回道:"这是我的权利,我不想再留在新西兰,那里的一切我都不适应,我想要回到宁静的南明城,再看一看这栋房子,我还期望'天神'与'小白'都还在!"

她说着低头摸了摸白猫的后背,情绪竟有些激动了。

"你就成了阴谋的一部分?"

"不,我根本不清楚他们的计划,只是答应不泄露自己的身份,赢得你们尤其是叶萧的信任,最终将你们引导到我的家里。我在美国接受了十几天的培训,主要是训练如何面对镜头,如何应对各种突发事件,甚至如何逼真表演而不被戳穿。还有一项重要培训,就是阅读一切与小枝有关的书——我就是在这些书里认识了你:叶萧。"

"请别再提我了。"

"十天以前，我坐直升飞机来到南明城，找到了阔别一年多的这栋房子。我还惊奇地发现了'天神'与'小白'，它们居然好好地活在这里，重新成为了我的宠物。据说这里已被装满了摄像机，但我倒是一个都没发现。我在秘密基地里住了三天，周围是'龙卫视'的工作人员，直到他们通知我——你已经接近了基地，于是我独自走到那条小巷，等待你们的发现……"

"接下来的事我都知道了，你把我们引到了体育场里，然后那条狼狗就出现了。"

小枝羞愧地抬起头："对，一切都是安排好了的。当天晚上他们又通知我，你靠近了那个开满荼蘼花的小院，我悄悄地潜入那个小房间，点上蜡烛期待你们的发现。果然你循着光线过来了，并把我给抓住了，从此我就在你们的旅行团里。"

"当时你装得真像啊，好像真的要逃跑似的，其实是自己送上门来的。"

"后来，那座居民楼的着火也是他们干的，当然前提是确保屋子里的人们安全。这样就有机会把你们赶到我的家里，因为这里是'龙卫视'的预设战场，我的'小白'由此出场。"她说着又亲了亲怀里的白猫，眼神渐渐哀伤，"但是，从一开始就超出了我的预料，没人告诉过我会有人死亡——当我看到屠男死去时，我的心脏吓得要破碎了，只是拼命保持镇定而已。"

这时，伊莲娜也加入了审讯："你不知道他们是怎么死的吗？"

"不，一点都不知道！'龙卫视'原本对我说，这只是一次电视真人秀节目，不会有任何危险，更不会有人死去！我以为那只是发生了意外，或者有些人死掉本是活该。但后来成立和黄宛然的死，让我感到无比的恐惧。我看到失去父母的秋秋的悲伤，联想到我十九岁也失去了双亲，这让我更加寝食难安，却还要被迫在你们面前表演！"

"你隐瞒事实的真相，就等于杀人的帮凶！"

"对不起！"小枝忏悔地垂下头来，肩膀不停地颤抖，"是的，这是我的错误，我是有罪的人。我知道从一开始，就已经踏入了一个陷阱。我不应该骗你们，更不应该让你们误入歧途。其实，我在你们中间一分钟都待不下去了，尤其是在童建国怀疑我并要审讯我以后。我几次想要逃离你们，但又实在没有勇气，我也不知道自己能逃到哪里去。"

"哼！"林君如冷笑了一声，"叶萧已经帮你逃出去了。"

"好了，别再说这些了。"叶萧也感到很是尴尬，他一转念说，"你为什么要编造那两个故事——古老荒村的欧阳小枝，与清东陵的同治皇后阿鲁特小枝。"

"那都是从关于你的小说里看来的，我想这一定会引起你的共鸣甚至恐惧。他们选择我来到这里，也是因为我的名字——小枝。"

他仰天苦笑了一声，忽然直视着她的双眼："还有一件重要的事，你没有告诉我们——'大空城之夜'你是如何逃出南明城的？"

"这件事——是个秘密。"

"你！"

小枝哀伤地低头说："对不起，因为这不仅仅关系到我一个人，还牵涉到成千上万的人，不是我一个所能决定的。"

"好，那我还有一个问题，也是最后一个问题——你刚才说的南明城里的秘密基地，我猜想也就是'天机'真人秀的前方节目组吧？它究竟在哪里？"

她忧郁的眼睛眨了几下，缓缓吐出五个字——

"南明大球场。"

南明大球场。

就在球场看台的内部，地下深处的巨大空间深处，一条秘密通道的尽头，狭窄封闭的密室里，四个人正在绝望地对峙。

李小军的额头上顶着童建国的枪，童建国的太阳穴上顶着黑衣人×的枪，而玉灵站在旁边不知所措。

"原来你还活着。"

童建国的左手吊着绷带，右手对准李小军的枪口丝毫没有晃动，同时用眼角瞥了瞥×，微笑着问候他。

"谢谢，承蒙你的指教！"

一个小时前，×从看台上摔了下来，不过地面正好有一堆充气垫子，大概是跳高比赛使用的，他摔在垫子上大难不死，只是胳膊有些挫伤。他立刻重新找回了枪，在球场里四处寻找童建国，却发现他像雨水一样蒸发了。×返回了地下的秘密基地，仔细搜索了每一个角落，盘查了每一个工作人员，花了很长时间都没有结果。

最终，他决定向老板报告此事，因为老板说过不要伤害到童建国。当他走进这间密室——因为老板不希望受到打扰，所以他每次进来都悄无声息，这样也正好没让童建国察觉。于是，便造成了现在的对峙局面。

黑衣人×同样用眼角余光瞟着玉灵。下午，他接受到老板发来的指令，让他去大本营绑架玉灵。他开着童建国用过的那辆现代跑车，以一块喷有麻醉气体的手绢，在铁门口悄悄蒙住了玉灵的嘴巴，把昏迷的她抬到车里，带回大球场深处的秘密基地。

"你就和年轻的时候一样固执。"

李小军终于说话了，他直视着童建国的枪口，摆出一副老朋友的笑容。

"告诉我，你为什么要把我骗到这里来？"

"因为你是我的好兄弟，那么多年来我一直忘不了你。几个月前，当我决心要启动'天机'真人秀时，便花了很多钱查找你的下落。没想到你居然回到了上海，而旅行团里正需要你这样一个人物，我们在上海的工作组，就想方设法把你请到了旅行团里，而你还完全被蒙在了鼓里。"

童建国全然不顾顶在太阳穴上的枪口，又用枪推了推李小军的额头，咬牙切齿地问："这么说来，旅行团里的每个人，都是被精心挑选出来的？"

"当然，你们事先都被秘密调查过底细，经过层层筛选之后才能被选中，这一过程你们全然不知。选择叶萧是因为他原本已在小说里出现过，他的性格与职业实在太适合做男主角了。选择孙子楚是因为他是叶萧的朋友，只有他可以促使叶萧去参加旅行团，而且他多嘴又幽默，可以调节气氛，精通许多古代知识,正好适合罗刹之国的探险。还有成立一家三口和钱莫争，这些人都耗费了我们大量的前期工作，又丝毫都不能让他们察觉。"

"够了！"童建国愤怒地打断了他，"你真卑鄙！"

"但唯一的例外是玉灵——"李小军倔强地转头看着女儿，"虽然，你也经过了我们泰国节目组的秘密筛选，可直到你加入'天机'的旅行团中，我们都不知道你真正的身世。"

玉灵大胆地走到他身边，也不惧怕童建国的枪口了："那么说这只是巧合？"

"是的，天大的巧合！"

"你住嘴吧！"

虽然童建国打断了他的话，但李小军还是狂笑着说："尽管我自以为是神，以为我能捉弄你们的命运，没想到我自己的命运也被捉弄了！但我要感谢这被捉弄的命运，让我重新得到了我的女儿。"

"让你的人把枪放下，否则我现在就开枪——我一枪打死你，你的人一枪打死我，你算一算是否划算？我已经一无所有，这个世界上没有任何牵挂，而你呢？"

李小军沉默了许久，转头看了看×。黑衣人仍然没有任何表情，但只要老板使个眼色，他会迅即扣动扳机。然而没人能够保证，在子弹射入童建国的太阳穴的同时，另一颗子弹会不会也射入李小军的大脑？

"×，请把枪放下。"

终于，在权衡考虑了一分钟后，李小军在他曾经最好的朋友面前放软了。

黑衣人一丝不苟地执行了老板的命令，当童建国瞟到×把枪放到地上以后，他也缓缓后退离开了李小军。

但童建国的枪仍然指着李小军，他退到房门口对玉灵说："你要跟我走，还是跟他走？"

还没等玉灵反应过来，李小军已大喊道："女儿！你要留下来！"

"让她自己做选择！"

童建国冷冷地反驳，同时还警惕着黑衣人×，防范他会不会悄悄把枪捡起来，或者身上还藏着第二把枪。

李小军白净的额头有一块明显的红痕——这是被枪口顶出来的，他并不理会童建国的警告，站起来盯着玉灵，用泰国话嚷了起来："你是我的女儿，不要跟着外人走。爸爸要带你去美国，你会拥有整个世界！主宰一个伟大的帝国。"

在金三角生活了几十年的童建国，当然也能听懂他的泰国话，他平静地对玉灵说："你如果留下来，我也丝毫不会怨你，你当然可以选择你自己的未来。但我一定会想办法逃出去的。"

生存还是毁灭？

这个严峻的问题摆在玉灵的面前，这是她年轻的生命里最重要的选择，但留给她思考的时间实在太短暂了。

左右为难。

她注视着李小军的眼睛，她知道这个男人就是自己的父亲，她也知道这个男人深爱着自己。但冥冥中有股特别的感觉，渐渐自心底涌起遍布全身，让她的每根神经都像被电流过。

突然，她仿佛看到了另一双眼睛。

一双年轻而英俊的泰国僧人的眼睛。

她爱过这双眼睛。

年轻的云游僧疲惫地眨了眨眼皮，又走向莽莽无边的森林深处。

玉灵已做出了选择。

这时，李小军再次深情地喊道："女儿！过来！"

但她却缓缓地退向了门口，目光仍然与李小军纠缠着，身体却退到了童建国的旁边。

"好，我们走！"

童建国依旧平举着手枪，带着玉灵转身冲出房门，又立刻把铁门反锁起来，冲往无边无际的秘密空间。

23:00

深夜。

沉睡之城的街道，仍然寂静无声。雨势已变小了许多，化作柔和的毛毛细雨，只是地面还有不少积水。

叶萧开着医院的救护车，在小枝的指引下，往大球场的方向疾驰而去。

身后是沉睡中的大本营，顶顶、伊莲娜、林君如，还有躺在床上的孙子楚，他们四个人依旧留守在原地，"天神"与"小白"则在客厅里保护着他们。

救护车呼啸着穿破细雨中的黑夜，叶萧开着远光灯直视前方。他不再担心小枝会不会逃跑了，索性让她带着自己去"龙卫视"的秘密基地，他也相信自己能够保护好她。但他还是冷冰冰地说了一句："这是我最后一次相信你。"

"这也许是我最后一次帮助你。"

十分钟后，车子已开到了大球场脚下。高达数十米的看台顶棚，放射出无数白色灯光，在夜雨中更加清晰耀眼。

叶萧停下救护车，和小枝一起走到细雨之中，仰望黑夜里硕大的看台——下午差点要了他的命。

"跟我来。"

她冷静地说了一句短促的话，带着叶萧摸入黑暗的通道，很快转到了灯光球场里。到处都是积水，他们踏上湿湿的台阶，走入红色的看台之上。

小枝对这里很是熟门熟路，两个人走到看台的上层，便在隐蔽处看到了一扇小门。

他们彼此都不言语，悄悄地钻进这道门里。叶萧从腰间拔出手枪，身上留下的那些伤痕，都不会再影响他了，只有头上还缠着纱布。

门里是深深往下的楼梯，他们几乎是踮着脚走路，足足两分钟才走到底部，应该已经深入地下了——想必是大球场建造时的地基空间。

再推开一道大门，便是"龙卫视"设在南明城的秘密基地了。

他们沿着墙角往前摸去，前面全是一个个小隔间，不停地传出电视的声音。还有一个数米高的大屏幕，是"龙卫视"现在播出的画面。远处有几个工作人员走来，他们都是已经疲惫不堪的样子，显然是要回宿舍休息去了。整个秘密基地异常巨大，相当于一个地下的足球场。黑色的水泥顶如同夜空，点缀着星星般的灯光，匆匆扫一眼就能震撼人心。

小枝拖着他到一个隐蔽的角落，确信不会被旁人发现后，压低了声音说："看到这些一个个小隔间了吗？每个隔间里都有几百个监控屏幕，负责监视一块街区。彻夜都有人看守在隔间里，如果发现有旅行团成员进入画面，便即刻切换到控制中心，再由卫星同步传递到洛杉矶。"

"告诉我——哪里能看到以前的画面？"

她摇了摇头，用气声回答："我也只在这里待了两三天，要好好找一找了。"

叶萧固执地走向眼前的隔间，却发现里面并没有人。所有的监视屏幕都一片漆黑，只有一些红色的光点，大概是没有灯光的地方，只能依靠摄像机本身的夜视系统。他们又转到下一个小隔间里，发现里面坐着一个工作人员，只能轻轻地退了出来。

他们悄悄摸到最后一排隔间，还好都没有人发现他们。其中有个隔间的门关着，这让叶萧产生了疑惑，为何其他隔间甚至连门都没有，唯独这里要房门紧闭？

轻轻推了推，果然是被锁上了，叶萧随手抄起一样家伙，不动神色地把门给撬开了，他的动作异常轻巧，几乎没发出什么声音。

往四周扫视了一圈，他们悄然钻进了门里。这是个全封闭的小屋，白色灯光下是一排监控设备，还有一些看不懂的机器。

屏幕上是一个暂停的夜视画面，显然是从角落里隐蔽拍摄的，一个人站在楼道里背对镜头，左手端着手电筒，右手拿着一把铁扳手。

叶萧按下播放键，画面也随之动了起来——镜头里的人转过脸来，在摄像机的夜视效果下，整张脸呈现骇人的红色，但眼睛和鼻子都很清晰，一眼就能被分辨出来。

"小方！"

镜头里的脸居然是旅行团的导游小方！

小枝也靠在了叶萧身边，但她并不认识小方——这个旅行团里第一个死去的人。

没错，黑色的背景，红色的脸庞，就是这张脸，至少叶萧绝不会认错的。

他平息着激动的心情继续看下去，小方在镜头前转了转，看起来是居民楼里的走廊。

由于小方在第一天凌晨就死了，所以这段画面肯定是他们来到南明的第一夜，在大本营的楼道里拍摄下来的。

是的，那天半夜小方到底去了哪里，又看到了什么，都是一个谜。当大家在凌晨五点多发现小方时，他已经变成了一具糜烂的尸体，孤独地躺在楼顶天台上！

叶萧死死地盯着屏幕，只见镜头里出现了第二个人影。那个背影在小方前头晃了晃，然后走下了楼梯，小方悄悄地跟在那个背影后面。

画面迅速切换到另一个镜头，摄像机隐藏在楼梯中拍摄，两个男人的背影一前一后，都在轻轻地走下楼梯。

楼梯在楼层处是有转折的，当前面一个人转到那里时，他的脸自然就暴露在了镜头前。虽然还是红色的夜视效果，但那张脸的轮廓和五官，却是叶萧再熟悉不过的——孙子楚！

没错，就是这个多嘴多舌的家伙！然而，他在画面里却面无表情、目光呆滞，与白天判若两人，如同机器人一般往楼下走去。

叶萧脑中刹那间涌出一个词——梦游。

是，孙子楚曾经对他亲口承认，自己前几天出现过梦游。

孙子楚甚至还怀疑自己是否在梦游中杀了导游小方和屠男。

而此刻在监控画面里，跟在孙子楚身后的正是小方——难道他的怀疑是正确的，就是梦游的孙子楚杀了他们？

　　越想越毛骨悚然，他都开始设想要如何处理孙子楚了，但镜头又立即切换掉了。

　　现在画面里的摄像机，应该是安装在居民楼的大门口，小方与孙子楚的背影走出底楼。显然孙子楚还在梦游之中，但他的脚步越走越快，几乎是一路小跑了起来。而后面的小方则在跟踪他，看起来非常小心和谨慎。

　　镜头再一次切换，这下变成了黑暗的街道。夜视镜头里仍能看到两个人影，但两人彼此已分得很开了，孙子楚钻到路边的阴影中，渐渐消失在镜头里了，显然是被树叶之类挡住了，说不定又折回了居民楼里。

　　只有导游小方独自一人，站在无人的街道中央，举着手电往四处照射。

　　但他再也找不到孙子楚的身影——显然他是把孙子楚跟丢了，他的动作表明他非常焦虑，但在这样的黑夜也情有可原。

　　叶萧和小枝两个人，就像观看"天机"真人秀的电视观众一样，紧张地盯着这个小小的屏幕——

　　突然，镜头里出现一个黑影，从小方的头上飞了过去，看起来像一只奇怪的大鸟。

　　可是半夜里怎么会有大鸟飞过呢？

　　导游小方恐惧地仰起头来，举着手电向那只"大鸟"扑过去……

同时同分同秒。

甚至，同一个地方。

大球场看台深处的秘密基地。

左手还吊着绷带的童建国，将手枪塞回到腋下的袋子里，右手紧紧地抓着玉灵，冲出那条幽暗的通道。

他已把李小军和黑衣人×反锁在密室中，便再也不怕被人看到了。冲到那些隔间组成的道路上，迎面撞上几个电视台工作人员，对方被他和玉灵都吓了一跳，有个美国女孩尖叫着躲到了厕所里。

"别怕！"

童建国知道这些工作人员不会伤害到他们，当然，也没人会料到真人秀的成员们，竟然会摸到这个秘密基地。

他拉着玉灵跑到出口的地方，却发现大门已紧紧地关死了，他只有一只手能动，没办法开锁。他掏出手枪后退几米，但又把枪收了回来，无奈地摇了摇头。这扇门是用特殊材料做的，一定是被锁在密室里的李小军通过遥控把大门关死了。

“怎么办？他们很快会出来的！”

“不要着急！”

他大声地让玉灵镇静下来，拉着她往秘密基地另一头跑去。

看到握着手枪的童建国，工作人员纷纷恐惧地让开一条道，整个秘密基地里乱作了一团。他们很快跑到另一条通道，发现头顶有个很大的通风孔——那么大的一个地下空间，不可能只有一个出入口，至少会有通气和排放的管道，否则谁都没办法在地下生活。

认准这个道理的童建国，将手枪塞回腋下的袋子，搬来一张台子爬到通风孔，迅速卸下金属隔离罩，露出了直径一米多的通道。虽然左手吊着绷带很不方便，他还是艰难地爬了上去，胳膊的伤口又剧痛起来。然后伸出右手将玉灵拉上来，两个人都在通风管道中，低着头往黑暗的尽头走去。

明显是往上的坡度，没多久他们又遇到一个隔离罩，童建国再次用一只手卸下它，拉着玉灵钻出去。

外面却是一大片黑暗空间，几乎看不到一丝光线，像置身古老的坟墓之内。

任何人身处这种环境，都会感到一种绝望的恐惧，玉灵瑟瑟发抖地倚在童建国身上，往四周大喊：“喂，有人吗？”

“住嘴！你想把他们引上来吗？”

玉灵马上吓得一声不吭了，童建国伸手摸了摸身上，却发现原先准备好的手电不见了！或许是一个多小时前，在看台上和×搏斗时掉了。

他心里暗暗咒骂了一声，却故作镇定地对她耳语道：“这里什么都看不见，你必须紧紧抓着我，如果弄丢就再也找不到你了。”

他们就这样贴着往前走了几步，却迎面撞到一个水泥柱子。童建国忍着额头的疼痛，伸手摸着水泥柱子的形状，仔细想了想说：“要是我猜得没错的话，这里应该是球场看台的底下——整个看台建筑其实都是空的，内部用这些钢筋水泥的柱子撑起来，所以见不到一丝光线。”

绕过柱子继续往前走，这次他小心了许多，不停地伸手摸索前方，果然又摸到了一根水泥柱。这里绝不会比下面的秘密基地小，但是更加阴暗恐怖，被无数根钢筋水泥的柱子分隔开来，宛如一个巨大的迷宫。

在这个绝对黑暗的世界里，什么声音也听不到，仿佛又回到罗刹之国的古老甬道。就连无所畏惧的童建国，后背心的汗毛也竖了起来——真的找不到逃生的路了吗?

突然，头顶亮起刺眼的光芒，让两个人都低下头睁不开眼睛。

他低沉地嘶吼了一声，才发现整个迷宫般的空间里，都已经亮起了白色的灯光。那高达数米的顶棚，其实就是看台的底下，呈现阶梯状的斜面，隔开十几米就挂着一盏大灯。

是谁开的灯?

又一阵急促的脚步声响起，在无数根水泥柱子后面，隐藏着一个看不见的幽灵。

肯定是黑衣人×!

他们想必是从反锁的门里冲了出来，又自通风管道追到这里来了。

玉灵紧张地抓着他的胳膊，两个人都茫然地环视四周，如同陷入一个巨石迷魂阵，全都是史前留下的柱子——无处藏身!

还好童建国保持着镇定，将她拉到远处的墙角下，一根柱子的阴影挡住了他们，除非走到跟前难以被发现。

刚才他们走得太急太快了，再加上爬进通风管道用力过猛，吊着绷带的左臂伤口又裂开了，鲜血从纱布里流了出来，迅速染红了他的半条胳膊。

"你怎么了?"

玉灵惊恐地用气声问道，而童建国深呼吸了一口，强忍着伤口的疼痛，对她耳语道："别害怕，孩子。"

此刻，那个脚步声越来越明显了。整个看台下部的空间，就像一个硕大无朋的共鸣箱，不断回荡着×的脚步声，如绞索紧紧套在了他们脖子上。

"他快要来了!"

终于，倔强的童建国叹息了一声："玉灵，你还可以再选择一次——跟着李小军走吧，他是你的亲生父亲，他不会伤害你的，他会好好地待你，留给你一个非常好的未来。"

"不，我现在脑子里很乱，不管未来会发生什么，现在我只想离开这个地方。"玉灵不敢大声喘气，怕被跟踪的杀手听到，"我还是旅行团的导游，我必须要尽到自己的职责，带着你们逃出去——而且我已经知道逃出去的办法了!"

"什么办法?"

"有一条秘密的道路，可以通往外面的世界。"

童建国皱起了眉头："你是怎么知道的？"

"好吧，现在让我都告诉你吧，这条秘密通道是这样的……"

同时同分同秒。

同一个地方，但隔着一层厚厚的钢筋水泥楼板。

更接近地狱的深处。

屋门紧闭的小房间，叶萧和小枝悄悄地躲在里面，盯着一个监视屏幕的画面——刚才出现了导游小方，那是在进入南明的第一夜拍摄的，也是小方生命中的最后一个小时。

此刻，镜头里是小方惊慌的身影，他举着手电朝一只黑夜中掠过的"大鸟"扑去。

"不，那不是鸟！"

小枝看着屏幕轻声说道。画面里的"大鸟"长相奇特，看起来并没有什么羽毛，之所以看起来很大，只是因为它比较靠近摄像机。当它飞到靠近小方的位置时，看起来更像一个怪物，扑扇着一对幽灵般的翅膀，黑夜里反射着绿色的目光，让人看着就毛骨悚然。

画面里的小方也对它很感兴趣，跟着它追入一间沿街的小店，镜头随之切换到了店内。

这是个卖小饰品的店铺，摄像机安装在墙角里，虽然里面一团漆黑，但小方始终举着手电，加上镜头本身的夜视功能，叶萧和小枝居然能看得十分清晰。

会飞的家伙依然在镜头前晃来晃去，小方几次用手电照到了它，但只有幽绿色的目光和更加骇人的利爪。小方几次险些要抓到它了，却又被它轻巧地躲了过去，看来它也具有夜视能力。

"这究竟是什么东西？"

随着叶萧的疑问，怪物已经飞出了镜头，小方也紧跟在后面，推开了小店后面的一扇小门。

画面迅速切换，变成一片幽静荒芜的花园，摄像机应该装在小店后门的外侧。

小方的背影出现在镜头里，同时还有那个飞舞的怪物，在这凄凉的花园里，越发显得阴森可怖。他似乎已经中了蛊惑，仍然在追逐那个怪物，而叶萧也在屏幕中看清了——两片帆船的宽薄翅膀之间，有个丑陋到难以形容的身体，宛如地狱里飞出来的魔鬼。

这幕景象让叶萧和小枝都屏住了呼吸，只见镜头里又出现一栋两层的小楼房，完全笼罩在黑暗之中，如传说中的幽灵府邸。

魔鬼飞进了那栋房子。

深深的黑夜里，夜视的摄像镜头下，导游小方在幽深的房门前站定片刻。

终于，他无法抵抗魔鬼的诱惑，大胆地闯进了屋子。

那也是他自己的坟墓。

当叶萧以为画面又要切换到房子内部时，镜头却定在花园里不动了。

他和小枝面面相觑，只能继续等待着画面，而此时就像定格了一样，只剩下一片荒芜黑暗的花园。

"唯一的解释就是——那栋房子里并没有安装摄像机。"

"这是有可能的，南明城里有成千上万栋房子，电视台不可能给每一个都安装的，只会在我们可能经过的地方安装。"

一分钟后，房门突然又被打开了。

小方的身影如弹簧般弹了出来，身后紧跟着一大堆黑色的影子，再细看竟是成百上千对翅膀！

荒园里只见一堆黑影追着小方，无数翅膀在空中扑扇，有几个飞得几乎靠在摄像机上，在红外镜头前露出绿色的目光。

吸血蝙蝠！

这下叶萧和小枝总算看清楚了，这明明就是蝙蝠，容貌非常奇特，让人联想起传说中的吸血鬼。而那栋黑暗中的房子，想必就是蝙蝠们居住的巢穴，小方独自冲入房子里，必定引起了它们的攻击！

小方转眼就冲入店铺之中，镜头也立刻切换回小店里。许多蝙蝠已扑到了他的脸上，让他发出撕心裂腑的惨叫声。

画面再度切换回外面的大街上，寂静被狂奔的小方打破，蝙蝠们依旧紧追不舍，他的身上已爬满了蝙蝠。

甚至有几只怪物钻进他的嘴巴，使他再也发不出惨叫声了——怪不得那晚谁都没听见小方的叫声。

镜头切换到大本营底楼的门口，正好对着导游小方的脸。此时已经是惨不忍睹了，他浑身的衣服都被撕烂，脸上身上全都是血肉模糊，小枝看得有些反胃了。

紧接着画面切换到楼道里，小方什么声音也发不出来，只能一路往楼上狂奔，而他身后已经没有了蝙蝠。这些小家伙们完成了攻击任务，飞回到马路对面的巢穴了。

最后的镜头是楼顶天台，小方慌不择路地跑到夜空之下，浑身的皮肉都已溃烂，倒在平台上一动不动了。

他死了。

这是"天机"真人秀的第一个死者。

然后画面变成了黑屏，叶萧已经看得满身冷汗，他又胡乱地按了几下键盘，但屏幕上不再有画面出现了。小枝也长长地吁出一口气："我明白了。"

"原来如此——小方是因为跟踪梦游的孙子楚，半夜独自来到外面的马路上，却发现一只奇怪的飞行动物，好奇心使他误入吸血蝙蝠的巢穴，结果遭到大批蝙蝠的围攻。而他痛苦而狂乱地逃跑，一直跑到楼顶的天台上，最终浑身溃烂中毒而死。"

"并没有人要杀死他，这只是一场动物攻击的意外。"

叶萧苦笑了一声："这果然是一个动物世界，小方死于吸血蝙蝠之手，成立被鳄鱼吃掉了，唐小甜被山魈杀死了，杨谋葬身于蝴蝶公墓，钱莫争被大象活活踩死了，就连孙子楚也差点因鱼毒而死。为什么这里的动物都成了杀手？"

"这就是一年前发生在南明的悲剧，因为我的爸爸打开了罗刹之国的宝藏，导致古老的病毒肆虐，各种温顺的动物都开始攻击人类。只有我家的'天神'和'小白'除外，究竟是什么原因我也不知道。"

"但已经隔了一年，那些发狂的动物早就应该自相残杀而死光了啊？"

小枝茫然地摇了摇头："也许吸血蝙蝠不会发狂，因为它们本身可以以毒攻毒。"

她的话音未落，头顶突然响起一阵沉闷的枪声！

砰……

23:30

深夜。

大球场的看台之下，迷宫般的水泥柱子之间，白色的灯光洒遍神秘的空间，只有一个阴暗的角落例外。

"这是真的吗？"

栖身于阴影中的童建国，惊讶地问着身边的玉灵。

"没错，这或许是我们逃生的唯一道路，如果我判断错了的话——不，但愿我没有错！"

她把声音压到了最低，因为那个沉闷的脚步声，始终在空旷的迷宫中回荡。

童建国蒙住了玉灵的嘴巴，吊着绷带的左臂还在渗血，但他强忍疼痛咬紧牙关，再也不敢发出任何声音了。

他痛苦地将后背靠在墙上，却隐隐感到有些不对劲儿。用右手摸了摸后面，才发现在坚硬的墙体之上，还安装上了一层黄色的东西，就像塑料薄膜包在墙上。

乍看之下就有些眼熟，童建国仔细检查了包装，才发现这是一种威力极大的炸药！

没错，在金三角当雇佣兵的时候，他就亲自使用过这种炸药，只要小小几十克的分量，就可以炸平一座三层楼的建筑！

而且这种炸药使用起来也非常安全，即便被子弹直接击中也不会爆炸，只有经过数重密码的起爆器，设定好固定的时间才能引爆。

接下来的发现更为惊人，整个墙体都被安装了这些家伙，沿着大球场的看台整整一圈——起码有几十吨重的炸药！

童建国感到心要跳出嗓子了，偌大的球场其实是一个弹药库！假设这些炸药全部被引爆的话，其威力不亚于一枚小型核弹。不但这座大球场将灰飞烟灭，大半个南明城都可能被夷为平地！

这实在太疯狂了！

而且，他敢打赌在下面的秘密基地里，所有"龙卫视"的工作人员，都不知道自己就生活在炸药库里。

　　面对这些将把自己炸成粉末的东西，胆大包天身经百战的童建国，也感到深深的恐惧和战栗。就当他抓着玉灵站起来，想要逃出这毁灭一切的迷宫时，身后响起一个男人的声音。

　　"不许动！"

　　用不着回头去看，他就知道这是谁——×！

　　是的，黑衣人站在迷宫的角落里，白色的光影笼罩他黑色的外壳，手中紧握着黑色的枪管，正对着童建国的后背。

　　正是他帮助李小军逃出了被反锁的密室，又根据工作人员们的报告，找到童建国和玉灵逃跑的通风管道。×独自端着枪来到迷宫中，打开了所有的灯光，终于找到了他的猎物。

　　童建国和玉灵缓缓地回过头来，他的手枪还在腋下的袋子里，左手吊着绷带还流着血，右手却只能举在头顶。

　　他无奈地微笑了一下："这一局算你赢了。"

　　"客气了。"

　　"这个大球场已经被装满了炸药，你知道吗？"

　　"你发现了？果然是老前辈。"×敬佩地点点头，枪口却丝毫没有晃动，"是老板命令我安装的，除了老板之外，也只有我一个人知道这件事。"

　　"你们会毁灭这座城市的。"

　　"这我管不着！"黑衣人停顿了一下，"不过，干我们这一行的，除了毁灭还能做什么？"

　　童建国无奈地叹息："有道理。我现在有个问题。"

　　"在你被我杀死以前，我允许你提问。"

　　"在我们的旅行团里，有多少人是被你杀死的？"

　　×缓缓地举起左手，竖起了三根手指。

　　"三个？说来听听？"

　　"第一个是屠男，很遗憾我并不是有意要杀他的。就在你们来到南明城的第二天，这个家伙居然意外地闯入此地，发现了我们的秘密基地。"

　　其实，童建国之前已经猜到是他干的，"所以你杀人灭口了？"

　　"是，我们的计划里并没有包括杀人，但老板指示我必须这么做，'天机'

真人秀开播只有两天，不能因为屠男而砸掉整个节目。于是，我在这里制伏了他，并给他吃下了特别的药丸。他不但不会说出这个秘密，而且会在几小时内死亡。我悄悄地将他送回你们的大本营，接下来就是屠男等死的时间。"

玉灵也听得着急死了，"那么第二个呢？"

"厉书。他打碎了卫生间里的镜子，第一个发现了隐藏的摄像机——幸好他没有立即把这个秘密说出去，而是精神崩溃地冲到了外面，那样就给了我们充足的时间。我始终偷偷跟踪着他，让他以为真的有吸血鬼存在，并在他的脖子上留下特别的伤痕。至于他回到你们中间，想要告诉你们最重要的秘密——那是我们将计就计，想要给'天机'节目增加跌宕起伏的噱头。就在他即将说出秘密的关键时刻，我们拉掉了房间的电闸。这样你们就什么都看不到了，我戴着一副夜视眼镜，悄无声息地走到厉书身边，在他脖子的伤口里，注射了一种特别的毒药，当场就杀死了他。"

"混蛋！"童建国已经咬牙切齿了，"当时我就感到有些不对劲儿，好像听到什么特别的声音，但眼前一切都看不到，就没有把你当场抓住！"

"不错，你们大概以为是吸血鬼干的吧？"

"第三个？"

"司机，你们都以为在进城的第二天，他就在加油站被炸成了碎片——其实你们都被骗了！这个泰国司机是我们请来的，怎么可能会在旅游线路上迷路呢？当然是他趁着你们不注意，悄悄地把车子开进岔路，还有那条致命的隧道，将你们带入'天机'真人秀的舞台——南明城。"

童建国狠狠地咒骂了一句："该死的家伙！"

"在加油站爆炸之前，司机就偷偷地溜走了，在确认不会炸死任何人的前提下，我才引爆了开关——当然也不是汽油爆炸，实际上加油站里基本没有油，但被我装上了一些炸药，就是你现在发现的这种。我们事先经过了精密计算，确定爆炸范围之后才引爆的。"

"既然是你们的同伙，干吗又要把司机干掉呢？"

"这个家伙胆子太小了，他从旅行团溜出来之后，就藏到了下面的秘密基地里。他每天都在看电视画面，当他看到你们一个个意外死去，全世界的人都在抗议，甚至准备要控告我们时，他就被吓破了胆。他担心会遭到法律制裁，害怕自己的家人会遭到诅咒，就在今天中午从这逃了出去。我当然不会放过这小子的，全城都装满了摄像机，他逃不过我们的监视。我很快就发现了他的行踪。我一直追到警察局里，没想到叶萧突然插了出来，司机竟然鬼使神差地被他抓到了。就在司机要对他说出秘密的时候，我当机立断开枪射杀了司机。"

"你的枪法不错。"

×撇嘴笑了笑，手枪却靠近了童建国，"谢谢你的夸奖。没想到叶萧盯上了我，经过一番激烈的枪战，我马失前蹄落到了他的手中，幸好小枝这女孩非常精乖，叶萧居然还很听她的话，就这么把我给放了。"

"早知道她不是好人了！"

"我又接到了老板的指令，赶到南明医院处理了亨利的尸体——前辈你不是也干掉了一个吗？接着听到底楼响起爆炸声，我打开一道密室的房门，发现那个叫伊莲娜的美国女孩，然后便是和你的过招。"

"别再说下去了！"

童建国立刻打断了他，因为接下来发生的是他的耻辱，就是这只被绑上绷带的左手。

"我不但杀了人，还放了火。"×继续吹嘘自己杀人放火的功绩，"你们原来所谓的大本营，那个居民楼为什么会突然失火？"

"没错，也是你干的吧？"

"老板命令我给你们悄悄放了一把火，把那栋六层的楼房烧成了灰烬——前提是保证你们每个人安全，我给了你们足够的逃生时间，同时又让全世界的电视观众们看到，据说这一晚的收视率增加了50%。"

"去死吧！"

听着黑衣人×得意的笑声，童建国不禁愤怒地喊道，迸裂的伤口又冒出了鲜血。

"对不起，现在该死的是你了。老板已经下达了杀掉你的指令，我再也不会给你机会了。虽然我自己心里并不情愿，我的前辈。"

×又往前走了一步，枪口距离童建国的眉心不到一米，硕大的看台迷宫内，瞬间寂静无声变成了坟墓。

"开枪吧。"

童建国知道自己再也没有机会反击了，他平静而从容地面对枪口，心里唯一的挂念是身边的玉灵。

从许多年前成为雇佣兵的时刻起，他就做好了面对今夜的心理准备，无论你曾经杀死过多少人——最终的结局总是被人杀死。

杀人或者被杀？

这也是一个问题，但由不得你自己选择。

黑衣人×微微点头，直视着童建国冷峻的双眼，枪口纹丝不动地赞叹道："也许，我也会有这一刻，我想我会在那一刻想起你——再见，朋友！"

突然，玉灵飞快地闪到童建国身前，由于距离实在太近，沉甸甸的枪口几乎顶住她的额头。

×在大吃一惊的同时，也绝不会给童建国偷袭的机会，他迅速往后退了两大步，手枪依然平平地端着。

"玉灵！你要干什么？"

倒是童建国大喝了起来，想要把身前的玉灵推开。但她似乎铁了心要做人体盾牌，拼命地阻拦在他的身前，并向×手中的枪口移动。

这混乱的局面让×始料未及，他小心地边退边说："你不要乱来，我不会伤害你的，我只是要把你送回到你爸爸身边。"

"不！"玉灵变得异常勇敢。这封闭的巨大迷宫让人疯狂，此时的她宛如森林中的小母豹，向猎人的枪口前进，"你不敢对我开枪的！"

×明白被她抓住了软肋，但依旧面无表情地握紧手枪。为了防范童建国掏枪，他稍稍将枪口抬高两厘米，果断地扣下了扳机！

子弹旋转着冲出枪口，撕裂迷宫内尘封的空气，枪声在无数根水泥柱子间回荡……

砰……

叶萧和小枝同时瞪大眼睛，他们都听到一记沉闷的枪声，几乎就从头顶的天花板穿透下来。

"快！"

他飞速地冲出小房间，小枝紧紧跟在后面。没想到出门就撞上一个老美，对方看到叶萧头上包着纱布，杀气腾腾的样子，吓得蹲在地上叫喊起来。

既然已经暴露了，两人也管不了那么多了，刚跑出去没多远，就看到一个被卸下罩子的通风孔。

叶萧断定枪声并非从本层传来，而是来自楼板以上的空间，而这个被打开的通风孔，令他陡增疑心。

这时，一个华裔工作人员慌不择路地跑过来，正好被叶萧一把抓住，他凶狠地用汉语问道："刚才这里有人上去过吗？"

"有！有！"

对方的汉语水平看来仅限于"有"这个字，但这已经足够了——叶萧马上爬到通风管里，把小枝也拉了上来。

坡度往上抬升了很多，再穿过一道被卸下的隔离罩，他们就进入了上层空间。

迷宫。

在无数道白色的灯光之下，叶萧看到密密麻麻的水泥柱子，分布在环形的巨大地基内，根本就一眼望不到头。

他闻到了火药的气味——这是刚才×射出的子弹。

虽然，墙内都装满了极其烈性的炸药，但因为覆盖着安全保护层，就算被子弹击中也没事。

叶萧小心地掏出手枪，目光循着火药味扫去，发现了三个对峙的人。

童建国和玉灵站在一起，几米开外是个全黑的身影，端着一把黑色的手枪，对准前方的两个人。

"把枪放下！"

叶萧的枪口也对准了那个黑色的身影——×。

迷宫再一次陷入沉默。

几分钟前，黑衣人×确实射出了一枪，但只是为了警告童建国，不要利用玉灵来轻举妄动。

于是，子弹从他们头顶精确地掠过，打入身后的一根水泥柱子上。

其实他并不明白，童建国即便牺牲自己，也绝不会拿玉灵的生命来冒险。

而这记警告性的枪声，正好往下透过地板，引来了叶萧和小枝。

自掘坟墓的黑衣人×，缓缓地把头转过来，白色的灯光清晰地照出叶萧的脸，同样也照出他自己的脸。

在整整九个小时前，这两张脸在南明城的太阳底下遇见过。

九个小时前的胜利者是叶萧。

现在依然是叶萧。

九个小时前叶萧被迫放走了×。

现在虽然小枝还在身边，但叶萧还会再放走×吗？

"你好。"

×很有礼貌地说了一句，平静的脸庞看着叶萧，手中的枪口却还指着童建国与玉灵。

叶萧、小枝、童建国、玉灵，再加上黑衣人×，五个影子被迷宫的灯光拉长，宛如幽灵烙印在水泥地上。

就是这张脸——叶萧的记忆不但回到今天下午，也回到了一周之前的清迈。

这张全身黑色装束下的脸，将他从喧嚣的清迈夜市上引开，进入那吟唱着邓丽君老歌的小酒吧，并在一段致命的对话之后，给他灌下了带药的红酒，并暂时抹去了他许多天的记忆。

但此刻叶萧全部想起来了，这个黑衣人已无处遁形！

劈开木头我必将显现，搬开石头你必将找到我。

"把枪放下！"

叶萧又一次下达了不可违抗的命令，而小枝怔怔地站在他身后，再也不会发出任何声音了。

在死寂而紧张的对峙中，童建国和玉灵的额头都冒着汗，一动不动地等待对方的反应。

半分钟后，×依旧保持着原来的表情，却缓缓地摇了摇头，因为他断定叶萧不敢开枪。

可惜，他第一次判断失误了。

最后通牒的时间过去后，叶萧半秒钟都没有犹豫，异常冷静地扣下了扳机。

几乎同时，随着一记清脆响亮的枪声，黑衣人×单腿跪倒在了地上，他的手枪也应声落地。

不需要什么怜悯，叶萧的子弹打中了×的大腿，红色的鲜血从黑色的裤子里流出，迅速染红了半条裤管。

而×强忍着吃下这记沉闷的痛苦，几乎连一点声音都没有发出，还没等他把手枪捡起来，叶萧已冲上来夺过地上的枪。

现在，叶萧的两只手里各握着一把枪。

"你又赢了！"

这下黑衣人×总算认输了，像臣服者似的跪倒在地，子弹镶嵌在大腿肌肉中，他咬紧牙关任由鲜血横流。

童建国和玉灵都跑到了叶萧身边，吊着绷带的童建国苦笑着拍了拍叶萧的肩膀："我到底是老了，太不中用了，谢谢你年轻人。"

"怎么处理他？"

叶萧用枪口指了指痛苦地跪在地上的×。

"虽然，他杀了我们旅行团里的三个人——"童建国回头盯着黑衣人×的眼睛，"但他并不是坏人，我们还是快点走吧！"

×先是对他感激地点了点头，但又大吼起来："不，杀了我吧！"

童建国拖着受伤的胳膊，拉着玉灵向回走去，同时对×说道："自然会有人来惩罚你的。"

身后，不再发出任何声音了，叶萧、小枝、童建国、玉灵，他们又回到通风管道，迅速沿着原路返回。

只把黑衣人×独自留在绝望的迷宫之中。

往下穿过两道卸下的隔离罩，四个人回到了秘密基地，被迫选择从原来大门出去。

又接连撞上好几个工作人员，看到叶萧手里握着的两把枪，有个三十多岁的女人当场吓晕了过去。

他们飞快地跑回大门，却发现门依旧紧紧地关闭。叶萧着急地让大家后退，往门上开了一枪，却丝毫不能把门打开。

"怎么回事？"

叶萧并不知道，在他们刚进这道大门不久，李小军就通过遥控将大门锁死了。

"基地里有一个中央控制室，或许可以去那里试试。"

还是小枝熟悉这个地方，叶萧立刻拉上她冲向控制室。

童建国却痛苦地靠在了门上，左臂的伤口依然在流血，他只能和玉灵一直守在门口。

"但愿他们能把门打开。"

看着叶萧与小枝的身影消失在一个个隔间中，玉灵颤抖着祈祷说，同时搀扶着童建国，如一只待宰的羔羊。

几秒钟后，屠夫来了。

他是玉灵的亲生父亲。

一个幽灵般的影子闪了出来，握着一把手枪对准了童建国。

"我知道你们一定会返回这道门。"

李小军也曾经打过仗，当然也会杀人也会用枪。他刚刚隐藏在附近的阴影中，等到叶萧和小枝离去，只剩下童建国痛苦地呻吟时，他才适时地走出来。

面对当年最好朋友的枪口，童建国只能苦笑道："虽然三十年来你已经变了太多太多，但你的聪明始终都没有改变过。"

这时，玉灵走到自己亲生父亲的跟前说："我不想留下来，也不想和你去美国，请你放过我们吧。"

"女儿，你无权选择。"

李小军终于板下了面孔。

"杀了我吧！"童建国捂着流血的左臂说，"请好好地对待玉灵。"

"当然，我会好好爱我的女儿的。"他又往前走了一步，枪口对准童建国的嘴巴，"我最亲爱的好兄弟，有时候我做梦回到小时候，我们两个一起在弄堂里玩，一起坐火车去云南当知青，一起在金三角的丛林里打仗，一起爱上同一个女人。我们兄弟总是在一起，形影不离，从没想过会像今天这样。对不起，但这一切应该结束了！"

说到最后一句话时，李小军的眼眶有些轻微湿润，却依然直视着童建国的双眼，阔别三十年的目光相撞，却是生与死的距离。

就在他的手指要扣下扳机时，玉灵的身体突然弹了起来，整个人扑倒在李小军的身上。

十分之一秒钟，当李小军恐惧地张大嘴巴时，手指的惯性却扣下了扳机！

他无法阻止自己的手指，大脑还来不及处理这条指令，就算条件反射也无法见效。

李小军的心底狂喊着一个"不"字，但子弹已射出了枪口，同时女儿将父亲整个扑倒在地。

一记清脆的爆破声，仅仅几厘米的飞行，子弹已钻入玉灵的胸口。

衣服与皮肤相继被撕裂，然后从肋骨的缝隙间钻入胸腔，打碎了一颗二十岁的心脏。

枪，杀人的枪，从李小军的手中掉到了地上。

玉灵也摔倒在地，胸口迅速涌出血液，整个上半身变得鲜红。

眼睛，父亲的眼睛，看着女儿被自己射出的子弹打死。

她死了。

第十一个。

李小军的头发都竖直起来，痴痴地跪倒在地，看着玉灵依旧睁大着的眼睛。

在她死去的眼球里，映着几秒钟前父亲惊慌失措的脸。

"你！你干了什么！"

童建国愤怒地冲他狂吼，颤抖着扑倒在玉灵身上。

但一切抢救都属徒劳——她的心脏已被子弹打碎，地上流满了她的鲜血，所有的生命迹象都已停止，只是身体还是温热的。

玉灵死了，二十一岁的生命，如此凋零在南明大球场下的秘密基地中，被命运的车轮碾成碎片。

两个五十七岁的男人同时痴痴地看着她，仿佛回到三十年前的竹楼，看着另一个年轻的泰族女子，她的名字叫兰那。

渐渐泛白的脸色，变得与她的母亲相同，记忆的底片越发清晰，与这张死去的脸合二为一。

"不！"

李小军也痛哭失声了，死去的玉灵倒在血泊之中，脸庞却干净得一尘不染，单纯的双眼仰望苍穹——穿透厚厚的水泥层，冲上大球场之上的夜空。

玉灵的幽灵已渐渐离去，她看到自己死后的模样，与妈妈年轻的时候几乎没有区别。

他已失去了她二十年，才刚刚得到她几个小时，就亲手将她永远地推离了自己，也推离了这个世界。

而童建国已不见兰那三十年，他的爱早已永远地失落了，当他以为兰那的化身又回到身边时，却又迅速地被当年夺走兰那的人再度夺走。

直到这个最后的瞬间，童建国才感到自己依然爱着兰那，也在心底暗暗喜欢上了玉灵——是自己得不到的兰那留给他的偿还？

老泪纵横的童建国，痛苦得再也感受不到自己左臂的伤口，重重地一拳击打在李小军的脸上。

而他上一次打李小军，还得追溯到四十多年前的上海弄堂。

李小军的鼻子里也流出血来，他却丝毫没有还手，仍然怔怔地看着死去的玉灵。

时隔三十年，他第二次夺走了童建国的最爱。

第一次，他不会受到任何嫉恨。

第二次，却让童建国抽出了腋下的手枪。

就当童建国的枪要对准李小军的脑袋时，叶萧和小枝飞快地跑了过来，同时大喊道："门已开锁了，快点逃出去！"

刚才，小枝带着叶萧找到中央控制室，他们逼迫工作人员说出了密码，随后遥控打开了门锁。

等他们回到原地，却发现玉灵已变成了一具尸体。

而童建国的手枪正对着李小军的鼻子。

这幕场景让叶萧也惊呆了，他摸摸玉灵的脖子确认她已死亡，便迅速恢复了冷静，拉着童建国的肩膀说："我们走吧，今天不是末日！"

失血过多的童建国，已经几乎昏蹶过去了，根本没有力气反抗，叶萧一把拽起他，用力地拖出大门。

三个人就这么冲出大门，踏上逃出秘密基地的楼梯，冲出已成为火药库的大球场。

李小军仍然跪在原地不动，看着被自己杀死的女儿渐渐变成冰凉的尸体。

史上最后一个罗刹公主，死了。

第四季

末日审判

第十一章 ■

崩
溃

00:00

子夜。

黑衣人，×。

他拖着一条被打伤的腿，不知从哪儿找来一根
棍子做拐杖，痛苦地支撑着回到基地。

当×一瘸一拐地来到大门口时，发现李小军像
个傻子般跪在地上，原本乌黑年轻的头发，竟全部
变成了灰白色！

他终于像个五十七岁的老男人了。

妻子死了，女儿也死了，一个可怜的男人。

×也看到了玉灵的尸体——绵延千年的罗刹之
国，随着王族最后一个继承人的死去，终于彻底灭
亡了。

一夜白头。

其实只有几分钟的时间，李小军俯下身子抱着

女儿，却再也无法让她破碎的心脏恢复跳动。

他哭了。

黑衣人×也面色铁青了，一是因为自己大腿的枪伤，已经让整条腿疼得近乎麻木；二是从没见过老板流泪，向来只能见到他伪善或冷漠的脸，此刻却哭得如此痛不欲生！

突然，李小军机械地站起来，转回头看着×的眼睛，一字一顿地说："最后的计划启动！"

十分钟后——

镜头转移到大球场的看台上，大雨在半个小时前就彻底停了，一架全球最大型的运输直升机，穿破崇山峻岭的黑夜，盘旋过沉睡之城的建筑，降落在大球场中央的草坪上。

几十名"龙卫视"的工作人员，各自携带着一些重要物品，匆匆跑向停在草坪上的直升机。高速旋转的直升机翼，鼓起狂乱肆虐的风暴，让每个人都显得惊慌失措，仿佛要快速逃离这个人间地狱。

在全体人员顺利登机之后，机翼旋转得更加猛烈，大雨留下的积水飞溅起数米，整个球场都充满了水花。

载着几十人的直升机缓缓起飞，平稳地升出大球场的顶部，巨大的轰鸣响彻整个南明城，直到它消失在无边无际的夜空之中。

旋翼激起的风，依旧回荡在空旷的看台上。节目组已经全部撤退，整个硕大无朋的球场里，只剩下两个孤单的身影。

球场看台的最高处，李小军已变得灰白的头发，刚才又被狂风吹得乱作一团，整个人老得像六十岁了。他痴痴地看着灯光下的草坪，干裂的嘴唇嚅动道："走吧！都走吧！"

"老板，我也想走了。"

身后响起黑衣人×的声音，李小军缓缓地回过头来问："你——怎么还在这里？为什么不和大家一起走？"

"我不想和别人挤在一起。"

"已经没有其他路了，你要怎么走？"

"不用担心，我自有办法。"

×很自信地回答，他依旧挂着拐，自己给大腿包扎了一下，但走路还是一瘸一拐。

"你要去哪里？"

"我不想再杀人了，只想从此洗手不干，找个地方隐姓埋名，过平静的生活。"

"你绝望了？"

"不，我已经看到希望了。"

李小军恢复了平静："好的，我同意你离开，走吧。"

"谢谢。"

×脱下了身上的黑衣，扔掉了黑色的帽子和墨镜，露出里面白色的衣服。

他忽然感到轻松了许多，第一次仰天大笑了几声，拄着拐棍拖着伤腿转身离开。

刚刚走出几步远，他就听到一记骇人的枪声，接着感到后心被重重地打了一拳，凶猛的力道将他推倒在看台上。他想要爬起来却再也没有力气了，感到心脏在流血，并破碎成了两半。

一颗子弹从后背钻入了他的心脏。

他再也爬不起来了，黑色重新覆盖了视线，坠入到黑色的深渊之中。

×死了。

李小军的手枪还平端着，枪口散发着火药气味。他缓缓地走到死去的×身边，看着他白色的衣服叹息道："是黑的，永远都变不了白——你看到的不是希望，而是虚妄。"

他又苦笑一声，坐倒在×的尸体旁。鲜血染红白色的衣服，流到李小军的皮鞋底下。

我成功了吗？

李小军轻声地问着自己，俯视空无一人的大球场，空气中充满着湿润的气味，还有一丝血腥味，顺便混杂着难以辨别的火药味——全都埋藏在看台的底下。

南明城的末日即将来临。

二十年前，他曾是这座城市的政治明星，因为一场未遂政变被迫逃亡。

二十年后，他在美国经营卫星电视台，成为全球最富有的传媒巨头之一。

半年前，他得到一个秘密的消息——南明城已经空无一人了。

于是，李小军秘密地乘坐直升飞机降临这座城市，宛如至高无上的统治者，坐上本该属于自己的宝座。然而，在他统治的这个小小的帝国内，不再剩下一个臣民了，只有一群野狗野猫相伴。

2006年的初春，当他独自漫步在沉睡之城的街道，脑子里突然转出一个念头——如果一群旅行者突然闯入这里，面对空无一人却几乎完好无损的城市，将会发生什么戏剧性的场面？

唯一的进出道路被封闭了，无法与外界取得联系，没有人能够找到他们，所有的建筑都在沉睡之中，而所有的民宅都一应俱全，他们完全被困死在这里！

困惑、好奇、绝望、愤怒、苦闷、孤独、贪婪、欲望、恐惧……

在这个极端的世界里，人类所有的情绪，都在他们身上积累到最高点，又如火山般猛烈爆发出来。

每个人都有自己的故事，他们相互之间还有不可告人的秘密，他们的命运从此改变，性格即将扭曲，邪恶从心灵深处一点一滴地汹涌！

最终，他们将走向人类的末日，在空无一人的城市里接受神的审判。

这位全知全能的神就是李小军。

天机！

他在一秒钟内就想出了这个名字。

在接下来的一分钟内，他想到了电视台的老本行——真人秀，一个史上最大的电视真人秀，舞台就是这座空无一人的城市，充满神秘和悬念的地方，谁都不知道这座城市从哪里来的，又是为什么会变成沉睡之城。还有城外巨大的罗刹之国，包括城里的每一个角落，都步步暗藏着杀机。通过成千上万台隐蔽的摄像机，把一个误入歧途的旅行团的命运，展示给全世界的电视观众！

这将是一个被现代大众传媒操纵的，满足人们窥视欲望与体验困境的大游戏！旅行团不知情的人们成为牺牲品，就像古罗马竞技场里的角斗士，在与动物的杀戮中依次牺牲！残忍的大众对此津津乐道，一半的人觉得这是过分逼真的表演，另一半的人则以为是真实的，但人们就是渴望欣赏真实的死亡，至于道德和法律都无足轻重！

半个小时内，他已在脑中完成了这个绝妙的计划。

没错，虽然这座城市没有电力供应，也没有任何无线通信的信号。但可以秘密铺设光缆与外界联系，所有摄像机的线路都是独立的，全部通向一个秘密基地，经过前方节目组的精心处理之后，再通过光缆传递到洛杉矶的总部。而大球场看台底下的地基，既有足够大的空间，又具有隐蔽与秘密性。可以自备柴油机在地下发电，并在秘密基地里准备员工宿舍，所有的生活与工作都在地下完成，绝对不到地面上去……

接下来的几个月，便是紧锣密鼓的筹备期，这项计划需要绝对保密，分成几个不同的工作组，相互之间都不清楚彼此的工作，只有李小军一个人知道全部方案。

他们秘密雇佣了一批工人，深入沉睡之城的每一个角落，装上了隐蔽的摄像机和线路，包括山上的水库和道路，还有城外的罗刹之国。但他们并未发现大金字塔内的甬道，所以仅在古代遗址的外部安装摄像机。在完成沉睡之城的全部工程后，又严格检查清扫了一遍，没有留下任何蛛丝马迹。

这个项目的筹备耗资巨大，李小军特地从银行贷款了数十亿美元，若非整个公司全由他一人独断专行，绝对不可能获得董事会的通过。

现在这笔生意已经赚翻了。

短短一周之内，"天机"真人秀已经为"龙卫视"获得了数百亿的广告收入，公司在纽约证交所的股票价格，也已飙升了不止数倍，成为全球上市公司最大的黑马。

如果仅从账面上计算，"龙卫视"已成为全球第一大电视台！

但最最可怕的却是，李小军这么做并不仅仅是为了钱。

此刻，满头白发的他重新抬起头来，透过大球场宽阔的顶棚，仰望南明城寂静的星空。

审判开始了。

"直升飞机！"

小枝惊慌地指着天空，黑夜里发出震耳欲聋的轰鸣，即便已飞到几百米的空中，也在地面上吹起强劲的风。

叶萧跳下救护车仰望夜空，刚才他踩足油门开出大球场，疾驰回城市另一端的大本营。好不容易才把童建国扶下来，小枝在救护车上为他重新包扎了伤口，看来已止住了左臂的流血。

狂野的大风吹乱了他们的头发，其实直升飞机已经飞得看不到了。叶萧却感到脑袋发热，扯下缠在额头的纱布，抓紧童建国的胳膊说："看来他们要逃跑了！"

"我们……我们……也要快点逃出去……"

童建国才恢复了知觉，痛苦不堪地被扶进了别墅。

守在客厅的狼狗"天神"早就狂吠起来，但看到小枝便又安静了。他们三个人回到楼上，匆匆撞开卧室房门，把留守的人们吓了一大跳。

伊莲娜和林君如的精神状态都落到了绝境，只有孙子楚还不断地念叨着废话，而顶顶安静地站在窗边不动。

除了刚刚死去的玉灵和失踪许久的秋秋之外，旅行团的全部幸存者都汇齐了。童建国也无暇讲述玉灵的死因，只是挣扎着喊道："我们快点走！一分钟都不能耽误！"

"走？走去哪里？"

林君如以为又要他们更换大本营了。

"走去外面——我们必须尽快离开南明城，因为这里很快就要发生大爆炸了！"

童建国绝不是危言耸听，当他发现有直升飞机离去之时，就感觉这场"天机"真人秀已走到了尽头。而埋藏在大球场的看台底下，数以吨计的烈性炸药，即将把整座沉睡之城炸得永远沉睡！

他简单地解释了一遍，所有人都听得毛骨悚然，但孙子楚摇摇头说："我们怎么走？如果有路的话，我们几天前就走出去了！"

"我知道一条路！"

童建国坐下喝了一大口水，这条逃生路线是玉灵告诉他的，现在只能由他带领大家出去了。

"什么？你怎么知道的？"

"我一个小时前才知道的，不要再啰嗦了！不是我拼着老命给你找血清，你小子早就被毒死了！"童建国的这句话让孙子楚顿时哑口无言，"如果不想被炸成人肉渣子，就赶快出发吧！"

叶萧冷冷地盯着他，对其他人大声说："大家相信他的话吧，我们现在就走。"

其实，留守的几个人都没有了主意，只要有一分逃出去的希望，他们是绝不会放弃的。

幸存者们迅速收拾了随身物品，还搜集了手电筒等必要的用具，备齐了十几瓶干净的水，还有仅存的一些干粮。孙子楚也可以下地走路了，但还需要林君如的搀扶。

五分钟后，他们一齐走出房子，来到沉睡之城的夜空下。

雨后的城市到处散发着湿气，地面还有许多积水，伊莲娜颤抖着回望大本营，心底默默祈祷圣母的庇佑。

狼狗"天神"和猫咪"小白"也紧跟着小枝，林君如看到凶狠的狼狗就害怕，紧锁着眉头问道："你要把猫猫狗狗也带出去？"

"也许，它们会帮到我们。"

叶萧似乎成了"天神"的朋友，摸了摸它的耳朵替小枝回答。

其他人都不敢再质问了，他们都坐上了救护车，包括一条狼狗与一只白猫。

现在只有叶萧开车了，童建国坐在旁边为他指路。剩下的人和动物都坐在后面，那是以前抢救病人的地方，那么多不同的生命拥挤在一起，让他们感到有些喘不过气来。

在叶萧踩下油门之前，顶顶忽然轻声问道："秋秋怎么办？"

"也许这女孩已经死了，对不起她了！"

说出这句话的时候，他感觉自己第一次如此狠心，只得轻声咒骂了自己一句，随后启动了救护车。

飞速旋转的车轮，碾过寂静无声的道路，两边溅起几米高的积水。

叶萧、小枝、童建国、顶顶、伊莲娜、林君如、孙子楚。

七个人带着一条狗一只猫，坐上承载所有生灵的诺亚方舟，踏上紧急逃亡之路。那随时可能大爆炸的球场，如同一团毁灭一切的巨大火球，跟在救护车后追逐着九条生命。

"请告诉我们，你说的逃生之路在哪里？"

童建国盯着前方沉沉的黑夜，念出了四个字——

"罗刹之国！"

01:00

凌晨。

救护车呼啸着穿过整座沉睡之城，驶入城市的西部边缘，那条大家都熟悉的林荫道。因为整夜大雨的浇灌，原本的小溪已变成泛滥的洪水。叶萧不得不小心驾驶，双目紧盯远光灯照射的道路，以免车内进水而熄火。

"小心！"

在童建国大声的叫嚷中，叶萧猛然踩下了刹车，终于在一片黑色的潭水前停了下来。

要是车轮再往前滚半米，整个救护车就会开到水里去，引出那条永远吃不饱的大鳄鱼。

全车人都捏出了一把冷汗，叶萧也深深吸了一口气："快点下车！前面必须步行了。"

大家匆忙地跳下车，连同一条狼狗与一只白猫。在这个漆黑的荒郊野外，每个人都掏出了手电筒，互相关照不要走丢了。

潭水散发着深深的寒气，随时都可能有鳄鱼扑出来，林君如与伊莲娜腿软得都不敢动了。

"别害怕，全都紧紧地跟着，一个人都不能少！"

叶萧走在队伍的最前面，左手举着手电筒，右手握着一把手枪。

但是，狼狗"天神"很快窜到他的前头，它灵敏而警惕的鼻子更适合做领队。

小枝紧跟在他的后面，怀里还抱着她的"小白"。接着是顶顶和伊莲娜，林君如搀扶着孙子楚。队伍最后押阵的是童建国，他的伤口已经没事了，一路警觉地扫视着四周。

小心翼翼地绕过鳄鱼潭，幸好水面再也没有动静，也许鳄鱼正沉在水底休息。

走过黑潭，就是更黑的森林。

漆黑的午夜什么都看不清，走在最前面的叶萧，好久才找到那条林间小道，这还得归功于"天神"的鼻子。

他们依次走入这条小道，除了留在最后的童建国外，其他的手电都照向前方，茂密的森林宛如深深的门洞，前方就像无尽的地下甬道。

再度走入这神秘的所在，虽说是被迫为了逃生，大多数人依然瑟瑟发抖。刚从毒液中捡回性命的孙子楚，裹着一条毛毯虚弱地问："你们确定是罗刹之国吗？那里真的有逃生的路吗？"

要不是一条胳膊还吊着绷带，要不是孙子楚只剩下半条命了，童建国真想立刻揍他一顿："闭嘴，当然有的！"

可孙子楚十分执著："可你是怎么确信的呢？"

"混蛋，我会告诉你们的！"

十几分钟后，一行人胆战心惊地走出林间小道，拼命地用手电往前面扫去，只扫到一片黑暗和树叶的影子。

小枝对着狼狗"天神"耳语了几句，它就迅速往黑暗中跑去，因为它的鼻子相当于眼睛，同样能看得清清楚楚。

没隔多久，前方就传来狼狗的吠声，大家循着狗吠摸过去，手电光束果然照出一排古老的石墙——罗刹之国到了！

而"天神"就站在那高大无比的门洞底下，八百年前的神秘微笑再度注视着他们。

顶顶突然又有了跪倒膜拜的欲望，叶萧回头轻声说："我们快点进去吧！"

在佛像厚厚的嘴唇下，他们鱼贯进入午夜的罗刹之国。

手电光束冲破乌黑的夜，照出左右两排狰狞的石像，这些妖魔鬼怪让伊莲娜惨叫了一声，顶顶赶紧捂住她的嘴巴，以免因她造成更大的恐慌。

一行人小心翼翼地穿过这些石像，缓缓走入第二道石门，很快就要进入另一个世界，那是人类中世纪最伟大的奇迹。

在狼狗"天神"的带路下，穿过石门进入空旷的广场，手电再也照不到东西了，而前方那高耸入云的建筑，已完全隐藏在黑夜的外套之下。

叶萧使劲眨了眨眼睛，他确信自己的方向没错，把头仰起四十五度，没有月亮也没有星星，冥冥中似乎看到一个轮廓，那巍峨的五座宝塔，指向另一个世界的中心。

他们缓缓地往前走去，当第一道手电照射出石头台阶时，突然闪起一道夺目的光线。

第一眼还以为是闪电——但紧接着又亮起第二道光，把整片广场照得几同白昼，包括在层层叠叠的石阶之上，那数百米高的东方金字塔！

大家都惊恐地往后退着，同时眼睛都被这光线刺痛了，几秒钟后适应过来才发现：上层台阶上挂起几盏电灯，每一盏都放射出小太阳般的耀眼光线，把上面的巨大而宏伟的建筑，以及下面宽阔的广场，全都照得清清楚楚，如同一场在古希腊遗址举行的灯光音乐会。

在午夜没由来的灯光下，这群最后的逃亡者，仰望无比辉煌的大罗刹寺，行将穿越回八百年前的盛况。

在金字塔的第二层台基上，灯光照出一个男人的身影。

他以神的姿态站在正中，两盏灯光的焦点集中于他身上，身后是古老灿烂的神奇建筑，俯瞰诚惶诚恐的芸芸众生，以及这些几近绝望的逃亡者。

"李小军！"

在反复揉着眼睛确认之后，童建国冷静地喊出了这个名字。

没错，就是他——其他人也都睁大了眼睛，晚上八点钟在电视机里，大家也看到过这个人，如同法官面对镜头，滔滔不绝地讲演几十分钟，并自称为"神"！

但让童建国感到惊奇的是，仅仅隔了一个多小时，李小军的头发竟已经全白了，如同一瞬间苍老了十岁，不再是那个精神十足的全球传媒巨头。

满头白发的李小军往前走了一步，手里突然多了一把枪，他将枪口朝向天空，扣下扳机射出一发子弹。

枪声，响彻了古老的罗刹之国。

广场外的森林里，惊起许多夜宿的飞鸟，刹那间扑起翅膀掠过天空，连同枪声反复回荡在千年的时空。

所有人的心跳都加快了，只见李小军的枪口迅速往下，对准这些即将受审的人们。

林君如吓得捂起了眼睛，仿佛看到枪口窜出火焰，子弹射入自己的胸口，随即将其他人一个个射杀……

"不！"她紧紧抱住身边的孙子楚，"我们不要死！"

狼狗"天神"跃跃欲试，但被小枝按住了后背，不准它轻举妄动。

这时童建国站了出来，他吊着受伤的左臂，走到队伍的最前头，挺起胸膛直面李小军的枪口说："他们都是无辜的，请你冲着我来！"

"兄弟，你还和以前一样勇敢和固执。"

李小军满意地点了点头，他已在这里等候许久了。

其实，子夜时叶萧他们看到的直升飞机，并不是那架接走工作人员的大型运输直升机，而是另外一架小型直升机。这架小型直升机同样降落在大球场的草坪上，是李小军的私人飞机。但他并没有命令飞机飞出天机的世界，而是命令飞行员前往罗刹之国。

随机的还有两名灯光师，以及一批灯光设备。降落在这片古老的广场之后，他们迅速搭建起数盏灯光，并留下一台柴油发电机。

最后，李小军让直升飞机离开此地，他独自一人留在巨大的金字塔上，静静地等待叶萧、童建国他们的出现。

但童建国依然充满疑问："你怎么知道我们会来这里？"

"沉睡之城，到处都安装了摄像机，你们的一言一行、一举一动，都逃不出我的掌心！"

原来，李小军变态到连在秘密基地上层的迷宫里，也安装了几台摄像机。玉灵对童建国说的那些话，包括她发现的这条逃生路线，也全部被李小军监听到了。

李小军知道童建国必然会带他们来罗刹之国，所以抢在他们之前坐直升飞机来到这里。

不会再有全球卫星直播了，"天机"真人秀节目组已经全部撤离，即便这里依旧隐藏着摄像机，最精彩也是最决定性的一幕，没有一个电视观众能够看到，这或许将是"天机"粉丝们的终身遗憾。

"你以为你真是神吗？"

叶萧终于说话了，他走到童建国的身边，两个人并排面对李小军的枪口，无论子弹先射中哪一个人，另一个人都会掏枪还击的。

"没错！你们的喜怒哀乐，你们的生老病死，你们一切的一切，完全操纵在我的手里。你们说什么做什么甚至脑子里想什么，无论是虚伪的贪婪的还是邪恶的，全都在我的眼中一清二楚！在这个天机的世界里，我无所不知，也无所不能，我是你们万能的主，我就是——神！"

"你疯了。"

李小军的枪口移到了叶萧的跟前，睁大眼角布满皱纹的双目，厉声道："叶萧，你难道是忘恩负义的人吗？你应该对我万分感激，是我令你成为全球闻名的人物，你已是千万人心目中的明星，这不是你梦寐以求的吗？"

"对不起。"叶萧无所畏惧地看着他的枪口，冷冷地回答，"我不需要。"

"可怜的人，你已经落伍于整个时代了！二十一世纪，是个真人秀的时代，是所有平凡的人们成为主角的时代，每个人都要看到自己真实的一面：欲望与贪婪，自私与怯懦。你无法想象这有多么神圣，多么伟大。"

叶萧轻蔑地自言自语道："自相矛盾！简直就是脑残！你们这些该死的跨国媒体，妄想编造谎言只手遮天，颠倒黑白操纵一切！你们的真实是以撒谎为前提的。"

"你是说我吗？不，当人们自以为得到了彻底的自由，其实是沦落为更无形的奴隶，戴上了一把名叫幻想的枷锁！而我就是解救他们的神，因为我给他们看到了真实——真实的你们，真实的生活，真实的社会，真实的自己！全世界人都有权利看到这场伟大的真人秀，因为人生本就肮脏，所有的小说、电影乃至美好的愿望都是幻想，真实的生活永远更加强大更加残酷。"

"拜托，你到底要说什么？"

"真实就是神！"

"所以——"

当叶萧要代替他说出来时，李小军抢先道——

"我就是神！"

他就是神？

这句话如同进入了扩音器，在整个罗刹之国反复飘荡，也让幸存的逃亡者们震耳欲聋。

童建国摇了摇头："我以为自己早就被毁掉了，没想到你毁灭得比我更严重，已经无可救药！"

在午夜灯光的强烈照耀下，大罗刹寺的台基变成了舞台，李小军已经把自己当成了男主角，自顾自地独白道：**"现在，末日审判开始，我向你们宣读判决书——叶萧，你犯有愤怒罪。你永远嫉恶如仇，却不晓得必要的妥协，像块石头一样冥顽不灵，最终将把世界与你自己都撞得粉碎！"**

宣读了对叶萧的判决书后，他把枪口转向了孙子楚：**"你，孙子楚，犯有骄傲罪！你自以为通晓天地万物，可以探知一切历史的秘密，不把他人放在眼中，引起无数纠纷与仇恨。"**

下一个是林君如，李小军看着她的眼睛说：**"你，林君如，犯有欲望罪。你渴望得到一切，享受人生的快乐与爱情，却完全不明白节制。"**

接着就是伊莲娜了，李小军用娴熟的英语说：**"你，伊莲娜·阿姆索诺娃，犯有懒惰罪，你什么都不愿意自己去做，完全沉浸在无用的想象之中，最终陷入吸血鬼的迷信深渊。"**

李小军很快又转到了汉语，枪口指向顶顶："你，顶顶，犯有骄傲罪！你以为自己受到了某种神示，以为可以洞察一切，以为可以预知未来，甚至妄想泄露天机。"

下一个受审的居然是小枝，这位被他亲自请来的女一号："你，欧阳小枝，犯有欲望罪！在你欺骗了所有人之后，又利用美貌与虚假的纯洁引诱叶萧。虽然你还如此年轻，却想要得到超乎寻常的爱，控制你企图诱惑的男子，甚至既要做白玫瑰又要做红玫瑰，女人无边的欲望将要毁灭一切，也必将毁灭你自己。"

这些话说得小枝面红耳赤，她低下头紧紧搂着"小白"和"天神"，同时也引起狼狗的狂吠。

李小军才不管狼狗的威胁，最后将枪口转回到童建国跟前："你，童建国，犯有嫉妒罪！我知道从小时候开始，你就暗暗嫉妒我；到我们的知青岁月，你仍然嫉妒我长得比你帅，嫉妒我更能吸引女孩子们；在我们同时爱上兰那后，你就更加嫉妒我，尽管你从来不敢把心里话说出来！而现在你依然嫉妒我，相比你苦难的一生，你嫉妒我竟然如此成功，嫉妒我成为一个帝国的统治者，嫉妒我作为神站在这里说话，嫉妒我在天机的世界里操纵着你的命运！"

面对李小军咄咄逼人的末日审判，童建国却毫无惧色，不屑一顾地说道："不，李小军，你太高抬自己了，你也太小瞧你的兄弟了——从小到大一直到老，我从来没有嫉妒过你，即便我深爱着的兰那跟你私奔，我也从没有怨过你一分一毫！而现在我倒是很可怜你。你处心积虑安排了这一切，究竟会得到怎样的结局？你好不容易找到失散二十年的亲生女儿，她却不愿意跟着你，反而死在了你的枪口下！"

"闭嘴，我打死你！"

童建国的话终于说到了痛处，李小军将枪顶住了他的额头。

"这是你自己遭受的惩罚，只是可怜了无辜的玉灵。"童建国仰天长叹了一声，就算此刻被枪打碎脑袋，他也没有什么遗憾了，"你，李小军，才是有罪的！骄傲、饕餮、贪婪、懒惰、愤怒、嫉妒、欲望——七宗罪全都在你身上，你已在劫难逃！"

"够了，一切都该结束了！"李小军粗暴地打断了他，举着枪往后退了几步，"造物主用六天的时间，创造了宇宙万物以及人类。我也用六天的时间，在全世界的观众们面前，创造了伟大的'天机'真人秀。"

"你自以为是神，这才是渎神的滔天大罪！"

伊莲娜站出来大声喝斥，她突然想起隐居罗马尼亚群山中的妈妈，重新成为一个虔诚的东正教徒。

可李小军全然不把她放在眼里，端着枪继续高声道："**创世之后，造物主在第七天休息，今天也是'天机'真人秀的第七天，我也要休息了……**"

这最后一句话让大家都提高了警惕，叶萧无畏地往前走了一步，手指本能地跳了跳。

砰！

随着一发子弹的呼啸而出，李小军的枪口冒出火药的硝烟……

02:00

凌晨。

又是一声骇人的枪响！

小枝痛苦地闭上了眼睛，想象叶萧胸口鲜血直流的场面。等她重新睁开眼睛，叶萧却依然好端端地站着，而枪声仍在罗刹之国反复回荡。

原来李小军的枪口往下偏了几度，子弹击中叶萧脚下的石板，飞溅的火花激起跳弹，擦着他的脚踝边飞出去，若再偏个一两厘米，就会把他的腿骨打断！

这只是一个警告。

但是，李小军确实要休息了，在他休息之前需要做一件事——执行末日的判决。

下一枪将不再是警告，他的枪口又往上抬了几度，对准叶萧坚强的眼睛。

死刑？

最后的沉默，时间在此凝固，数百米之上的五座宝塔，千年之前的神像，微笑着俯视他们。

每个人都在等待……

"李小军！"

他们没有等到那颗子弹，而是等到了一个洪亮有力的声音。

所有人齐刷刷地转过头来，只见缓缓走来两个人影，一大一小互相牵着，穿过被几盏大灯照得宛如舞台的广场。

等那两个影子走到大家面前，李小军的眼睛骤然瞪大，眼球几乎要迸裂了出来！

大的是个八十多岁的老人，满头白发下的魁梧身躯，炯炯有神的双眼直视前方，笔挺的腰板显然具有军人风范。

小的是个十五岁的少女，她的名字大家都知道——成秋秋。

时间再度静默了半分钟，失踪了一昼夜的秋秋终于归来，而牵着她的这位年迈的老者，却是那么陌生，大家谁都没有见过他，居然在天机的结尾突然冒了出来！

除了顶顶。

昨天上午在别墅门口，顶顶亲眼见到了这个老人，就是他！还与她说了几句莫名其妙的话，但包括叶萧在内，没有一个人相信顶顶的话。此刻，他就站在自己的面前，而且绝对不是梦。

"你？"

李小军的枪口颤抖着转向老人，一个比他更老了将近三十岁的老人。

老人平静地回答："是，就是我。"

"马——潜——龙——"

李小军一字一顿地念出了这个曾经伟大的名字。

而叶萧与顶顶听到这个名字也都吓了一跳——马潜龙？不是那位二十世纪最传奇的中国人吗？也是神秘莫测的南明城的创建者，曾经作为南明最高执政官大权独揽数十年，引起无数争议却无疑是个奇迹的人物。

可是，他不是早就死了吗？

2000 年 9 月 9 日，马潜龙在寓所中突发心脏病去世，享年 80 岁。

十天后举行出殡大典，南明城万人空巷为他送行，他的骨灰保存在南明宫中……

同样惊呆的也有小枝，她是从小在南明城长大的。她的爷爷是马潜龙的老部下，她小时候经常有机会见到马潜龙，她甚至还被马潜龙亲手抱过，当然对他的形象印象深刻。

所以，小枝是最好的证人，眼前的这个老人就是马潜龙！

虽然看起来又老了许多，但那令人难忘的脸形和轮廓，还有身材都几乎没变，尤其是那双深邃的眼睛，放射出无限的传奇气质，就算隔了多少年都能认出来。

童建国也难以置信地摇着头，马潜龙这个名字他早已听说，此刻见到了本人，究竟是不是死后的幻境呢？

而在场最惊讶的人，当然就是李小军。

因为马潜龙是他这一生最大的仇敌。

虽然，马潜龙曾经非常器重他，给了他生命中最重要的机会，最终却几乎毁灭了他。二十年前他密谋刺杀马潜龙，失败后自己险些送命，被迫抛下妻女亡命天涯，失去了最爱的兰那，也失去了女儿玉灵。

他以为马潜龙在 2000 年就死去了，也正因为失去了马潜龙，南明城才会在 2005 年的"大空城之夜"崩溃，成为这样一座悲惨的沉睡之城。

难道，眼前的这个身影只是一场梦？还是从地狱中走出的幽灵？

"我还活着"。

马潜龙微笑着点头，他松开握着秋秋的手，让这个十五岁的孤儿，回到她的队伍里去。

秋秋感激地回到伊莲娜身边，是这个老人拯救了她的生命，并让她感知了某种力量，不再孤独，不再恐惧。

"原来……原来……你根本就没有死。"李小军无奈地苦笑着，但手枪仍然直指着马潜龙，"你欺骗了整个南明城，也欺骗了整个世界！"

"我很失望，李小军，"八十多岁的老人摇摇头，"那么多年来你依然不了解我，我不需要让世界知道我的存在。"

"既然如此，又何必把自己藏起来？"

现在，这里变成了马潜龙与李小军的 PK 台，所有的灯光都汇集到他们的身上，而幕后的导演又是谁？

"我知道你想问什么——"马潜龙缓缓地吐出五个字，**"大空城之夜"。**

"对，谁都想要知道'大空城之夜'的真相，而你既然还在这里活着，就一定脱不开干系！"

马潜龙对着枪口轻叹一声："现在没有必要再隐瞒了，我一手创建并繁荣起来的南明城，如今已面临彻底的毁灭，我就告诉你们'大空城之夜'的秘密吧。"

"说！"

李小军的呼吸急促起来。其实，叶萧、童建国等人都在迫不及待地等着，因为所有人正在接近最后的"天机"。

"是的，我来这里就是为了把一切说出来——2000 年，我的死亡只是一个骗局，为的是让我彻底地退出政治舞台，再也不过问让我感到厌倦的事情。我知道有许多人恨我，也有许多人爱我，我是南明城的一切焦点，但这并不是我自己的本意。我不希望每个人都以我为中心，不希望南明城变成马潜龙城，否则，这才将是致命的！所以，在二十一世纪的开始，我必须要'死'！彻底离开人们的视线，让南明城的居民们自己选择未来。"

"这可不是你以往的风格。"

面对李小军轻蔑的责难，马潜龙爽朗地大笑道："我到底是说的没错，你永远都不会真正了解我。2000 年，我的葬礼举行以后，我就居住在街心花园中我的雕像下面，在地下深处的一个秘密空间，内部装饰成了潜水艇的样子——那是我年轻时候的梦想，当一个中国海军的潜水艇艇长，深入世界上每一片大洋的海底去战斗。可是我哪里都去不了，只能停留在数米深的地下，就像躺在自己的坟墓里。当然我也不是完全与外界封闭，有个隐蔽的组织为我服务，收集地面上的各种情报，以及完善'南明方舟'计划——我稍后会详细告诉你们，还有人给我供应食物，城外的森林里有个秘密果园，通过地道直接与我的潜艇相连，我偶尔去那里呼吸新鲜空气，并摘一些水果回来。"

"你果然老奸巨滑。"

"请不要打断我，李小军。"马潜龙在他的枪口前徘徊起来，"其实，所谓的'大空城之夜'应该是'大空城之乱'——那是所多玛城才遭受过的灾难！当全城陷入病毒肆虐，无数人中毒死亡，又有无数动物发狂杀伤人类时，我苦心经营数十年的自治政府，已陷入彻底的瘫痪。原本团结一心的政治力量，却无情地分裂成两个极端对立和仇视的阵营。我悲惨地见到我的老部下和子弟兵们同室操戈，骨肉相残！残酷的内战已经打响，整座城市的居民即将被困死，等待他们的结局无非是三种：第一是感染病毒而死，第二是被发狂的动物杀死，第三是被内战的炮火打死，总之就是完全地死亡与毁灭。"

"你又想要当救世主了？就像你带领着绝望的军人们建立南明城。"

马潜龙痛苦地摇摇头："我不是什么救世主，我所创造的'另一个世界'竟然如此短暂，原来梦想的大同世界，却被自私和贪婪推倒，仅仅三十年便灰飞烟灭。南明城由神圣的迦南地，变成了苦难的巴勒斯坦！但我怎能——怎能眼睁睁地看着我的子民遭受磨难？怎能对发生在我头顶的屠杀听之任之？我必须出来力挽狂澜，这是命运赋予我的责任，这就是'南明方舟'，一个由我控制的秘密组织，早在十几年前就已准备。因为我有过一种预感，封闭在群山之中的南明城，在繁荣的背后隐藏着危机。而无论是开放还是封闭，都可能会造成同一种结局——毁灭。"

"好一个未雨绸缪。"

"但我不知道这个毁灭之日何时到来，我也期望永远都不要有那一天，至少在我有生之年不要看到，但没想到竟然会来得如此之快！我已为我的子民造好了诺亚方舟——从南明城的巨额黄金收入中，每年抽取百分之五作为秘密基金，多年来已积累成一笔惊人的财富。我将这笔钱的百分之三十，按照南明城的户籍系统，替每一位居民秘密办理了投资移民，从美国、加拿大、澳大利亚、新西兰，一直到欧洲联盟所有的国家。并为每一位居民办理了某太平洋小国的护照，凭借该护照可以直接免签证进入数十个国家和地区，并顺利获取目的国的合法身份。这笔钱里还有百分之四十，给每个南明居民在瑞士银行开设账户，存入一笔不菲的津贴，以便在紧急关头使用。"

李小军赞叹着点头说："真是天衣无缝啊！"

"终于，当'大空城之夜'来临，我被迫从地下潜艇里走了出来。当内战双方的领导人看到我时，全都惊讶得无法说话，而我即便早已经死去，依然拥有在南明城至高无上的权威。经过我不到三十分钟的调停，残酷的内战迅速停止，还好造成的破坏并不大。一小时前还互相射击的军人，已放下武器走到一起。接下来面对的是一个更加严重的问题——肆虐的病毒！还有疯狂攻击人类的各种动物。我可以控制所有的人，却不能控制动物，更不可能控制瘟疫。南明城的所有居民，依然处于毁灭的危险之中。经过异常艰苦地权衡利弊，我终于决定全面启动'南明方舟'，彻底放弃我一手创建的城市，将数万无辜的市民送出绝境。"

"你是怎么做到的？"

"一夜之间——"八十多岁的老人仿佛在讲述天方夜谭，"我们准备了上千辆大客车，几乎把泰国北方的大客车都包下了，当然全部由我们的人来驾驶。全体居民不管愿不愿意，都必须得撤离南明城——事实上大家早就想要逃出去了，虽然还舍不得自己的家园，但谁都不愿意留在这个人间地狱等死，但因为大客车的空间有限，除了现金、有价证券和首饰外，禁止居民携带一切物品，每人仅能携带一个随身小包，不得超过十公斤，当然严禁带宠物……一切都组织得井井有条，军人挨家挨户进行了检查，没有任何人遗漏在南明城里，也许除了太平间的死人。"

"可我还是无法理解，他们是怎么离开金三角的？那么多人那么多车，早就成为头条新闻了，为什么世界上都不知道？"

这时，李小军想起了自己的电视台，如此消息灵通的大众传媒，居然对此完全一无所知。

"所以，这才叫'南明方舟'，一切都是在秘密之中进行的。为保证数万人在逃亡路上的安全，我们与金三角地区的很多武装达成协议，一路上都不会遭到骚扰。我们很快将队伍分成十几支小队，分别通过不同的公路和渠道，化整为零地运送出金三角。当他们到达曼谷、仰光、万象、金边、河内等地时，已经按照各自的家庭单位，分成完全不同的小组。"

叶萧突然插了一句话："就像把一脸盆的水倒入一个浴缸，当然会激起很大的水花。但如果把同样重量的水，分别装入几千个试管中。再把这些试管里的水，分别滴入几十个浴缸里，那么将不会有任何人听到声音。"

"没错！"马潜龙赞许地点点头，"'南明方舟'就是这个道理。通过这些精心而秘密的组织，这些死里逃生的南明子民们，全都安全而分散地进入各国，顺利获得当地的永久居留权，并成功提取了原来存在南明银行的存款——在南明城发生内战的同时，我的手下已把南明银行的所有存款转移到了瑞士银行，如果有人因为种种原因无法提取，也可以从瑞士银行一次性提取一笔津贴，这也是'南明方舟'早就安排好了的。"

"所以，没有任何媒体注意到这些人，而他们也保证要为此事而保密？"

"对，他们就像水滴进入大海，没有引起一点波澜。每个人都发誓要为南明城保密，永远不泄露出去——其实就算说出去也没人相信，会以为是胡编乱造的故事。"

李小军听得嘴唇都发紫了，无法想象眼前这个八十多岁的老人，这个自己一生最大的仇敌，竟能有如此的深思熟虑，以及那么严密的组织安排，他的大脑简直就是一部计算机，谁都难以逃脱他的掌心！

"可是，我还是找到了欧阳小枝！"李小军转头看了看小枝，又立即把枪口对准了马潜龙，"因为她的父亲曾经是我在南明城时候的朋友，我偶然地在互联网上发现了她，并敏锐地察觉到了某种问题，于是将她召到了我的宫殿。"

"但我没有把我们怎么逃出南明城的秘密说出去！到现在我都没有说出过'大空城之夜'的真相！执政官，请相信我！"

小枝突然大声地叫喊出来，她也曾经发誓要保密的，她小时候还被马潜龙的大手抱过，她不想被马潜龙感觉失望。

"孩子，我从没有怨恨过你。"他的语气就像长辈对孙女那样，然后对着所有人说，"'南明方舟'把所有人都送出了南明城，只有一个人例外，那就是我——只有我独自一人，留在已变成沉睡之城的南明，这是我一手创造的城市，是命运给我的迦南地，我怎能轻易地抛弃它？我藏身于地下的潜艇中，有独立的能源和生活系统，可以保证供给干净的水和食物，我偶尔还会去城外的果园，就算是在养老并等死吧。"

"既然……既然你一直都在这里，可为什么从没给摄像机拍到过呢？"

李小军以为可以监视城里的一切，却漏掉了眼皮子底下的马潜龙，这让他不由得恼羞成怒。

"你在监视着南明城，而我在监视着你，你的所有监视系统，也都在我的掌握之中——你让旅行团变成了真人秀，而你则变成了我的真人秀，我当然知道哪里有摄像机，哪里会被你监视到，所以我如果来到地面，行动会非常小心，甚至会先行盖上隐蔽的镜头，绝不会暴露在你的面前。"

"所以，你只要知道我的一切行踪，知道真人秀的一切画面，你也就知道了旅行团一举一动。就像现在你知道我来到了罗刹之国，也就带着小女孩跟了过来？"

马潜龙淡淡地点头，"你终于聪明了一些，我跟着你们来到这个地方，既是为了揭开'大空城之夜'的秘密，也是为了让秋秋逃出去——这个十五岁的女孩是无辜的。"

"不，我已下达了末日审判书，你们没有人能够出去了。"

"够了，你不必再妄想了。"

李小军突然爆发了起来，手枪指向马潜龙的眉心："你不要再自以为是了！这个时代早已经不同了，你也早就落伍了！"

"我知道你对我恨之入骨，当年若不是因为你阴谋刺杀我，我也不会把你赶出南明城，你也不会与妻女离散。但我并不恨你，我所做的一切都是为了这座城市，并不是为了我个人。而你现在的所作所为呢？你为什么不放过我的南明城？即便这里的人们都走光了，还是无法避免遭到你的破坏——你利用来自外面的资源，彻底入侵并毁灭了这座沉睡之城，曾经的小天国，曾经的大同世界，曾经的桃花源，却变成了丑陋的电视真人秀舞台！"

马潜龙说到最后一句时，已经有些激动了，八十多岁的老人挺着胸膛，往李小军的枪口大步走去。

"不！你要干什么？"

面对手无寸铁的老人，李小军感到腿有些发软——这不可思议的一幕，发生在罗刹之国的凌晨灯光下，让在场的所有人都动弹不得。

"我不是摩西。"马潜龙长长地叹息了一声，脸上写满了失望与悲伤，"几十年来，我自以为能像摩西，甚至像神那样，解救我的同胞子民们，带领他们逃离人间的地狱，创造地上的天国。但南明城残酷的历史和现实证明，我根本就做不到这一点！我只是一个人，一个梦想创造奇迹的人，但我终究不是神！最痛苦的是我已亲眼目睹：我的天国就此崩塌，我的理想就此毁灭，我仍将归于尘土，不再是那个传说中的英雄，也不会在历史上留下名字。随着南明城的消亡，将没有一个人再记得我，就像我从未来过这个世界。"

"你到底要说什么？"

"我是说——无论你是谁，你都不能代表神的旨意，也无人有权代替神进行审判！"

马潜龙又往前走了一步，如同几十年前走上四行仓库的战场。

"住嘴！再动我就要开枪了！"

老人面对枪口苦笑了一声："我已经活了八十六年，经历了八年抗战、三年内战、二十年流浪，还有三十年的建设，整个二十世纪都被我走过了，还有什么遗憾呢？一切都该结束了，2000 年我就已经死了，再死一次也无妨。也许唯一的遗憾是——我活得太久了！看到了我所不愿意看到，又必然将要发生的悲惨结局。"

"不要再说了！"

李小军疯狂地叫喊起来，他虽然痛恨这个老人，当年也曾阴谋行刺他，梦想能这样举起枪，亲手把这个老家伙杀掉！但此刻他的十根手指都在颤抖，怎么也难以射出准备了二十年的子弹。

"生命，并不需要如此之长。"

马潜龙平静地说出这句话，然后将眉心贴到了李小军的枪口下。

"不！"

仿佛面对一尊巨大的铜像，阴影完全覆盖了李小军的身体，他恐惧地闭上双眼，嘴里发出含混不清的呻吟。

砰……

枪声！

突然响彻了罗刹之国，瞬间扩散到整个巨大的广场，数百米之上古老的宝塔，似乎也被震撼得微微颤抖。

所有人都睁大了眼睛，仿佛在这个刹那被什么定住了，只能眼睁睁地看着李小军与马潜龙。

马潜龙，依然站在李小军面前，眉心却已多出了一个红色的小洞。

子弹已钻入他的大脑。

这是怯懦的一枪！

李小军也恐惧地瞪大了眼睛，他不知道自己是怎样扣下扳机的。事实上他根本就不想开枪，或许由于手指颤抖得太厉害，不自觉地触动扳机导致走火！

两秒钟以后，马潜龙缓缓地倒下了，倒在李小军的怀中。

鲜血继续从眉心涌出，迅速染红了他白色的头发。

"小军……我很难过……我一生的努力……全都付之东流……再见……南明城……"

子弹钻入大脑的马潜龙，仍然睁大被血染红的双眼，异常艰难地说出这句话。

八十六年的生命，创造过无数奇迹的生命，却在最后一刻无比痛苦。

永远都难以挽回的遗憾。

他的眼睛依然睁大，但心脏已停止了跳动。

时隔六年之后，马潜龙第二次死亡了。

这一次，是真的。

马潜龙

1920—2006

"不！"

李小军再次狂吼起来，紧紧抱着怀中的老人，宛如错杀了自己的亲人。

站在旁边的逃亡者们，这才反应过来。叶萧愤怒地掏出手枪，小枝跪倒在地痛哭流涕，而她脚下的狼狗"天神"，再也按捺不住，冲了出去。

不到一秒钟，硕大的狼狗已扑到了李小军身上，凶猛地撕咬着他的胳膊和脖子。李小军应声发出惨叫，肌肉和骨头被利齿撕开，鲜血四溅在狼狗嘴上。

但李小军手中还握着枪，本能地射出一发子弹。

枪声，再度震撼罗刹之国。

子弹钻入了"天神"的心脏。

但它仍然死死地咬住李小军，将他拖在地上无法动弹。

"天神！"

随着小枝悲惨的叫喊，童建国拔出腋下的手枪，沉默地扣下了扳机。

这发子弹送给他曾经最好的兄弟。

李小军的额头多了一个血洞。

他死了。

02:50

凌晨，死亡的凌晨。

罗刹之国。

马潜龙和李小军都死了。

时间凝固了数公里，空间也定格了几分钟。

一直隐藏在天机幕后的两个人，在分别亮相之后不久，几乎同时离开了世界。

但是，耀眼的灯光照射着三具尸体。

在死去的马潜龙与李小军身边，还躺着被打死的狼狗"天神"，嘴至死都紧咬着李小军的肩膀。

童建国静静地站在原地，左臂吊着绷带，右手握着手枪，枪口依然对准了李小军。

什么都不需要说了，这发子弹是送给他的最好礼物，结束了他这一辈子所有的苦难。

小枝第一个扑了上去，抓着死去的"天神"大哭起来，猫咪"小白"也徘徊在"天神"身边，不断发出悲惨的叫声。这条忠诚的义犬，不惜牺牲自己的生命，换来了主人和大家的安全。

叶萧也为"天神"的死而感动，深深地吸了口气，走近一动不动的童建国说："够了，一切都够了。"

"这就是我们的末日审判？"

顶顶冷冷地看着死去的李小军。

"这是他自己的末日。"童建国终于说话了，将枪塞回到腋下，"自己给自己审判，并由我来执行。"

说完他的眼眶有些湿润。那么坚强的汉子却脆弱起来，为亲手打死曾经最好的兄弟？还是为这些天来的精神折磨？抑或是为自己的悲哀？

十五岁的秋秋几乎瘫软了，是马潜龙拯救了她的生命，转眼间他自己就离开了世界。

还是孙子楚看得最开："好啦，别在这围观死人啦，我们快点逃出去吧。"

话音未落，一个长长的影子侵入灯光下的舞台。

叶萧惊得转头看去，却看到了一个陌生人。

一个僧人。

一个年轻的僧人。

一个年轻而英俊的僧人。

他长着典型的泰国男子的脸，大大的眼睛高挺的鼻梁，黝黑的脸庞异常削瘦，整个人看起来营养不良。僧人的头发剃得很亮，却穿着一身破烂的僧袍，手里捧着一个缺口的破钵，灯光下闪烁着兴奋的目光。

这身打扮就像八百年前的僧人，又是从后面的古老建筑里冒出来的，难道来自八百年前罗刹之国的幽灵？

他是一个森林云游僧。

终于，他筋疲力尽地跪倒在地，精神却异常地激动，无比虔诚地默念经文，深情亲吻脚下古老的佛像。

你还记得这个人吗？

如果你已经忘记了，请翻开《天机》的第一季看看。

正准备离开这里的人们，都被这个突如其来的僧人惊呆了，大家面面相觑不知道说什么，伊莲娜还害怕地躲到了叶萧身后。

只有童建国小心地走上去，用泰国话问道："你从哪里来？"

年轻的僧人抬起头来，似乎毫不介意他们的存在，也不介意旁边躺着的三具尸体，用泰国话轻声地回答："未来。"

随后，森林僧嘴里念出一个奇怪的音："apara^nta。"

此话大家都没有听懂，童建国也觉得这不像是泰国话，只有孙子楚睁大了眼睛，大声道："未来！这句话是梵语，意思就是'未来'！"

"未来？"

童建国改用汉语念了出来，刚才僧人分别用泰国话和梵语说出了"未来"，难道他真的来自未来？从二十二世纪穿越时空而来？

他低头沉思了片刻，才想起了玉灵对他的交代——未来！

"我明白了！"童建国突然大喝一声，因为一下子过于激动，吊着绷带的左臂一阵剧痛，只能咬着牙关说，"快点跟我来！"

他抛下眼前跪倒不起的僧人，一个人走向大罗刹寺金字塔的后部，叶萧将信将疑地跟着他，其他人也只能跟在后面。

只有小枝落在最后，她仍然抱着狼狗"天神"的尸体哭泣。

叶萧赶紧跑回去把她硬拽起来："快点走吧！"

悲伤的小枝被他拖走了，神秘的白猫却留在原地，继续陪伴死去的"天神"。

当逃亡者们全部离开之后，灯光照耀的台基上，只剩下两具人的尸体，一具狗的尸体，一个激动的森林云游僧，还有一只美丽的猫。

再见，李小军。

再见，马潜龙。

月黑风高。

队伍已经倒了过来，童建国强忍胳膊的疼痛，举着手电走在最前面，其余人依次跟着他，而叶萧和小枝留在最后压阵。

灯光很快就被抛在身后，他们又陷入了无边的黑暗，只能依靠手电辨别方向。走到大罗刹寺的西北角，电光里照出一座塔门——几天前他们中的好几个人走入过这扇门，由甬道直入金字塔的深处。

"这里就是逃生的路？"

林君如充满疑惑地问了一句，童建国点点头说："听我的没错，就在里面。"

"不！我不要进去，我害怕！"

秋秋摇摇头要往回跑，却被伊莲娜一把拦了下来。

"我有一种感觉，我们可以进去试试。"

顶顶抢先进入了塔内，这是她第三次踏入其中。

童建国赶紧在她身边走进去，而叶萧也在后面驱赶："快点进去吧！我们没时间了。"

于是，八个人全部走进塔门，被古老的大罗刹寺吞没。

又是深深的甬道，他们打着手电往前走去，彼此都不再说话了。若这条路还是错误的，那么他们将永远被困死在此。

一直往上走了几百步，那扇大石门再度出现，下面摆着"嚴禁入内"的牌子。现在叶萧已经知道了，这块牌子是大约一年以前，南明城的考古队所竖立，而考古队长正是小枝的父亲。

小枝看到爸爸留下的遗迹，不禁心头一阵颤栗，悲伤地跟着大家继续往前走。

手电很快照亮了一个大厅，眼前就是致命的三扇门。

本书第二季曾在此洒下浓墨，因为这三扇门是那么关键，以至于第四季的大结局依然如此！

众人再度痴痴地看着三扇门——

左边石门雕着一个老人，穿着古希腊服饰，门上的古梵文读音"pu^rva^nta"，意为"过去"。

中间石门雕着一个美女，脚下有一双高跟鞋，门上的古梵文读音"madhya^nta"，意为"现在"。

右边石门雕着一个胎儿，像在母腹中即将诞生，门上的古梵文读音为"apara^nta"，意为"未来"。

左门的古希腊老人是"过去"，中门的时髦女郎是"现在"，右门的腹中胎儿是"未来"。

在中间的"现在"之门里，埋藏着一具棺材，还有致命的密室。

一年前"大空城之夜"灾难的源头，就藏在"现在"门后密室的石匣中。

在左面的"过去"之门后，通往大金字塔的顶端，那里有揭示罗刹之国毁灭秘密的壁画。

那么剩下的只有右面的"未来"之门了。

谁都没有进入过这扇石门，大家的目光都集中在门上，那蜷缩着的胎儿浮雕，惟妙惟肖地表现了人生的未来。

"你是要我们走进这扇'未来'？"

看得懂梵文的孙子楚回头质问童建国。

"是，我之所以说知道怎么逃出去的路，全是玉灵悄悄告诉我的！"

现在，可以揭开这个谜了。

在玉灵随身携带的小簿子里，记载了云游僧大师一生的追求，其中最传奇的经历就是发现罗刹之国的过程——大师是从一条地道走入罗刹之国，经过大金字塔内部出来的，那么必然有一条地道通往外界，否则如何能进来呢？

刚才，戏剧性地出现了那个年轻的云游僧——想必是沿着师傅走过的路线，独自进入了罗刹之国圣地。

而当童建国问他从哪里来时？年轻的僧人却分别用泰国话和梵语念出"未来"。

没错，就是"未来"——眼前的这道石门，代表"未来"的石门。

未来之门！

年轻的僧人一定是通过这道石门，才走进罗刹之国的！

"未来"代表了逃生之路，代表了我们新的生命，代表了初生的胎儿，代表了人类的明天。

就是这条路。

童建国在为大家解释了一遍之后，还是有人将信将疑，这实在太不可思议了。

"我们谁都没有走过这条路，也许是死路，但也许是活路，必须要试一下！"

叶萧的话让他们安静了下来，彼此点头准备前进。

"走吧！我们去'未来'！"

还是吊着绷带的童建国，第一个推开右边的石门，跨入胎儿浮雕之下。

接着是孙子楚和林君如，然后伊莲娜扶着秋秋，顶顶也小心地走入门内，回头看了看押后的叶萧和小枝。

叶萧点点头刚要走进去时，身后却响起小枝的声音："等一等！"

走进"未来"石门的人们都停了下来，叶萧也回过头来睁大眼睛。

"你还记得吗？"小枝停顿了一下，淡淡地说，"你答应过我，要无条件地帮我完成三件事。"

刹那间，叶萧的心里揪了起来，但只能故作镇定地点头道："是的，我既然发过誓，便一定说到做到。"

"你已经为我完成了两件事，我非常感谢你。"

第一件事，是让叶萧吻她一下。

第二件事，是让叶萧放走刚刚抓住的黑衣人×。

第三件事？

所有人的目光都盯着小枝，她却旁若无人地走上一步，对着叶萧的耳朵说："现在，你要为我做第三件事。"

叶萧的嘴唇在颤抖："什么？"

"留下来。"

"什么？"

"我要你陪我留下来。"

小枝淡淡地说出了她的第三个要求，也是最最致命的要求。

过去、未来、现在，三扇门前，所有人都感到不可理喻！项项摇着头说："你疯了吗？要他和你留下来？你不想出去吗？"

"不，我不愿意走，不愿意离开这里。"小枝反而往后退了一步，仿佛回到那荼蘼花开的小院，忧伤地摇着头说，"我不属于外面的世界，我只属于南明城，我必须要留下来。"

"疯了！真是疯了！"

在大家都纷纷摇头的时候，叶萧却紧盯着小枝的眼睛说："你是说真的吗？"

"当然！"

小枝冷静地回答，她的目光里闪烁着什么，那是无比坚定的念头，谁都不能阻止她。

"好！就算你一个人要留下来，但凭什么让叶萧也陪你留下？"

这时，孙子楚从门里走回来，他的精神好了许多，却完全无法理解小枝。

"请让叶萧自己做出决定，我相信他的誓言。"

"切！"孙子楚轻蔑地瞪了她一眼，拉住叶萧的胳膊说，"别和这个女人啰嗦了，我们赶快走吧，就让她一个人留下来。"

"等一等！"

叶萧低沉地吼道，把胳膊从孙子楚手中甩开。

他反而往小枝跟前走了一步，盯着她的眼睛说："你——想清楚了吗？真的要留下来吗？"

"是，从我重返南明城的那一天起，我就没有打算再离开过！这也是我答应李小军的原因。"

"你不会反悔吗？"

"绝不！"她冷冷地回答，宛如生命最后的留言，"叶萧，我希望你留下来。"

"为什么？"

"没有原因，我只希望你留下。"小枝停顿了许久，表情再也不像二十岁的女孩，仿佛一下子老了十岁似的，轻轻地吐出两个字，"陪我。"

叶萧的心，已沉到了水底。

他低下头，思考了一分钟。

"我答应你——留下。"

这句回答让所有人都惊呆了，甚至包括小枝。

平静了几秒钟后，孙子楚大喊道："叶萧，你也疯了吗？"

"你别冲我大叫。"叶萧缓缓回过头来，"只要我承诺过的事，无论如何一定会做到。"

"这算什么承诺啊？要你去死你也去吗？你是不是已经被这个女人迷住了？"

"你想得太复杂了，这是很简单的事情，我发誓答应她三件事情，男人说出的话不能更改。"

孙子楚几乎要气昏过去了，"你他妈的以为是《倚天屠龙记》啊！"

"闭嘴吧，你们快点走，不要再等我！"

叶萧执意地将孙子楚推走了，而顶顶走过来说："叶萧，你真的决定了吗？"

"是的，我必须履行我的诺言。"

他的决定让所有人都感到难以置信，童建国回到他面前长叹道："你啊，真是个男人！"

"这就是命运吧！"叶萧苦笑了一声，"童建国，虽然你曾经追杀过我，但我也很佩服你。现在你手里有枪,保护大家的责任,就托付给你了!拜托!"

"放心吧!"

看着这个年纪可以做自己儿子的年轻人,童建国只感觉到很可惜。他重新走进石门,招呼大家跟他一起走,只有孙子楚还喋喋不休,"叶萧,你脑子糊涂了吗?"

"够了,快点走!"

童建国将孙子楚硬生生地拖进了石门。

谁都无法理解小枝,更无法理解叶萧,大家只能遗憾地向他们道别。

最后一个走进大门的是顶顶,她回头望着叶萧,得到的却是绝决的目光。

"再见——不,不会再见了。"

当他们全部走进石门之后,叶萧缓缓地将石门永远关上,将自己留在天机的世界里。

三扇石门之前,只剩下了叶萧和小枝两个人,他们互相看着对方却不说话。

小枝看着他的眼睛,却关掉了自己的手电。

石室中仅剩叶萧的一支手电,但他也马上把手电关了。

世界再度陷入黑暗。

彻底的黑暗。

"为什么?你为什么要这么做?"

叶萧背靠在石门上,无奈地叹息着,也许自己的命运如此。

"我不想走,我也不想你走。"

"你知道吗?"既然已是满目漆黑,他也闭上了眼睛,**"我根本不爱你,虽然我也不恨你。"**

"那你为什么要留下来?"

"诺言。"

这短暂的两个字,让小枝停顿了许久才说:"你把诺言看得比生命更重要?"

"是。"

"所以——"她颤抖着说出三个字,"我爱你。"

"对不起,你的爱,与我无关。"

"你有没有想过未来?"

"未来不属于我，因为我的爱，遗失在了过去。"

未来之门。

童建国、孙子楚、林君如、伊莲娜、秋秋、顶顶。

六个人依次走过甬道，六道电光笔直地照向前方，谁都没有走过这里，只感觉幽深得似乎通向地狱。

顶顶仍在想着身后，怀疑叶萧是否会突然追上来？但他们往前走了好一会儿，后面却丝毫没有动静，完全的死寂包围了六个男女，还有不知未来是什么的忐忑不安的心。

脚下的台阶渐渐往下，手电扫过石壁上的浮雕，无数张面孔看着他们，大家的第一感觉是毛骨悚然，但很快就惊叹着停下脚步。

所有的手电对准墙壁，像突然开灯的美术馆，照出珍藏千年的精美艺术——长达数十米的浮雕群，栩栩如生地刻着许多人物和建筑，在电光中显出明暗的凹凸，如一幅历史的画卷。

不，那不是历史，而是未来。

孙子楚的眼球几乎迸出了眼眶，颤抖着靠近这辉煌灿烂的浮雕，凑得几乎只剩下几厘米，却不敢伸手触摸这伟大的杰作。

这不是八百年前的未来，当年的未来是现在。这是八百年后的未来，是今天的未来，是我们从今往后的十年、二十年、三十年、五十年、一百年、五百年、一千年……

在未来之门里的甬道中，六双眼睛都被震撼了，他们不敢靠近也不敢后退，看着这面记录了人类未来的石壁，这组令人触目惊心的浮雕，仿佛在看一部明天公映的电影预告片，似乎在阅读一本明年上市的新书梗概，宛如在试听一盘十年后才会流行的歌曲样带……

二十一世纪？

还有往后的二十二世纪……直到公元后的第四个千年！

未来究竟是什么样子？

未来会发生怎样的变化？

人类的命运将会如何？

虽然，古老的石壁上已给出了答案，但这一切都是天机——不可泄露！

这才是天机。

当大家都站在人类的未来面前，拼命地想要找到自己的位置，找到一把钥匙或是一串密码，并不愿离去的时候，身后的甬道传来一阵巨大的轰鸣声。

接着便是震耳欲聋的颤抖，一股热气从未来之门汹涌而来，化为强劲的爆炸冲击波！

"趴下！"

吊着绷带的童建国拖着孙子楚趴倒在地，其余人也都赶紧蜷缩在地上，热浪擦着大家的头顶掠过，

头顶的石壁和身下的石板全都在剧烈地颤抖，让每个人的心都几乎碎裂。童建国想起南明大球场里埋藏的数吨炸药，这是沉睡之城的大爆炸吗？

"快跑！"

等到第一次冲击波过去之后，他们站起来匆匆往前跑去。童建国还在维持秩序，避免互相拥挤反而跑不快。

他们迅速穿过狭窄的甬道，把猛烈晃动的石壁，还有人类的未来抛在身后。

虽然，还不断有气流冲过来，但六个人都没有受伤，他们沿着不断向下的甬道，渐渐远离罗刹之国。

再穿过一道石门，已经不再有人工开凿的痕迹。大家用手电向四周乱照，竟变成了天然的地下环境，到处都挂着钟乳石，电光之下五颜六色，这是西南常见的溶洞奇观。

"一定会有出口！"

童建国忍着胳膊的伤痛，兴奋地大喊一声。

大部分溶洞都像迷宫般复杂，但这个溶洞没有其他岔路，出了石门就只有一个方向，大家沿着这条道直行就是了。

又走了没多久，就听到了潺潺的流水声。把手电往脚下一照，原来是一条地下暗河，在溶洞中湍急地流淌，这是明显的喀斯特地貌。

有水就必定会流出去，这个显而易见的道理，让所有人都感到了希望。他们顺着流水的方向，小心地沿河往下游走去，一路看到鬼斧神工的钟乳石，甚至暗河里还有奇特的小鱼。

生命！

鱼就是生命，这里不是坟墓，而是通往生命的地道，宛若母腹之中二次分娩。

顶顶突然感悟道："我明白了！这里就是八百年前，罗刹国王逃亡的秘密通道。"

在流水的伴奏之下，这一行人越走越快，仿佛感到重生的召唤。没有人再去看时间，因为在这里时间失去了意义。

但溶洞看起来无比漫长，谁都不知道还要走多久？而他们已经走了大半夜，都没有睡眠和休息，感到又累又饿，体力几乎已经耗尽了。

就当又有人感到绝望之时，前方亮出一线幽暗的光。

这光线就如黑暗屋子里的唯一烛光，即便最疲惫的人也来了力气。

人们快步跑上去看才发现是个缺口，暗河就从这里流了出去，甚至能够闻到森林的气息！

自由！

他们涉水从缺口爬出去，终于离开黑暗的溶洞，四周仍然覆盖着森林，但有几缕阳光穿透树叶，洒落到他们的头顶。

这是第二天的清晨！

第一个走出来的童建国，痛苦地跪倒在地，仰望天空享受着阳光。

其余人依次走出洞口，全都兴奋得说不出话来。最后一个出来的是顶顶，看到清晨森林的阳光，却回头看了一眼巨大的岩石，裂开一个几米宽的洞口，奔流出甘甜的泉水。

然而，本该感到兴奋的她，却又涌起一股暗暗的忧伤。

六个逃亡者也分辨不清方向，反正是笔直地往前走去，离通往罗刹之国的溶洞越远越好。

森林里充满着鸟鸣，呼吸到新鲜空气的人们，即便饥饿也可以忍耐。他们走了半个小时的山路，突然从树叶的缝隙间，看到一条盘山的公路。

路！

他们激动地跑出森林，冲到盘山公路的旁边。这里一边是大山，另一边则是悬崖，似乎就是天机故事发生的第一天，旅游团的大巴经过的那条路。

很快就有一辆大巴开过来了，他们冲到路上阻拦，司机立即停下车来。

这是一个由德国退休人员组成的旅游团，从兰那王陵出来返回清迈。这些德国老人大多是"天机"真人秀节目的观众，一眼就认出了童建国等人。

他们兴奋得像见到了大明星，纷纷拿出水和食物，拯救这六个筋疲力尽的幸存者。

退休的德国医生为童建国检查了左臂的伤势，孙子楚和林君如在大快朵颐，伊莲娜和秋秋抱在一起哭泣，顶顶则孤独地坐在旁边。

中午，大巴渐渐驶入清迈市区，天机旅行团的幸存者们，终于重返久违了的人间。

再见，沉睡之城。

再见，罗刹之国。

再见，空城之夜。

再见，末日审判。

再见，小方、屠男、成立、唐小甜、黄宛然、厉书、杨谋、钱莫争、亨利、司机、玉灵、×、马潜龙、李小军……共有十四个人化为了幽灵。

再见，小枝、叶萧，他们永远留在了南明城。

再见，童建国、孙子楚、林君如、伊莲娜、秋秋、顶顶。在付出许多条生命的代价之后，他们虽然走出了沉睡之城，却永远都不会走出天机的世界。

不知是谁在下车时说了一句——

"菩提本无树，明镜亦非台。本来无一物，何处惹尘埃。"

第四季

末日审判

一切，并没有结束。

在天机的故事发生将近一年之后，2007 年 8 月，《天机》第一季"沉睡之城"上市；2007 年 11 月，《天机》第二季"罗刹之国"上市；2008 年 3 月《天机》第三季"大空城之夜"上市；2008 年 5 月，《天机》第四季"末日审判"上市……这本是大结局，不会再有第五季了。

但在《天机》的最后一本出版之前，还有几个读者们关心的问题，需要我来交待——

比如远在美国的宇宙之龙卫星电视台，在最高领袖李小军死后，洛杉矶的管理层就陷于混乱。逃出绝境的六个幸存者的证词，揭穿了"龙卫视"的所有谎言，也使全球电视观众震惊与愤怒。美国的司法当局介入调查，部分高管遭到刑事指控，被迫面临牢狱之灾。"龙卫视"的股价一落千丈，迅速被清除出了证券市场。公司被迫答应赔偿所有的受害者，总计达数亿美元。在几个月的动荡之后，"龙卫视"宣告破产清盘。

林君如在短暂地回到台北的父母身边之后，很快飞越海峡来到上海，不久就与孙子楚订婚。婚礼定于2008年9月19日举行，这是两年前他们在天机旅行团出发时相遇的日子。

　　顶顶异常低调地回到北京，她的个人专辑在一年以后发行了。从此她再也没有尝试过催眠，也没有再向任何人说起过，她在天机世界里的传奇经历。

　　最可怜的是少女秋秋，成为了没有父母的孤儿，现在由她的舅舅一家来抚养，她的最大心愿就是找到父母的遗骸——包括钱莫争在内，将骨灰移回国内安葬。

　　伊莲娜很快回到美国，组织了对"龙卫视"的诉讼和索赔。但在不到两个月后，她发现自己怀孕了！这个意外的发现让她心情复杂，她知道孩子的父亲是厉书。在短暂的犹豫之后，她决心把这个孩子生下来，因为这个胚胎创造于沉睡之城，创造于天机的世界。2007年夏天，伊莲娜生下了一个儿子，那是个非常漂亮的混血儿，取名为弥塞亚·厉。

　　童建国却没有回去，他在曼谷逗留了十几天，为警方留下自己的证词之后，就神秘地消失在泰国了。有人说他是为了逃避法律调查——因为他开枪打伤亨利导致其死亡，亨利在法国的家属会起诉他；他还开枪打死了李小军，是否属于正当防卫也值得争议。总之，童建国彻底失踪了，再也没有了他的消息。人们怀疑他可能重返金三角，甚至重返沉睡之城。

　　接下来，是两个没有逃出沉睡之城的人。

　　欧阳小枝，就像她可疑的来历一样，她的下落至今仍是个谜。

　　最后，就是全世界的大众最关心的一个人——叶萧。

　　谁都不知道他的命运究竟如何，虽然"天机"电视真人秀已告结束，其始作俑者的"龙卫视"也已覆灭，但全世界已有无数人深受"天机"的影响，甚至依旧沉浸在"天机"的世界中。而他们最喜爱的人物就是叶萧，他的生死未卜吊住了所有人的心。只要一天没有叶萧的消息，那么"天机"节目就一天没有结束，全球大众就仍在期待着"天机"的结局。"叶萧全球后援团"还在营救他，他仍在世界各地拥有数以千万的粉丝，大家以各种方式怀念他，给他建立了几百个网站，美国的粉丝们还集资准备为他拍一部电影。

　　不过，有人说在去年的某个时候，在上海偶然地看到过叶萧，但他坚持说"你认错人了"，随后就消失在了人海中；有一个欧洲背包客透露，他经过东南亚某地时，遇到一个孤独的徒步旅行者，其长相酷似电视里的叶萧；更有一种流传很广的传闻，说叶萧已成为国际刑警组织的重要人物，隐姓埋名于世界的某一角落办案，所以不方便透露其行踪。

但我相信，叶萧依然在沉睡之城，无论是死了还是活着。

至于我们故事的舞台——沉睡之城，在本书出版之后，有许多人前往探寻。但截止目前，还没有一个人能发现它，也许它早已成为一片废墟，也许它还在群山的迷雾之中，也许它从未存在过……

现在，小说应该结束了。

最近的一次旅行中，我住在一座山顶的酒店里。此地的海拔有一千多米，环境也异常特殊，四周全是悬崖绝壁，只有一条小路可以通达酒店。

一天夜里，我独自走入酒店的花园。寒冷的空气将我包围，极目远眺，空旷的黑夜包围着层层叠叠的山峦，只能露出陡峭的轮廓。悄然走到花园边缘，扶着栏杆瞭眺，一米外竟已是万丈深渊，稍有不慎就会粉身碎骨。近处有瀑布的轰鸣声传来，整片山谷充满着水汽，水汽又化作难以看清的雾。我沿着酒店外围走了一圈，身边始终都是百尺悬崖，偶尔有山花在黑暗中绽开，让人感到难以解脱的寂寞。

当我抬头仰望群峰之间的星空时，却意外地发现身边多了一个人影，如同幽灵般从悬崖底下浮现。

"你是谁？"

我吃惊地后退一步，对方却从黑暗中走了出来，在朦胧的星光之下，露出一个陌生的脸庞。

但我还是看不清他的脸，只感觉他的年纪可以做我的父亲了。这个年近六旬的男子，倚靠着危险的栏杆，身后是绵延起伏的群峰。

"是你写的《天机》？"

他用低沉的嗓音问道，夜风将他的声音带到很远的地方。

"是。"

我感到有些寒冷，抓着衣领又退了一步。

"谢谢。"

"为什么？"

"因为你的小说是虚构的。"

对于他说出的这句废话，我只能苦笑一声："当然，虚构的才是小说。"

"《天机》是虚构的故事。"

我忽然感觉有些不对劲："是真是假，只有我才知道。"

"不，只有我知道。"他回头看了看黑暗中的山谷，"天机的世界远比你的小说更精彩。"

"因为真实永远比虚构更精彩？"

"是的，真实就是神。"

他说完这句莫名其妙的话，便转身向花园的深处走去，我跟在后面问道："喂！你知道叶萧在哪里吗？"

"不。"

我只听到这么一个音节，对方就消失在树丛之中了。等我冲过去寻觅时，夜色里再也没有了他的影子。

突然，一阵山间雾气涌了过来，茫茫黑暗中什么都看不清了，我只能摸索着回到房间。

那晚，我做了一个梦。

我梦到了叶萧。

在这个奇怪的梦里，只有一条长长的隧道，四周都是黑漆漆的一片，隧道尽头亮出一点幽暗的光。

叶萧，独自穿行在黑暗的隧道里。

他显得疲惫不堪，神情也很是茫然，只有标志性的锐利双眼，仍紧盯着唯一的光亮。

当他缓缓地靠近那线光时，忽然走来一个影子，到他面前才逐渐清晰，露出一张女子的脸庞。

那么陌生，又那么熟悉。

陌生是相隔了许多年。

熟悉是许多年来一直在梦中相见。

刹那间，他看清了这张脸，轻轻叫出她的名字："雪儿！"

她是他的雪儿。

叶萧紧紧地握住她的手，再也不会让她从自己的身边溜走了。而她的手也不是想象中那么冰冷，而是光滑、柔软和温热的。

他们彼此看着对方的眼睛，温暖的泪水一点一滴地分泌，又顺着脸颊滑落到身上。

此刻，叶萧轻轻地念出一句话——

死生契阔
与子成说
执子之手
与子偕老

《天机》全文终

后记

过　程

　　当我敲完最后一个字，《天机》——这部分为四季，总计八十余万字的超长篇小说，终于划上了一个完整的句号。

　　2005 年末，某个寒冷的夜晚，一个特殊的念头划过我的脑海：如果我们进入一座没有人的城市里，而这座城市又与我们生活的世界没有区别，街道、商店、住宅、家具、电器，所有的东西一应俱全，可就是没有一个人——将会发生什么？

　　这个最初的构想让我心头一颤：仿佛有个巨大的舞台呈现在我面前，当神秘的帷幕徐徐拉开，所有栩栩如生的人物粉墨登场，无数个悬念尚待作者去填补，我先想到了两个字——

天　机

　　不久我看到了美剧《LOST》，竟与我的构思有某些相似之处——当然不同之处更多。《LOST》发生在荒芜的自然环境，绵延几年都看不到结局，剧情陷入无止尽的拖沓之中，似乎编剧本人都不知道如何收尾？

　　这与我的创作习惯截然不同。我的每部长篇都会事先完成全部构思，在做好异常详尽的提纲之后，才会进入正式的写作。从2006 年初开始，我将《天机》的构思逐步完善，解答自己提出的许多问题，为每一个人物撰写生平简历及性格素描。

在这个漫长的过程中，我同时创作完成了《蝴蝶公墓》，并于 2007 年 1 月出版。

2006 年 9 月 19 日，传来泰国政变的消息，泰国前总理他信下台，促使我确定了天机故事的时间坐标：2006 年 9 月 24 日。

直到 2007 年 1 月，我开始创作《天机》第一季"沉睡之城"的正文，至 2007 年 4 月完成。接着马不停蹄地开始创作第二季"罗刹之国"，并于 2007 年 9 月完成。2008 年 1 月，我又完成了第三季"大空城之夜"，直至最近完成了这部大结局——第四季"末日审判"。

如果算上最初构思的刹那，那么《天机》的创作历时漫长的两年零四个月。即便以实际创作时间来计算，也超过了一年零四个月。毫无疑问，这是我迄今费时最长投入精力最大的一部作品。《天机》四季全部出版以后，排版总字数超过了八十万字，这也是中国悬疑小说前所未有的一个纪录。

人　物

《天机》中的所有人物，最重要的无疑是叶萧。在第四季的大结局时，我给他安排了一个特殊的命运，也许很多人都会感到非常遗憾，但我相信这个命运对他来说几乎是最佳的。

至于其他的几个重要人物：小枝、童建国、李小军、马潜龙……我已在第四季的正文里，借用小说人物及作者本人之口，对他们做了许多评论，在此毋须赘述。

我曾说过我写的所有小说同时也可以看作是爱情小说。

而分为四季的《天机》又非常特别，首先是悬疑小说，同时又是社会小说、寓言小说、预言小说、爱情小说……

叶萧一直忘不了多年前死去的初恋情人，他之所以参加旅行团，也与死去的雪儿有莫大关系。他不是完美的人，虽然看起来坚强，内心却是脆弱的。他心底最大的恐惧，不是死亡，也不是孤独，而是无法与相爱的人在一起，这也是我所认为的人生最大的恐惧。

第三季里有这样一段描写：

"也许是百万年前祖先们的本能，我们渴望拥抱异性的身体，耳鬓厮磨情意缱绻，倾听彼此的心跳，共同入梦度过漫长的黑夜。

渴望拥抱的原因，在于我们极端地害怕孤独，因为人的心灵生来就是孤独的。该死的孤独！是我们注定无法逃避的，像影子一样纠缠着每一个人，摧残着每一个人。

当我们越来越陷入感情，越来越彼此拥抱占有，孤独的恐惧就越是强烈。

所以，情到深处人孤独。"

因为天生孤独，所以我们渴望热烈绽开的红玫瑰；因为害怕孤独，我们又会期待温柔可人的白玫瑰。

而在每个男人心里，都有一朵白玫瑰，也有一朵红玫瑰。但会恐惧白玫瑰的冷漠，红玫瑰的热烈。很多时候会希望白玫瑰与红玫瑰是同一个人。而《天机》里的小枝，既是一朵白玫瑰，又是一朵红玫瑰，也是一朵让人不能抗拒的野玫瑰。

然而，叶萧需要的并不是玫瑰。

历　史

人类，从诞生的那一刻，便遵循着人性与自然以及社会的规律。

我们从茹毛饮血的原始人，进化到古中国与古地中海的文明，再经过罗马帝国的崩溃变为欧洲封建的中世纪，以及截然不同的庞大东方帝国的盛衰周期率，先后不同地迈入近代文明的巨大力量之中，在二十世纪遭受两次悲惨的人类互相大屠杀之后，成为我们当下所生活的这个现代后工业文明社会，并日益趋向于全球化，同时也已被大众传媒所操纵。

我说《天机》也是一部寓言小说，既是我们当下社会的寓言，也是我们以往数千年历史的寓言。第二季"罗刹之国"与其他三季相比更为特殊也相对独立，因为这一季的故事进入了南明城外的另一座古代遗址——罗刹之国，又解答了八百年前这座辉煌的城市如何毁灭。我用大量的笔墨去回溯罗刹之国的灭亡。又因为罗刹之国遗址里留下的罪恶，导致了八百年后城市毁灭景象的重现。

在创作《天机》第四季的过程中，我读完了丘吉尔著的五卷本《第一次世界大战回忆录》，这本厚厚的叙述人类历史上第一次集体大屠杀的著作，伴随我每晚临睡前短暂的阅读时间。作者对于亲身经历的战争的诗一般语言的描述，以及对于自己和他人深刻的批判，让我几次陷入长长的思考。

桑塔亚那说过：**"忘记过去意味着重蹈覆辙。"**

为什么数百年前的灾祸会以特别的方式重演？为什么我们一次又一次地忘记历史的教训？为什么在公元后二十一世纪还要重复公元前二十一世纪的悲剧？

我们的今天就是由过去累积而成，所有的现代史都是古代史的自然延伸，对于下一分钟而言，这一分钟就是历史。

站在公元后第三个千年的起点，人类需要深刻地反思与自省。

隐　喻

《天机》可以被当做一部通俗小说，也可以被当做一部充满隐喻的象征主义作品。

第一，天机的故事在七天之内发生完毕，而在《圣经》故事里，上帝用六天的时间创造了世界万物，又用最后一天休息，由此才有了我们每周七日的传承。

第二，马潜龙以摩西般的神秘色彩，带领一群流浪的中国人，逃离绝境建立南明城。一如摩西带领迷失和绝望的人们出埃及（毒品地），走过红海（群山和森林），来到应许的迦南地（南明），开创一个新的世界。然而，他所创造的"另一个世界"是如此短暂，原来梦想的人间乐土，儒家的大同世界，仅仅三十年便灰飞烟灭。

第三，南明城遭到天谴般的毁灭，又是所多玛城毁灭的另一个现代翻版。

第四，"南明方舟"计划正与"诺亚方舟"相同。

还有其他一些隐喻，恕我不复多说。

也一定会有许多连我自己都不知道的象征，会被读者们发掘出来。

我期待。

视　角

人以自我看世界。

神以世界看自我。

这便是两者区别，或者说是两种不同视角的区别。

天机——就是两种不同视角并存的世界。

正如不同颜色和样式的糖纸里，包裹着的糖都是一样的。

每个人不同的躯体和生命历程里，包裹着的心都是一样的。

心被自我躯体包裹着，只能从自我的角度看世界——自我存在便世界存在，自我不存在便世界不存在。每个人从四五岁起便会有自我意识，这是从动物进化到人的必由之路，自我意识创造了我们的文明，也创造了人类自身。无论人们创造何种社会又创造何种约束个人的法律与道德，但都无法改变每个人的自我意识，无法改变人从自我看世界的角度。中国人的精神大多由内而外，孔子说"推己及人"，从自我出发到家庭到国家再到世界。

《天机》中的主人公们原本的人生轨迹，无不是从自我看世界。然而，当他们进入天机的世界，进入几乎空无一人的城市时，他们便已超越了自我意识，以一个旁观者的角度来审视世界，同样也来审视处于特殊状态中的自我。

天机的故事，便是我们发现世界，同时发现自我的过程。

如果，我们的心能跳出自我的躯体，上升到天空乃至宇宙的高度，居高临下地俯瞰自己与身边的人们。从由内而外的思考，转变为由外而内的思考，或许能发现真正的自我。

我们如何改变本能的思维视角？是否有某种扎根于脑中的虔诚信念，可以战胜并超越原本的自我意识，并在长大成人之后，改变我们的生活方式与人生状态，这个问题需要留待未来回答。

布　道

有一点可能引起大家的疑惑，为何要借小说人物之口抒发个人观点？

因为，我就是想要布道。

这个"道"并不是某种具体的理论，也不是什么神秘的宏篇大论，只是我自己的一些点滴的想法。

诚然，优秀的小说会让作者隐藏在作品背后。

1932 年，海明威在《午后之死》中提出"冰山原则"，认为作者只应描写冰山露出海面的部分，而冰山有八分之七是隐藏在海面之下的。

但这并不等于作者的观点就不能出现在作品中，在《天机》的某些段落我就有意识地表达了一些观点。

其中，最明显也最长的，莫过于第三季中关于南泉斩猫的对话，在此节录几段——

"美的根源在于观察者的内心，由此而来的痛苦也来自内心，就算消灭了美的对象，但能消灭美在你心中的根源吗？……亘古以来，就有一个梦想美，发现美，追求美，热爱美，乃至于痴狂于美，痛苦于美，最终毁灭美的方程式。许多自然或人类创造的美，都因为这个方程而被毁灭……解决的办法既不是毁灭美，也不是放弃美，而是宽容美！我们所要承受的恰恰是我们自己……美，永远存在于我们的内心，饶恕它吧，也就是饶恕了我们人类自己！"

此外，还有关于叶萧的感情烦恼，昙花的绽开与凋落，李小军的疯狂观念——事实上我是举出了一种我所厌恶和反对的观点，通过李小军的嘴巴说出来，这也符合这个人物的个性及其所作所为。

其实被点出来的，仅仅是作品中所隐含的极小一部分。还有更多的观念被我隐藏在了文字里，如果你认真阅读并仔细思考的话，一定会有自己的想法。

未　来

《天机》的第二季，在罗刹之国的黑暗世界里，出现了三扇门，分别代表"现在""过去""未来"。

但直到全书最后的大结局，我才点出"未来"之门的至关重要性。

未来就是悬疑。

世界无穷，我们永远不可能完全了解，总有还未探索到的领域，甚至就在我们身边。人类为了发掘未知，才得以不断进步。无穷的世界与有穷的生命，是我们永难逃脱的牢笼。

悬疑——就是我们每个人都难以逃脱的命运。

孔子曰"敬鬼神而远之"，但孔子承认命运："子在川上曰，逝者如斯夫。"命运是川流不息的，命运也是我们的悬疑。小说中的悬疑与生活中的悬疑，都是一回事。

悬疑，是亿万年前一个微小物质的不经意间的爆炸。

悬疑，是十多万年前夏娃跳下大树的那个傍晚。

悬疑，是 1815 年滑铁卢惠灵顿公爵方阵前的那道深沟。

悬疑，是 1914 年萨拉热窝街头射向费迪南大公的那发子弹。

悬疑，是 2007 年上海深夜的某一滴眼泪。

作为平凡的个体，我们无从改变世界的命运，但我们可以把握自己的命运。

作为千千万万的个体，当我们在一起同呼吸共命运时，世界也可以为我们所改变。

2008 年 3 月 29 日在上海书城签售时，有一位男性读者特地让我为他写上一句"绝望之后是希望"。

比生命更重要的是尊严。

比尊严更重要的是希望。

虽然，我看到许多人的绝望，许多人的悲观。但绝望相对于希望，在人类的希望面前，绝望更是一种虚妄的东西。

能够毁灭或者创造未来的都是我们自己。

每个人都梦想幸福。

那么请去创造幸福。

就在未来。

番 外

本书最后加入了一个番外篇《迷城》。

这个短篇小说创作于 2001 年，虽然背景放在中国的古代，主人公的名字却也叫叶萧，而发生的那座城市也叫南明城。

与《天机》故事的环境一样，《迷城》从头到尾都发生在南明城中，城市被南国的大雪围困，来自外乡的主人公叶萧，是个孤独的剑客少年，前来南明寻找一个叫王七的人，只为和他比剑并将他打败。

当年我创作《迷城》的时候，从未想过将来会有《天机》。而当《天机》写到一半的时候，我却突然想到了《迷城》——竟是如此之像，同样的主人公，同样的城市，同样的悬疑，同样的荒诞。

冥冥中的注定，《迷城》或许是多年后《天机》的一次试验，首次塑造了一个大雪围困中的南明城，它必将变成《天机》中那个史诗般的沉睡之城。

个 人

在写《天机》之前，我已出版了十二部长篇小说，两部中短篇小说集。

《天机》里出现了我以往小说中的一些元素，虽然我一直尽量避免重复自己，但在《天机》里是故意这样做的。这是我创作悬疑小说至今的一个阶段性总结，我希望看到许多美丽的影子，将如何被巧妙地串联在故事中，最终变成一个辉煌的世界。

因为我常说一句话——**小说家的最大乐趣在于创造一个世界**。

在创作《天机》的一年多的过程里，我的文学生涯与个人生活，也发生了许多变化。这一年多既是对我的磨难，也是对我的磨炼，有过欢乐也有过痛苦，甚至有悄悄落泪的时候。我感觉自己变得成熟了许多，更经历了个人命运的转折，比如感情——无论我小说里写得如何，我自己的爱情观却是传统的，我相信爱情是美好的，甚至是人生唯一的美好！因为爱的时候可以忘记一切，爱的时候可以感性地投入，有心灵与身体的化学反应，而我的生活已被彻底改变。

此生有涯爱无涯。

我希望爱能庇护每一个人，只要没有生离，即便是死别，也没什么遗憾。

致——我爱的人。

忠 告

《天机》故事的各个谜底，请你务必保密。

不要告诉其他尚未读过本书的人！

蔡骏

2008 年 4 月 6 日于上海

后记

番外篇

蔡骏

迷城……

引 子

已经是后半夜了，叶萧缓缓地走在那条似乎无穷无尽的官道上，大路上覆盖着一层白雪，身后留下两行清晰的足迹。当他以为自己永远都无法到达终点时，忽然，那座城市出现在了视野尽头。

他站在山冈上眺望那座城市，只见一片白茫茫的雪原在冷月下泛着银光，他惊诧于这南国的冬天竟会有这样的雪野。越过那道在雪原中蜿蜒起伏的官道，便是南明城了。

隔着黑夜中的雪地远远望去，那座城市就像坐落于白色海洋中的岛屿。这个雪野中的怪物有着无数黑色的棱角，突兀在那片雪白的平地中，叶萧的眼睛忽然有些恍惚，不知是因为这大雪，还是远方那虚幻的庞然大物。他一动不动地站在冈上看了很久，一切又显得有些不真实了。他并没有意识到，在令他印象深刻的第一眼之后，他永远都难以再看清这座南方雪野中的城市了。

叶萧知道那就是他要去的地方，他摸了摸背后藏着的剑鞘，快步走下了山冈。

一

二更天了，丁六听到城墙下更夫的梆子声在南明城的死寂中敲响，他清醒了一些，抬起头看着那轮清冷的月亮，那被厚厚的眼袋烘托着的细长眼睛忽然有了些精神。他挪动着臃肿的身体，继续在月满楼前的小街上走着。

丁六的步子越来越沉，雪地里留下深深的脚印。他嘟嘟囔囔地咒骂着这寒冷的天气，浑浊的气体从口中喷出，又被寒风卷得无影无踪。酒精使他脸色通红，他后悔没喊轿夫随行，但每次坐上轿子，轿夫们就会暗暗地诅咒他，因为他的体重使所有的轿夫都力不从心。他又想起了刚才月满楼里，那些女人们身上留下的胭脂香味，这味道总在他的鼻子附近徘徊，就连风雪也无法驱走。

拐过一个街角就要到家了，习惯于深夜回家的他会举起蒲扇般的手掌，拍打着房门，年迈的老仆人会给他开门，乡下来的十五岁婢女会给他脱衣服，端洗脚水。最后，他会走进屋里给躺在被窝里瘦弱的夫人一个耳光，斥责她为什么不出来迎接。

再走二十步就到家门口了。

忽然，他停了下来。

他停下来不是因为他改变了主意，而是因为他忽然听到了什么声音，这声音使他的心脏在厚厚的胸腔里猛然一跳。丁六忽然有些犹豫，要不要回过头看一看，不，也许只不过是寒冬里被冻坏了的老鼠在打洞，或者是——终于，他把自己那颗硕大肥重的头颅回了过来。

二

太阳升起在雪地里，南明城的每一栋房子都覆盖着白雪，房檐下水珠正缓缓地滴下。

南明城捕快房总捕头铁案抬着头，天上的太阳与周围的一切融合在了一起，光芒如剑一般直刺他的眼睛。铁案缓缓地吁出一口气，看着从自己口中喷出的热气升起又消逝，忽然觉得有些无奈。他又低下了头，看着地上的尸体。

雪地上的死者仰面朝天，肥大的身躯就像一张大烧饼摊在地上，显得有些滑稽。铁案轻蔑地说："死得真像头猪。"

铁案认识这个死者，甚至对他了如指掌。死者叫丁六，经营猪肉买卖十余载，在全城开有七家肉铺，生意兴隆，家境殷实。说实话，铁案很厌恶他，当年丁六是靠贩卖注水猪肉发家的，至今仍在从事这种勾当，只因贿赂了地方官，才能逍遥法外，要不然铁案早就用链条把他锁起来了。

虽然铁案对丁六充满厌恶，但他还是伏下身子，仔细查看着丁六咽喉上的伤口。是剑伤，伤口长两寸一分，深一寸二分，完全切断了气管，但没有丝毫触及动脉。显然凶手是故意这么做的，丁六仅仅是被割断了气管，不可能一下子就死，他是在无法呼吸的痛苦中渐渐死去的。

忽然，铁案脑海中出现了这样一幅画面：在黑夜的雪地上，寂静无人，只有丁六臃肿的身体倒在地上，他的咽喉有一道口子，气管被割断，其中一小截裸露在风雪中。丁六也许还茫然不知，他倒在地上猛地吸着气，然而从口鼻吸进的空气，却又从喉咙口那被割断的气管漏了出去。他不明白此刻的呼吸只是一种徒劳，他那肥胖的身体迅速地与空气隔绝开来，然后他开始不停地抽搐。一开始丁六的脑子还是清醒的，他应该记住了杀死他的那个人的脸。最后由于断气，他的脑子里一片空白，直到在绝望中丧失所有的意识。铁案考虑到死者的体形，他推测这一痛苦过程大约持续了半柱香的时间。

铁案又回到了现实，许多人在雪地里围观，公差和衙役在维持秩序。丁六的老婆来了，这精瘦的女人尽管脸上残留着丁六赐给她的掌印，可依然不要命似的往丁六那与她形成鲜明对比的尸体上扑去。一个公差拉住了她，铁案的耳边响起了女人的尖声嚎叫，这刺耳的声音让铁案心烦意乱。他知道仵作马上就要来拉尸体了，接下来做的就是破案，缉拿凶犯，捉拿归案，官府审判，最后等待凶犯的将是秋后处决。这一切，对于办了二十多年案的铁案来说早已习以为常了。

他低着头拐过一个小街口，见到了那个叫阿青的小乞丐。他停下来怔怔地看着小乞丐。在阳光照不到的街角，阿青静静地坐在一堆废棉絮里，身上裹着一件破得像筛子似的棉袄。铁案说不清自己为什么停下来，小乞丐特别脏，看不出多大年纪，脏脏的小脸盘上有着一双特别明亮的眼睛，与被抹黑了的脸形成鲜明对比。铁案忽然想起了什么，但瞬间又忘记了，也许自己真的老了，他长叹一声便离开了。

阿青蜷缩在大棉袄里，静静地看着那高大的官差离去，然后拍拍身下的破棉絮说："快出来吧，官差走远了。"

叶萧终于把自己的头从那堆棉絮中探了出来，面无表情地看着阿青的脸。

三

寒夜里，一堆篝火悄悄地燃烧着，不断跳动的火光映红了这间破庙里一切，也映红了阿青脏脏的脸，她的脸终于有了些血色。她转过头看着身边的叶萧，轻轻地问——"你从哪里来？"

"我也不知道自己从哪里来。"叶萧淡淡地回答。

"不知道？你真奇怪，那你为什么来南明？"

"我来找一个人。"

"谁？"

"王七。"

"王七？"阿青觉得这个名字好像有些熟悉，但又实在记不起来了，也许是因为这个名字太普通了，随便哪条小巷里都能找出一个王七来。她又问叶萧，"你找的那个王七是什么人？"

他摇了摇头说："我不知道。"

"那你找王七干什么？"

"与他比剑，而且，我要打败他。"

"可你甚至还不知道他是谁？"阿青有些莫名其妙。

"你觉得这重要吗？"篝火照耀下的叶萧的脸忽然冷峻了起来。

阿青看着他的脸，不知道该说些什么，眼前的少年看起来还不到二十岁。她是在昨夜三更天时看到叶萧的，那时她正睡在这间破庙里，从外面传来的声音使她惊醒，她跑出来看到了这少年，他穿着破旧的衣服，独自行走在寂静无人的街道上。阿青看他冻得发抖，就把他带回破庙，让他睡在神像前的供案上。

阿青忽然问："今天早上，那个公差走过的时候，你为什么立刻就躲到棉絮堆里去了呢？"

"因为昨夜我是翻越城墙进来的，我不想被官府抓住。"

"怪不得。你的本事真大，能翻城墙？"

叶萧不回答，只是微微点了点头。

狭小的破庙里又陷入了沉寂，篝火继续燃烧着，寒风从破庙的缝隙里刮进来，吹坏了角落里的许多蛛网。

两个人沉默了一会儿之后，叶萧终于说话了——"阿青，你说话怎么像个女孩子？"

"你说什么？"

"我说，你说话的声音像个女孩子。"

叶萧以为她是个男孩子。其实，几乎所有认识阿青的人都这么认为，她总是披散着一头发出臭味的头发，裹着一件破烂不堪的棉袄，每天都是脏兮兮的样子，没人会把她与小姑娘联系在一起。阿青也愿意别人把她当成男孩，一个住在破庙里的以乞讨为生的穷小子。

"嘻嘻。"

阿青像所有的男孩那样对叶萧傻笑了一下，然后就倒在乱草堆里睡觉了。

叶萧依旧坐在篝火前，独自面对着越来越微弱的火苗。

四

朱由林看到自己走在一片密林中，密林不见天日，只有乌鸦的叫声响起，在树木与枝叶间回旋着。他握着佩剑继续向前走着，乌鸦纷纷向他飞来，他的帽子被叼走了，锦袍被啄破了，甚至玉带也被抢去了。最后，身上所有的衣服都没有了，只剩下手上一把剑。

这时密林中出现了一个人影，那个人的脸逆着光，一言不发地走近了朱由林，当朱由林即将看清他的脸时，那人忽然扬了扬手，一道寒光从他手中出现。朱由林刚要拔剑，就感到自己的喉咙口有一阵彻骨的凉意，一阵风正从咽喉灌进他的身体，他有一股脖子被别人掐住的感觉，然后就什么都看不到了……

当今大明天子的侄子世袭南明郡王朱由林终于醒了过来。他喘着粗气，坐在紫檀木的大床上，透过纱帐向外看去，寝宫里一片黑暗寂静，只在宫室的一角，刻漏还在继续滴着水。听到这每夜陪伴他的刻漏声，朱由林终于相信刚才只不过是做了一个梦。他担心天寒地冻，万一刻漏壶里的水结冰了的话，他就真的要陷入无边的恐惧中了。

朱由林离开了他的大床，披了件皮袍走到寝宫另一边，忽然闻到了一阵奇特的熏香，耳边似乎又响起了惠妃的笑声。他又想起了刚才那个梦，自从这场几十年不遇的大雪降临南明城起，他每晚都会做到这个梦。

朱由林走到了寝宫的窗前，缓缓地推开了窗，黑夜里什么都看不清，只有天上的冷月放射着清辉。

五

又下雪了。

南国细小的雪籽，轻轻地落在南明的街巷中。叶萧有些累了，他靠在一间店铺边，静静地看着前方的十字路口。身体靠在墙上，背囊里的剑硬邦邦的，几乎嵌入了后背。剑柄藏得非常隐蔽，即便从他身后经过都很难察觉得到，但如果需要，他能以最快的速度将剑从背后拔出，指向敌人的咽喉。

一些雪籽落在他脸上又渐渐融化。忽然，店铺的门开了，老板杨大走出店门，迎面看到了这个靠在墙边的少年。

杨大端详了叶萧一会儿，看出他不是本地人，杨大笑了笑说："小兄弟，下雪天的，进来坐坐。"

叶萧跟着杨大走进了店铺。店铺宽敞豪华，架子上摆放着各种药材，叶萧立刻闻到了一股久违的山野味道。

"小兄弟，把你背后的东西拿出来吧。"

叶萧一惊，他的手立刻探向背后，悄悄地抓住了剑柄，当他准备先发制人时，却听到杨大说："小兄弟，我看到你后面的草药了，是不是三仙草？"

原来是背囊里的三仙草露了出来。几天前叶萧路过一座大山时，曾采了几把这种名贵的草药。他放开了握着剑柄的手，将背囊里草的药拿了出来。

"小兄弟，我就知道你是来卖草药的，把这些三仙草卖给我如何？"

叶萧心想自己留着也没用，随口一说："好的，三十文钱怎么样？"

杨大没想到这少年开价居然如此低，显然不识货，在杨大的店铺里，这样的三仙草至少能卖五十两银子。杨大觉得今天很走运，却板着脸说："小兄弟，你开的三十文的价钱高了些，不过，算我们交个朋友，就三十文，我要了。"

杨大仔细数了数三十个铜板，串好了交给叶萧，叶萧没有点就塞进了怀里。

杨大问他："小兄弟，你不是本地人吧？"

叶萧点了点头。

"小兄弟来南明干什么呢？"

"我来找王七。"

"王七？这个名字很耳熟。"杨大想了想，又问："你找他干什么？"

"和他比剑。"

"不，你不可能和他比剑的。"

"为什么？"

"因为王七已经死了。"

六

清晨时分，雪终于停了。

铁案迈着缓慢而沉重的步子走进天香药铺，他掀开帘子，在柜台后面看到了杨大的尸体。

杨大坐在椅子上，上半身倒在桌子上，脸朝右，左耳贴着桌面，右侧有一个算盘，右手甚至还搭在一枚算珠上，头的前方摊着账本，毛笔落在桌子上。铁案仔细地看了看毛笔尖上的墨汁，已经完全干了。凶案应该发生于子时，铁案知道杨大一直都有半夜里算账的习惯，因为杨大的贪财是出了名的。他看着杨大的脸，那张脸什么表情都没有，眼睛还睁着，大而无光的眼睛就像翻白肚皮的鱼。杨大的伤口在咽喉，一道细细的口子，长两寸一分，深一寸二分，与两天前丁六身上的伤口一模一样。还是准确地切断了气管，刚好没有触及动脉，所以血流得很少。铁案明白两起凶案必然出自于同一人之手，而且凶手故意要使死者在临死前忍受无法呼吸的痛苦。想着想着，铁案心里忽然一沉。

铁案拉开了杨大身边的抽屉，里面放着银票和银元宝。他又看了看桌上的账本，账本里的金额与抽屉里的实际钱款相符，一文不少，显然凶手不是为劫财。不过，看完账本后，铁案对杨大更加鄙夷了，因为从账本上可以看出，杨大几乎每做一笔生意，都在短斤少两地欺诈他人的银子，甚至还能从账本上看出他贩卖假药。

最后，铁案从杨大的抽屉里发现了一把草药，他把这些草药放到眼前仔细地看了看，忽然想起几年前南明王府里一位王妃急病，正是铁案跑到杨大的店铺里买来了这种名贵的草药才救活了王妃的性命，铁案至今还记得这种草药的名字——三仙草。

七

破庙里，篝火依旧点着。

"你找到王七了吗？"

小乞丐阿青轻声问着叶萧。

叶萧摇摇头，"他们说王七已经死了。"

"也许他们说的王七，并不是你要找的那个王七。"

"我不知道。"

叶萧茫然地说，他转过头看着阿青，跳跃的火光使他的脸忽明忽暗。

"那你还会找下去吗？"

"是的。"

"如果王七真的已经死了呢？"

"不，王七不会死的，永远都不会。"

叶萧冷冷地说。

忽然，一阵冷风把庙门吹开了，篝火被吹灭了。狭小的破庙陷入了黑暗中，阿青早就习惯这种环境了，但她还是有些害怕。

"你在发抖？"叶萧问她。

"我在这破庙里住了十几年了，从来不会发抖。"

"不，你在发抖。"

叶萧忽然伸出手抓住了阿青的肩膀，阿青真的发抖了。黑暗中她听到了叶萧的声音——"现在没有火了，你一定很冷，来，靠在我身上，我们两个互相以身体取暖。"

阿青有些犹豫，她明白，叶萧并不知道她其实是女儿身，在叶萧眼里，阿青不过是个要饭的穷小子。阿青最后还是顺势靠在了叶萧身上，叶萧的双手抓住她的肩膀。她非常瘦，叶萧轻声地说："你的肩膀怎么那么单薄，薄得就像一只小猫的骨头，我怕我轻轻一捻，就会把你捻碎。"

"那你把我捻碎啊。"阿青吃吃地笑了笑说。

叶萧终于也笑了一声。他把阿青揽得更紧了，他的两只手像铁箍一样紧紧地箍住了阿青，两个人的身体贴在一起，体温互相传递着。

"阿青，你多大了？我看不出你的年纪。"

"大概是十六吧，也可能十七、十八，我自己也搞不清楚。"

"可你看上去好像没这么大。"

"那你呢？"

"我十九岁了，我不知道自己出生在哪里，我只知道我要找一个人。这个人在南明城，他的名字叫王七，我要与他比剑，打败他。"

"你找不到他就不离开南明？"

"是的，阿青，现在你还冷吗？"

"不冷了。"

"那你为什么还发抖？"叶萧在阿青的耳边说，他口中吹出的粗重的气息掠过阿青小小的耳垂。

阿青没有回答，她发抖不是因为寒冷，而是因为自己正躺在一个男人的怀中。她把双手挡在自己胸前，其实她的胸脯也没有什么特别的东西，不过是微不足道的两颗刚刚绽开的小小嫩芽。

还有，就是一块胸前的玉佩，这是她身上唯一看起来不像小乞丐的东西。

叶萧也在她胸口摸到了这块玉佩，"这是从哪里来的？"

"我也不知道，可能是从娘胎里带出来的。"

玉佩看起来很是精美，那么多年来没有被其他乞丐抢走，已经算是阿青天大的运气了。

他看到玉佩上雕刻着两个字，但他并没有把那两个字说出来。

沉默了片刻，阿青又把玉佩塞回到自己胸口，她觉得身体莫名其妙地热了起来，变得滚烫滚烫的，就像被什么烧着了一样，尽管寒风依旧从破庙的缝隙里钻进来。

"阿青，你身上怎么这么烫？"

"因为我现在暖和了。"

叶萧的身体同样也暖暖的，破庙外的寒风依旧肆虐，阿青一动不动地躺在叶萧怀里，其实她明白，不会有什么特别的事发生。终于，她慢慢地睡着了。

黑暗的破庙里，叶萧的眼睛依然明亮。

八

世袭南明王朱由林端坐在王府的中厅，他穿着一身裘袍，没有戴金冠，只是简单地束着头发。他静静地看着在台阶下站着的南明城总捕头铁案，铁案显得有些疲惫，仍然穿着那件破旧的公人衣裳站在雪地里。

朱由林屏退左右，命铁案上来。铁案的身体魁伟，唇上蓄着黑黑的胡子，鼻梁很高，配上那双深邃的眼睛，像一只深山里的鹰。也许是在雪地里站得太久了，他的脸红彤彤的，嘴巴里呼出沉重的热气，与王府细致的装饰显得不太协调。

"铁捕头，我听说最近城里发生了两起凶案。"

"禀王爷，确实如此。死者是经营猪肉生意的商人丁六和天香药铺的老板杨大。"

"丁六？我好像见过，是不是那个为富不仁，卖注水猪肉，并以打老婆著称的胖子？"朱由林露出了轻蔑的神色。

"正是，此人素来品行不端，是个标准的酒色之徒。王爷，还有杨大。

几年前惠妃急病，正是属下跑到杨大的店铺里买来了一种昂贵的草药三仙草才救活了她。不过杨大也是南明城中公认的贪财小人，据说还经常贩卖假药害死过不少人。"

朱由林点了点头，"查出结果了吗？"

"毫无头绪，两起凶案当属同一凶犯所为，作案动机尚不得而知。凶犯具有极为高超的剑术，可以准确地切断人的气管，却不伤及动脉。"

朱由林吃了一惊，他想起这些天常做的那个梦。他的眼睛里弥漫起一股特殊的东西，怔怔地看着铁案，这让铁案有些迷惑，十几年来他总猜不透这位藩王心里到底在想什么。

"铁案，我从来不把你当外人。也许你不信，但我有些担心，那个凶犯最后的目标就是我。"

铁案确实吃了一惊，他看着这个不可捉摸的藩王，不知怎样回答才好。

朱由林继续说："是的，我可以确信，他会来杀我的。"

王府的中厅一片死寂。

忽然，朱由林抬起手，用手指在自己脖子上轻轻划了一下。

九

漆黑的夜里，几只夜宿的野鸟被惊起了，看守城门的小卒黑子抬头向夜空仰望。忽然，他见到一道寒光掠过，一眨眼，发现自己的嘴唇已经吻着地面了，整个世界都在不断地颠倒着。黑子看到一丈开外的自己浑身是血，不停地舞动双手，而肩膀上则缺少了一样东西——自己的头颅。

段刀骑在他的口外黑马上，轻蔑地看着地上这颗还冒着热气的人头，然后他大喝一声向南明城最大的钱庄冲去。段刀已经三个月没下山了，他的大黑马已变得懒惰，他的长刀已快生锈。黄昏时分，断了一天粮的段刀终于打定主意，他要去南明城里的钱庄"借"点银子，还要让几颗可怜的人头祭祭他好久没有舔血的长刀，顺便还带走某个能令他满意的女人。

大黑马的马蹄践踏着南明城最宽阔的街道，沉重而急促的马蹄声在寂静的黑夜里传得很远。泥雪随马蹄踏过而飞溅，落在街边小店的门板上。这一晚，整个南明城都能听到这恐怖的声音。从大黑马经过的临街窗户里，传出孩子们的哭声，但没人敢点灯，所有的窗户都和这茫茫无边的黑夜一样。在被窝里颤抖的人们又开始想起段刀和他的马蹄声带给南明城的恐怖回忆。

每隔三个月，居住在大山深处神出鬼没的南七省头号强盗——段刀就会骑着他的口外黑马，佩着那把夺去无数英雄和小人性命的长刀闯入南明城。谁都无法阻挡他，就连总捕头铁案也不是他的对手，最富有的钱庄将被洗劫一空，最漂亮的少妇将被他掳走永不复还，最华丽的宅邸将被他付之一炬。

南明人三个月一次的噩梦，终于在今晚降临了。

"停。"

一个少年的声音响起，在南明城的黑夜中显得异常尖锐。段刀本想不管他，径直放马冲过去把拦路者踩倒了事，可他已经有很久没遇到过敢于阻拦他的人了，忽然对那少年产生了某种兴趣。段刀勒住了缰绳，大黑马极不情愿地停了下来，使劲儿地用马蹄敲打几下地面。

段刀慵懒地坐在马鞍上，眯起细长的眼睛看着前方。他看到了一个并不高大的人影。月光忽然从云朵中闪出，这杀气腾腾的夜晚骤然变得柔和了起来，明媚的月光使他看清了少年的脸。

"小朋友，请让开。"

"不。"

"再说一遍，请让开。"

段刀提起了长刀，刀尖上，黑子的血还没有干，缓缓地滴落到地上。月光下，他的刀锋隐隐地闪着青光，在黑夜里耀眼夺目。

"不。"

少年依旧平静地回答。

起风了。

段刀摇了摇头，他的目光里流露出一丝惋惜，他甚至还对少年的勇气有几分钦佩，可惜，此刻在段刀的眼中，少年已经是死人了。

段刀的双腿向里用了用力，大黑马的肚子被马刺弄疼了，它喷了喷鼻子，撒开四蹄向前冲去。段刀的手中，缓缓地划过一道弧形的白色寒光。

马蹄声碎。

南明城所有的人都躲在窗边倾听。

月光竟如此明媚。

少年冷峻的脸在段刀的眼中越来越清晰。

长刀的寒光挟着一股冷风，对准了少年的脖子，段刀确信，没人能逃过这一击。

最后一瞬，段刀终于看到少年从背囊里拔出了剑。可惜，段刀最终没能看清楚那把藏在少年背囊里的剑究竟是什么样子。

段刀看到的只是一道流星的轨迹。

流星划过他头顶的夜空，这是段刀一生中所见到的最美的流星，他不禁为之轻声赞叹。

他知道流星就是少年手中的剑。

流星只能存在一瞬。当流星消逝的时候，段刀忽然感到喉咙口有些凉，一股寒风钻进了自己的脖子。少年依旧站在他面前，面无表情，剑已经回到了少年背囊之中。

大黑马停了下来。

段刀脑子里晃过了许多个念头，他忽然想起了自己的少年时光。于是他抬起头，看到了那轮美丽无比的月亮。

然后，段刀什么也看不见了。

他从大黑马上栽了下去，一只脚还挂在马蹬上，硕长的身体就这么倒吊在马上。

长刀依然紧紧握在段刀手中。

大黑马终于明白了，它仰天悲嘶了一声，这长嘶让整个南明城为之一颤，然后掉转马头，向城门狂奔而去。段刀的尸体依旧被吊在马蹬上，他的眼睛还睁着，大黑马拖着段刀一起远去，其实段刀并没有流多少血，动脉也没有被伤到，只是气管被剑切断了。很快，大黑马连同段刀的尸体一起消失了，从此没人再见到过段刀。

总捕头铁案正藏在几十尺开外的一间屋顶上，看到了刚才发生的一切。

没错，那个少年正是叶萧。

十

叶萧穿过几道复杂如迷宫般的回廊，来到了南明王府的中厅，按照一个老宦官的关照，他跪在王府官殿的台阶前。玉阶上的积雪还没扫净，雪水透过叶萧的裤子渗入膝盖。他依然跪着，双目直视前方，开阔的中厅金碧辉煌，但空无一人。

王府里的许多地方都有漏壶，这些漏壶时而结冰，时而滴水，现在，他听到了滴水声。叶萧看不懂刻漏所标志的时间，他只知道自己已跪了许久。

但他还是这样跪着，像尊雕塑，直到南明王朱由林出现在中厅里。

叶萧看到朱由林缓缓地坐到宝座上挥了挥手，老宦官轻声对叶萧说："王爷召你快进去呢。"

他站起来，刚要往里走，耳边响起了老宦官尖利的声音——"把身上的家伙拿下来。"

叶萧一怔，注视着老宦官那张松弛的脸，片刻之后，他屈服了，缓缓地从背后抽出了剑，连同剑鞘。叶萧端着这把看上去普通无比的剑，轻轻地交到老宦官手中，然后走进中厅的殿堂。

他缓缓地走到距朱由林一丈开外的地方，刚要下跪行礼，朱由林轻声道："免了。"

"谢王爷。"

"铁案已经把你的事说给我听了。悍匪段刀横行南七省十余年，作恶无数，杀人如麻，官府以及本藩屡次抓捕，均未成功，没想到在昨晚，你只用了一剑就把段刀绳之以法了，真是自古英雄出少年。你叫叶萧是不是？"

"是。"

"我能不能看一看你杀死段刀的那把剑？"

"当然。"

朱由林点点头，站起身来，向老宦官做了个手势。老宦官立刻端着叶萧的剑走了进来，把剑交到主人手中。朱由林仔细地看着这把剑，这是他所见过的最普通的剑，王府里藏着上百把各种各样的剑，最差劲儿的那把也要比叶萧的剑昂贵数百倍。朱由林握住了剑柄，这剑柄不过是用一些破布条缠绕着而已，但剑鞘似乎比一般的剑更紧一些。朱由林深吸了一口气，拔出了剑。

"难以置信，这样一把平常的剑居然能取了段刀的性命。"朱由林自言自语。

忽然，他握剑的手腕轻轻一翻，随手挽了个剑花，虽然是随手一舞，但叶萧仍能感到朱由林手中剑气逼人。但叶萧没有想到，朱由林的手腕往前那么轻轻一送，剑锋已经对准了他的咽喉。

剑尖闪过一道青光。

叶萧的眼里也有一丝剑光闪耀。

偌大的宫殿里鸦雀无声。

两个人，沉默了许久，忽然，朱由林的嘴角微微一撇，露出一丝笑意。

"不倚剑，不畏剑，你果然是天生就善于使剑的人。"

"王爷过奖了，原来王爷也是剑道中人。"

"叶萧，从今天起，你就是南明王府一等带剑侍卫。"

朱由林说完，还剑入鞘，把剑交还到叶萧手中。

"遵命。"

忽然，朱由林转过身去看着刻漏，淡淡地说："漏壶里的水又结冰了。"

十一

王府里的老宦官说，南明城最高的地方是报恩寺的舍利塔。

现在，叶萧正站在报恩寺山门外仰望这座高高在上的七层宝塔，冬日的阳光洒在宝塔金色的葫芦顶上。随着进香的人流，他走进报恩寺，避开人多的地方，溜进一扇小门里。四周一片寂静，院墙几乎快塌了，小鸟在园中的残雪间觅食。叶萧抬起头，那座高塔就在眼前。

走进宝塔，阴冷的气息传来，塔里一片黑暗，看不清底层的佛龛里供奉着什么。叶萧走上木梯，脚下的木板立刻吱吱哑哑地叫了起来。右手接近了背囊里藏着的剑，但终究还是没有出手，隐藏在黑暗中的不过是些昼伏夜出的蝙蝠。塔是八面的，每一面都开着门，外面有栏杆，飞檐下挂着玲铛，在寒风中发出清脆的金属声，他忽然觉得这铃声有些像阿青说话的声音。他向上走去，一直走到最高的第七层。

这里非常狭窄，就连门窗也缩小了，寒风透过小窗户吹进来。叶萧走到木栏边眺望，从这里可以看到整个南明城，这也是他为什么要询问哪里是南明城制高点的原因。

可是，叶萧怎么也看不清南明城。

他看不清并不是因为太过遥远，也不是因为视力不济，相反，他可以从七层宝塔的顶上看到阿青住的那间古庙上残破的瓦片，可以看到世袭南明郡王府门口的石狮子，可以看到十几条街外一个踏雪怀春的少女在等她的情人幽会。可是，他就是看不清整个南明城，无论面向哪一个方向，他所看到的终究只是南明城的一部分而已。

站在这么高的地方向下眺望，叶萧忽然有些目眩，仿佛使他高高地飘了起来，在空中舞着剑。

"欢迎你来到舍利塔。"

忽然，一个浑厚有力的声音在叶萧的背后响起。叶萧的右手立刻伸到了背后，迅速地转过身来，但他没有出剑，他见到的只是一个身穿黄色僧衣的和尚。

"你是谁？"

"贫僧法号三空。"

"请问三空法师，你可曾听说过王七？"

"王七？似乎，是有过这么一个人，问他干什么？"

"王七现在何处？"

"听说他已经去了遥远的西洋，一个叫佛朗机国的地方。"

"有人说王七已经死了。"

"不，王七绝对没有死。"

"他还活着？"

"出家人不打诳语，怎会骗你？"

叶萧点了点头，他把目光从眼前这个中年僧人的脸上移开，又把目光投向了脚下的南明城，他缓缓地问道——"法师，我为何总也看不清这座城池？"

三空平静地说："你看，你脚下这座城市，其实就是一个巨大的迷宫，谁也无法窥尽其全貌，正如大千世界。"

"谢谢法师，我明白了。"

叶萧继续看着眼前永远都无法看清的城池，一阵风掠过他的额头。

"呵呵，又下雪了。"

三空轻轻地说了一声。

果然，天空中开始飘起了细小的雪花。

十二

破庙外，风雪又开始肆虐了，这是阿青十几年来经历过的最冷的冬天，也许今晚又要有流浪汉和乞丐冻死了。一个人坐在篝火边，火光下孤独的影子摇动着，阿青只能依靠自己取暖，双手交错抱着肩膀，两腿盘在胸前，全身蜷缩着。阿青想叶萧现在一定穿上了新衣服，住在有火盆的房间里，有一张大床和一副棉被。可她感到自己的后背还残留着叶萧胸膛的体温，和他那双手的力度。

一阵风呼啸着吹进来，篝火熄灭了。阿青想把火重新点起来，可怎么也做不到。她只能站起来不断地跳动，让自己的身体热起来。

就算冻死在外面也比死在庙里强。她裹上了所有能够裹上的东西，还披了一张大帏幔，走出了破庙。黑夜里的雪打在脸上，她一个脚趾头露在草鞋外，冻得硬邦邦的。

她走进一条小巷，忽然看到前方有一线昏黄的光亮，像是鬼火。

那是一个灯笼，一个人正提着灯笼向这边走来。

忽然，她听到了一种奇怪的声音，就像是某个将要死去的人在喉咙口吞咽自己的浓痰。

阿青的眼睛变得格外明亮。

一个影子掠过阿青的眼前，拦住了那个提着灯笼的人。

寒光掠过雪夜。

提着灯笼的人定住了，然后，缓缓地倒在了雪地里。

漫天风雪中，阿青看到那个黑色的影子忽然转过脸来，落在地上的灯笼发出柔和的光线，照亮了那张脸。

她睁大着眼睛，终于看清楚了。

十三

一阵尖利的叫声划破南明城的夜空。

铁案循着声音飞奔而去，雪地里充满了脚步声和泥雪飞溅声，他明白自己不再年轻了，不再是二十年前那个令所有毛贼或大盗胆寒的铁捕头了。他紧紧地抓住腰间的刀柄，渴望一场雪夜中的格斗，尽管他明白自己也许并不是那个人的对手。

转进小巷，铁案隐隐看到前头一点昏黄的亮光，他咬了咬牙向那光线冲去，他的刀已经缓缓出鞘了。他几乎已经看见那个影子了，模模糊糊，在亮光里摇晃。铁案很想大喝一声，就像年轻时那样报出自己的名号吓破那些江洋大盗们的贼胆，可他终究还是没有喊出来，他想，应该用自己手中的刀来说话。

忽然，他撞到了一个软软的东西，一股热气涌到他脸上。他挥起了刀，却产生了一种隐隐的感觉，于是他收住刀锋，伸手握住那人的手臂。

在黑暗里，一双明亮的目光在铁案的眼前闪烁着，这是阿青的眼睛。

看到这目光，铁案就知道肯定不是这个人。目光往前一扫，小巷里已不见其他人影了，他不愿再去追赶，在漆黑的夜里追，反而会徒送自己的性命。铁案把阿青向前推了几步，直到那线微光照亮她的脸。

那张脸又小又脏，小巧的鼻子冻得通红，嘴里的热气全呵到了他脸上。只是那双眼睛大得让人吃惊，铁案发现一些奇怪的东西在那双瞳仁里跳动着。

他忽然有些发愣，那双眼睛里包含的东西，竟是他曾经熟悉过的。铁案抓住她的手渐渐松了。那只躲在破棉袄里的手臂刚要抽出来，又立刻被抓紧了，力道几乎渗进了她骨头。

她又尖叫了一声。

铁案用浑厚的嗓音说——"你看见了，是吗？你看见那个人了。"

阿青不回答，眼神惊恐万分，她的目光移到了地下。

铁案看到了地上的死人。

借着微弱的光线查看了一下死者的伤口，没错，还是一道细细的剑伤口子，在咽喉处，长两寸一分，深一寸二分，准确地切断了气管。死者身上还是热的，刚刚断气。

雪花渐渐地覆盖住了死者的脸，铁案再也看不清楚了。

奇怪的是，死者居然没有头发。

他抬起头，重新看着阿青。铁案明白，阿青什么都看到了。

忽然，一些雪花模糊了他的视线。

十四

一层薄冰覆盖着花园里的池塘，细小的雪花在如同一面铜镜般的冰面上飘舞着。

"看，梅花开了。"

南明王朱由林坐在一张石椅上，对护卫在身边的叶萧说。一树梅花孤独地开放在池塘边的假山下，红色的花骨朵点缀着白雪笼罩的背景，淡淡的花香自花蕊里飘散出来，缓缓地飘到亭子里的石桌上，飘到桌上的一小杯酒中。酒刚刚温好，趁着冬雪里酒水的温度，朱由林端起酒杯送到唇边，他又嗅到了那股淡淡的梅花香味。然后，一口温热的酒，连同梅花香，顺着咽喉进入了体内。

酒滋润着朱由林的愁肠，他缓缓地吐出一口气，消逝在风雪中。

"昨晚，报恩寺的三空和尚死了。"

"三空？"叶萧的眼前忽然浮现起了那座高高的舍利塔，塔顶一个僧人正静静地看着他。

叶萧并不知道，三空曾经是南明城最富有的人，出家前的名字叫马四，世代从事钱庄业，八家分店遍布全城，城里所有的银票都要到他的钱庄里兑换，只此一家，别无分店。许多商家和百姓缺钱时只能向马四借钱，而他放出去的全都是利滚利的高利贷，许多人因为还不出利息，只能卖房子卖老婆还债，甚至为此而家破人亡。几年前马四不知为何出家为僧了，每天晚上提着灯笼在城里转悠，据说是在给死在外面的孤魂野鬼们超度。

朱由林以平静的语气对叶萧叙述着："这桩凶案的作案手法与前几次一样，也许，那个人比段刀更加可怕。不过，昨晚有人在现场目睹了凶案的发生，而且还看清了凶犯的真面目。叶萧，你猜那个人会是谁？"

叶萧茫然地摇摇头。

朱由林看着叶萧的眼睛，那眼睛里似乎有一层薄雾正在漂浮。叶萧忽然说话了："王爷，依您看，那个人下一个目标又会是谁？"

朱由林停顿了片刻，他的目光又落在了孤独的梅树上，慢慢地吐出了一个字——"我。"

"王爷你说是谁？"

"叶萧，你没有听错，我猜，那个人下一个目标就是我。"

"在下将尽全力保护王爷。"

朱由林淡淡地一笑，他又给自己倒了一杯酒，缓缓地端起荡漾着微波的酒杯。许久，他才把这杯酒喝下。

"酒已经冷了。"朱由林摇了摇头问，"叶萧，如果你碰到了那个要杀我的人，你们都用剑，你说究竟是谁胜谁负？"

"心外无剑。"

"什么？"

"王爷，在下说心外无剑，与其说是比剑，不如说是比心。"

朱由林微微点了点头，"你说得好，世上本没有什么剑客，有的只是剑客之心。"

忽然，朱由林把右手的中指和食指并拢，另三指蜷在一起，直指正前方的那树梅花，就像拿着一把剑，然后缓缓地说——大丈夫何患无剑。

话音刚落，一丈开外的那树梅花上所有的花瓣竟都飘飘洒洒地落了下来，那些红色小花瓣随着白色雪花一同坠落，撒在池塘的冰面上，乍看上去，仿佛是几滩殷红的血迹。

雪花飘飘，朱由林会意地笑了笑，然后又给自己倒了杯酒。

十五

阿青做了一个奇怪的梦。

当她从梦里解脱出来时，发现自己正躺在一张柔软的大床上。这是阿青十几年来头一回睡在真正的床上。身上盖的也不是那条破棉袄，而是丝绸被子和波斯进贡的毛毯。她看到自己正睡在一副暖帐中，身上穿着一件丝绸亵衣和蝉翼纱袍，柔软舒适地贴在皮肤上。她又摸了摸了头上，也不再是那蓬乱糟糟的头发了，而是柔顺地披散在肩头，她有些不敢相信，似乎手里抚摸着的是别人的头发。

阿青终于又成为一个女孩了，她抱着自己的双肩，轻声问自己是不是还在做梦？

不是梦。

她撩开了轻纱暖帐，闻到一股奇怪的香味，又是一阵暖意涌来，原来床下还放着火盆，炭火正微微地燃烧着，使这房间仿佛回到了春天。床的正面有一个折叠屏风，绣着梅花的图案。房里还有许多家具，挂着一些她看不懂的字画。

忽然，屏风后面出现了一个人影，阿青紧张地抓着紫檀木的床沿，胸中小鹿砰砰乱跳。

那个人出现在屏风前面，束着金色的头巾，飘逸的紫色长袍，腰间系着玉带，足蹬一双软靴。他看到阿青正坐在床上，微微一惊，然后又淡淡地笑了笑。

"你终于醒了。"世袭南明郡王朱由林以他那柔和的声音对阿青说。

阿青茫然地看着他问："你是谁？"

"我是你的主人。"

"主人？"阿青还是摇着头，"这里是什么地方？"

"这里是天堂。"

忽然，阿青又低下头看了看自己身上的衣服，柔软的丝绸衬托出了几乎被她遗忘的女儿身形，"你怎么知道我是个女孩？所有的人都把我当做男孩子的。"

朱由林坐到她身边说："我是从你的眼睛里看出来的，我相信自己的眼力。你在杀人现场被铁案抓住以后，他把你带回衙门审问，可你却一个字都说不出，为什么？"

阿青忽然闻到身边有一股熏香味，她贪婪地吸了一口，"我忘了，当时我被吓坏了，我只记得那条黑暗中的小巷，但却忘记了那个人的脸，我也不记得有人审问过我，总之，我被抓住以后的事全忘了。"

"我明白了，你是惊吓过度，暂时失去了一段记忆。听我说，今天早上我也去了铁案的衙门，当我一看到你的眼睛，就知道你是个女孩子，对，这是女孩才有的眼睛。于是，我把你从铁案手中要了出来，将你带到王府里，让丫头给你换掉所有的衣服，给你洗了澡，梳妆打扮，让你重新变回了一个女孩子，你高兴吗？"

"我，我不知道。"

朱由林淡淡地吐了口气，"你叫什么名字？"

"我叫阿青。"

"姓什么？"

"我不知道，我不知道我的爸爸妈妈是谁，我很小很小的时候就被扔到破庙门口，被一个老乞丐收养了。"忽然，阿青的嘴唇有些颤抖了，她的眼睛里飘起了一层薄雾，那个可怕的记忆又模模糊糊地浮现起来了——"不，我还记得一些，我爸爸用一把刀砍到了我妈妈的身上，她的头被砍下来滚到我身边。我躺在床上哭着，满眼全是她的血，是血……"

"别害怕。"朱由林搂住了她的肩膀。

阿青的眼睛里充满了恐惧，她盯着朱由林说，"这就是我的第一次记事。"

朱由林沉默了，他叹了口气，将手从阿青的肩膀移到了脸上，轻轻地抚摸着，然后又向下滑去，经过阿青细嫩的脖子，手指在她脖子上停顿了很久，再往下，朱由林摸到了一块玉佩，冰凉的玉有着与他的手指相同的温度。他没有用眼睛看，但能摸出玉上雕刻着两个字——小枝。

"玉上刻着'小枝'。"朱由林在阿青的耳边说。

"原来那两字念'小枝'。虽然从小就戴着，但我到现在还不认识那两个字。老乞丐说，从在破庙门口捡到我的那天起，我身上就一直戴着这块玉佩，这大概是我从娘胎里带出来的，如果离开它，我就会没命了。"

朱由林不再说话了，他轻轻地抚摸那块玉佩，眼眶忽然有些湿润了。

他点了点头，缓缓走出了这个房间。

细雪依旧无休无止地飘落，一滴泪水落在他脚下的雪中。

十六

小雪初晴。

雪终于停了，阳光照射在雪地里，给人一股暖意。池塘上的薄冰有一半融化了，露出的池水微微荡漾，与残存的薄冰互相交错。那棵梅树仍独自站在池边，顾影自怜，几朵花瓣在树下的泥土中缓缓腐烂。

叶萧独自一人走过池塘边，似乎又见到了南明王朱由林喝酒的样子，还有朱由林那两根似乎有魔力的手指。他已在王府当差好几天了，但仍然不知道王府究竟有多大，他所走过的地方，永远都只是王府中的一个小角落。叶萧终于明白了，踏入这座王府，不过是走进南明城这座巨大迷宫里的又一座迷宫而已。

踏着一地残雪，绕过池塘，叶萧走进一道长廊。转过好几进院落，寂静无声，仿佛所有人都睡着了，只有那香味带着他前行。最后，他看到了一个虚掩的小月门，轻轻推开，那股味道又扑面而来，他知道这里就是诱惑的源头。

走进房间，一副绣着梅花的折叠屏风阻拦在他面前。绕过屏风，叶萧看见了一个女孩。

她看上去大概十七八岁的年纪，梳着简单的发型，穿着一身红色丝绸的小袄，外面还披着一件裘皮袍子。她的肤色白皙而干净，脸庞小小的，五官也很小巧，只是眼睛睁得很大，看着叶萧，一阵惊讶的样子。

"对不起。"

叶萧低着头，迅速地退出了这个房间。他跑出小院的月门，重新把门关好，然后又钻进了迷宫般的回廊中。

他忽然觉得那个女孩有些面熟。

十七

"小兄弟,恭喜你现在是王爷身边的红人了。"

"谢铁捕头,叶萧今天的一切都是因为铁捕头的举荐。"

"可是,你只用一剑就杀死了段刀,这功夫我也做不到。我老了,不比当年,你还年轻,前途无量。小兄弟,我们没有找到段刀的尸体,无从验看他的尸首,不过我估计你那一剑,一定正好割断了段刀的气管,使其断气而死。"

"铁捕头是如何知道的?"

铁案看着叶萧,笑而不答,他觉得眼前这少年不过是一个插曲而已,少年那眼神和话语都向他表明了这个判断。

叶萧缓缓地问:"铁捕头,你的那桩连环凶杀案还未有头绪吗?"

"查到过一个目击证人,可是那证人却被王爷要走了。"

"哦,王爷说那个凶手最后的目标就是他,所以他要我在他身边保卫他。"

"王爷需要别人保护吗?"

铁案忽然大声地笑了起来,虽然好汉不及当年勇猛,但他的中气依然十足,厅堂里到处都有回音缭绕。铁案不想再在这些无聊的问题上纠缠,他反问叶萧:"请问小兄弟为什么到南明城来?"

"来找一个人。"

"谁?"

"王七。"

沉默,长久的沉默,听到这个名字以后,铁案就一言不发了,目光也忽然凝固了起来,他的视线越过叶萧的眼睛,落在了一个虚无缥缈的地方。

过了许久,铁案才回过神来,他淡淡地说了一句——"送客。"

叶萧不懂铁案究竟在想些什么,但还是老老实实地离开了这里。

窗外夜幕降临,所有的人都走了,只剩下铁案一个人还形单影只地坐在厅堂中。烛火点着,红色的烛光照射着他的脸,把额头的皱纹都显露了出来。铁案的影子在他的身后越拉越长,他的嘴里喃喃地自语地念着一个名字——王七。

铁案又想起了十多年前那个大雪之夜,他踏着雪从京城回到了南明。为将一个杀人如麻的逃犯捉拿归案,铁案已经在外追捕了五年,五年里他一次都没回过南明城。他走遍了天南地北，从江洋湖海到深山老林，好几次都险些葬送了性命，终于在京城抓住了逃犯，将其交予刑部衙门法办。他欢天喜地地回到了南明城，那夜的大雪他永远都记得清清楚楚，好像就是专门为他准备的。铁案没有回衙门，直接回家去了，因为他知道自己的妻子已经独守空房等了他五年。回到家里，他重又见到了久别的妻子，他的妻子很美，大大的眼睛里总是荡漾着忧郁。但妻子并非如他想象中那样欢天喜地，说话显得吞吞吐吐的。铁案非常奇怪，他是那么爱他的妻子，他不愿相信某些事情在他家中发生。他冲进卧室，发现了一个大约三四岁的小女孩，胸口挂着一个雕着"小枝"字样的玉佩。可铁案出门已经有五年了，中间从未回过家，这三四岁大的孩子绝不可能是自己的骨肉。他愤怒了，他不敢想象，自己深爱着的妻子会趁着丈夫在外头为了公事出生入死常年不归而做出肮脏的事情来。他抱起这孩子，孩子的哭声刺激着他的神经，他问妻子这是谁的孩子。妻子哭了，泪水像珍珠一样挂在美丽的脸颊上，妻子没有撒谎，老老实实地说这是她生的孩子。铁案似乎被重击了一下，他几乎崩溃了，狂怒地问她，那个野男人是谁？妻子起初不敢说，但最后还是说出了一个名字——王七。铁案没听说过王七这个人，但他确信，这个叫王七的人在他外出的五年里和他妻子干下了最肮脏的事情，而小女孩就是这肮脏的结果。铁案看着妻子，脑海里似乎浮现起了那件事，他不愿意再想下去了，作为男人这是奇耻大辱。狂怒的铁案抽出了刀，妻子闭起眼睛说——"我对不起你，你杀了我，只是别伤害我的女儿。"铁案点了点头，然后挥刀砍下了妻子的人头。鲜血飞溅在他脸上，热热的，就像第一次遇到她时的感觉。小女孩继续在哭，铁案完成了妻子临死前的愿望，他抱走了这孩子，送到一个乞丐寄居的破庙门口，那块玉佩依旧挂在小女孩的胸前。铁案离开了这孩子，跑到衙门里向官府报告，一个叫王七的男人杀死了他的妻子。于是，王七成为了全国通缉杀人犯，直到现在。

铁案永远记得那个大雪之夜。

他终于站了起来，走到厅堂之外。雪又落下来了。

十八

漏壶里的水依然不断地滴落，"滴答"，"滴答"，余音缭绕，绵绵不绝。

叶萧推开房门，雪花落在脸上，头发被吹起又落下。他走进一条长廊，瞳孔里什么都没有,只有脚下沉重的步履。他穿梭在南明王府的深处,走过一道又一道月门与长廊,穿过一个又一个花园和池塘,绕过一栋又一栋楼阁和水榭。他拐了无数个弯,绕了无数个圈,眼前同时有许多个门,但只能从其中的一扇门走过。

雪花飘舞,沉沉夜色里,叶萧踏着雪,悄无声息地走进一道高高的门槛。那是一座巨大的宫殿,与室外寒冷的雪夜相比,显得温暖而干燥,而且,还弥漫着一股特殊的香味。叶萧被那香味俘虏了,他被香味紧紧地抓住,一直向前走去,绕过几个复杂的隔间,最后见到了一张巨大的龙床。

他拔出了身后的剑。

冰冷的剑锋直指床上安睡的那人的咽喉。

只需要轻轻地那么一下,不需要太大的力量,恰到好处。

但剑锋似乎是凝固住了,停留在距离咽喉二寸远的地方,纹丝不动,仿佛是与叶萧的手连在一起用铜汁浇铸了起来。

"我在哪儿?"

叶萧忽然在心里对自己说。他的目光一下子清澈了起来,虽然房间里一片黑暗,但他可以看清睡在床上的人。那个人的咽喉,距离他的剑尖只有两寸,那个人就是这栋巨大王府的主人——世袭南明郡王朱由林。

"我这是在干什么?"

叶萧怔住了,他想起来,刚才他还在床上睡着,他做了一个梦,梦到自己在迷宫般的王府里不停地穿梭,直到进入这间宫殿,站在朱由林的床前,用剑指着他的咽喉。不,这不是一个梦,他发现自己真的站在朱由林的床前,自己的剑真的指着朱由林的咽喉。叶萧终于苏醒了过来——自己刚才在梦游。

他一阵发抖,剑锋从朱由林的咽喉收了回来,送回背囊里。心跳不断加剧,几乎要从嗓子眼里蹦出来,叶萧的眼前浮现出了药铺老板杨大的脸,僧人三空的脸,最后,是总捕头铁案。

叶萧不敢多想了,他越想越怕,就像掉进了冰冻的池塘里,被那些隐居的小鱼吞啮。

他悄然退出寝宫。

寝宫里依旧被那股香味所包围着,漏壶里的水又结冰了。

朱由林睁开眼睛,目光锐利地扫视着床前。

他迅速地从床上站起来，只穿着一身单衣来到寝宫门口，茫茫雪夜中，他再也见不到叶萧的影子了。

朱由林缓缓地叹了一口气，目光投向了王府的夜空。

十九

仵作的验尸房里总是弥漫着一股说不出的味道，但又不像是通常所能闻到的那种尸腐臭，而是另一种味道，纯粹只属于死亡的味道。现在，铁案就面对着这种味道。

夜已经很晚了，外面下着雪，仵作也早就收工回家了，房间里只剩下一个活人与三个死人。

一个活人，自然就是铁案，而那三个死人则一字排开，躺在地上。

第一个有着一具肥胖的身躯，那是连锁肉铺老板丁六。他已经死了十多天了，现在天寒地冻，尸体完好无损，如果是夏天，这具充满脂肪的尸体早就成为各种臭虫与尸蛆的美餐了。

第二个则浑身散发着一股特殊的药材味道，那是天香药铺的老板杨大，那只僵硬的手好像还在打着算盘。

第三个是一个光头的和尚，他是僧人三空。三空的身体显得空空荡荡的，似乎那宽敞的僧袍里包裹着的只是一团棉花，就如同外面漫天的飞雪。

他们都死了。

虽然，他们每一个人，铁案都十分讨厌。可是现在，他却有些害怕，他害怕不是因为与死尸面对，铁案一生处理过的死人成百上千，死于他刀下的盗贼也不下百人。但此刻他的害怕，是无法用语言来形容的。

铁案又一次伏下身子，重新看了一遍尸体，尽管他已经看过许多遍了。那些位于咽喉的剑伤就和这雪夜中的南明城一样，是个难解的谜。铁案想起了自己年轻时，他的师傅对他说过的话——

捕快就是解谜的人。

铁案的脑子里不断闪起这些天来发生的一切，一幅幅画面交替出现，从模糊到清晰，又从清晰回复于模糊，犬牙交错，重重叠叠，就像大雪里无数混乱的脚印，再也无法分辨清楚。

忽然，一点光线在他脑海深处亮了起来。他循着那光线而去，发现了一道大门，小心翼翼地走进去，发现自己走进了一个道路不断分岔的迷宫，他在迷宫里不断地走着，直到那个最终的秘密。

他看到了。

铁案忽然感到了一股彻骨的恐惧。于是，他伸出自己的手，摸向自己的咽喉。

二十

叶萧掸了掸身上的雪，走进仵作的验尸房。原因很简单，清晨仵作来当班的时候，发现验尸房里多了一具尸体——铁案。

叶萧依次看了看所有的尸体，丁六、杨大、三空，最后是铁案。

铁案静静地躺在地下，还是穿着一身公差的衣服，腰上带着佩刀。死去的铁案睁着眼睛，嘴唇微微张开，好像有什么话要说。咽喉处有一道细细的剑伤口子，长两寸一分，深一寸二分，刚好切断气管。

"原来他也有这一天。"叶萧自言自语地说。

忽然，叶萧的鼻子似乎受到了某种刺激，他猛吸了几口气，那股奇特的气味通过咽喉进入体内，似乎整个验尸房里都有这种气味。叶萧低下头，把脸凑到铁案身边。他确定，这味道就出在铁案身上，那是什么味道？

不，不可能。

可是，这味道却分明把叶萧引向了那个巨大的迷宫，在那富丽堂皇的迷宫里，总是弥漫着这样诱人的熏香味。在南明王府的日日夜夜里，叶萧都沉醉在这些味道中。身上总是带着这种奇特的熏香味，而且还能有这样绝妙的剑法杀死铁案的，在南明城里，只能有一个人——一个有着高贵血统的人。

叶萧的额头沁出了一些汗珠，忽然又有了一种如释重负的感觉。

他推开门，看到雪越来越大了。

二十一

"雪，何时再停呢？"

在王府当差了五十年的老宦官仰望天空，自言自语。忽然，他看到那个叫叶萧的少年走进大门，跨入迷宫般的回廊和走道。

叶萧的剑贴在后背，他能感到一丝淡淡的凉意，透过剑鞘和衣服渗入体内。这把剑是有生命的，它知道下一个对手在那里，它渴望舔噬对方咽喉中的血。现在，剑已经抑制不住了。

他能找到这座王府的主人，依靠他的鼻子。

是的，叶萧又闻到了那股熏香，在迷离的熏香指引下，他终于找到了一座隐匿在大殿后的暖阁中。

但王府的主人并不在。

暖阁中央有一个香炉，一缕悠悠的轻烟飘了出来，弥漫在房间的每一个角落里。

然而，叶萧还是感觉到朱由林的存在——他存在于这诱人的熏香气味中？

叶萧猛地吸了一口气，一缕香烟通过咽喉缓缓地沁入心脾，充满了他的血管和大脑。忽然，他感到自己有些不对劲儿了，仿佛有一只蚂蚁正在血管里缓缓地爬着，这感觉就像是喝醉了酒似的，飘飘欲仙——

他不由自主地走到了香炉跟前，把鼻子凑上去，贪婪地嗅了好一会儿。

突然，叶萧抬起头来，两眼充满着恐惧。

他终于想起了那个关于熏香的传说。

叶萧感到一阵彻骨的恐惧——香炉里有东西。

他把手伸到了香炉里面。

二十二

南明王朱由林要去的地方，是报恩寺后面的乱葬冈。

南明王朱由林要去看的人，是埋在乱葬冈里的一个女人。

现在，他站在一座孤独的坟墓前，没有墓碑，只有墓后的一棵枯树，向天空伸展着光秃秃的枝桠。

雪渐渐覆盖了他的头发。

这座坟墓已经在这里寂寞了十七年了，躺在坟墓里的是一个曾经美丽动人的女子。

可惜，他认识她的时候，她已经是一个有夫之妇了。

她的丈夫就是南明城总捕头，大名鼎鼎的江南名捕铁案。

那是十九年前的上元节灯会，"月上柳梢头，人约黄昏后"，她终于耐不住寂寞跑了出来。她的丈夫铁案已经在外面追捕一个逃犯很久了，整整一年多没有回家来，她甚至不知道丈夫死了还是活着。

在那个花市灯如昼的夜晚，少妇蓦然回首，一个气质不凡风度翩翩的年轻男子，正在灯火阑珊处看着她。

他就是年轻的南明王朱由林。

刚刚来到南明城就藩的年轻王爷穿着一身便服，看起来像是京城来的富家公子。他早已厌倦了宫廷中的贵妇与小姐，当他第一次见到市井中如此美丽的少妇时，心底立刻荡漾了起来。朱由林微笑着走到她面前，而她则羞涩地低下了头。

此后的几个月，朱由林每晚都会悄悄地溜出王府，摸到寂寞的少妇家中，度过一段快乐时光。他甚至把随身佩戴的玉佩交给了她，在那块玉佩上雕刻着"小枝"。她问他叫什么名字，年轻的王爷很清楚自己绝不能透露身份，他想起自己排行第七，小时候总被人们叫做七王子，所以他随口编了个名字——王七。

一年以后，她为他生下了一个女儿，就按照玉佩取名为"小枝"。

然而，朱由林永远都不能承认这个小郡主，就像他永远都不敢向她透露自己的身份一样。

几年以后，她的丈夫铁案回到了南明城。

她死了。

据总捕头铁案说，他的妻子是被一个叫王七的江洋大盗所杀，他还向全国各地发出了通缉令。

至于那个叫小枝的女孩，再也找不到了。

朱由林始终都没从这痛苦中摆脱出来，十几年过去了，他以为自己的生命就要消逝在这迷宫般的王府中。然而几年前，西洋国小酋长向他进贡了一个妖媚的女子，他立刻就被这女子吸引住了，因为她身上散发着一股特别的熏香味。于是，朱由林将她封为惠妃。

惠妃说这味道是西洋国一种花朵的种子，放在香炉里熏烤，就会连绵不断地发出诱人的异香。因为这摄人心魄的香味，使朱由林陷入了对惠妃的痴迷之中。然而，他渐渐地感到了这熏香的可怕，他时常在香气弥漫的宫殿中陷入幻觉，似乎有某个人要夺去他的性命。他常常在深夜中醒来，却发现自己并不是躺在龙床上，而是一身劲装地站在王府外的街道上，手中握着一把宝剑。

一年前的夜晚，当朱由林从地上醒来时，却发现自己深爱的惠妃已经变成了一具尸体,她的喉咙口多了一道伤口。那道伤口来自一把锋利的宝剑,而这把宝剑正握在他自己手中。朱由林不敢相信自己的眼睛,他恐惧万分,痛不欲生,这一切都是惠妃带来的熏香造成的,是这可怕的香味使他在黑夜里变得疯狂,嗜血成性,竟然杀死了自己深爱的女子。

在埋葬了惠妃以后,朱由林才知道了这种熏香的名字——断魂草香。

虽然,他明知这种熏香的可怕,但却已染上了毒瘾,再也离不开断魂草香了。一年多来,每夜他都会把这些小小的种子投入香炉,贪婪地呼吸着这令人疯狂的香味,使之充满他的肺叶和血管……

不——朱由林深深地吸了一口气,从回忆的噩梦中醒了过来,额头已经布满了冷汗。

他又重新看了坟墓一眼,对埋在墓里的女人说:"现在,我们的孩子已经找到了,她活得好好的,长得很像你。"

他摇了摇头,在坟上点了一柱香,在乱葬冈的风雪中,香很快就燃到了尽头。

二十三

雪夜。

夜色朦胧,叶萧眼中那些回廊、月门、亭台楼阁,忽然都变得像盆景一样,被雪花覆盖了起来,似乎只要一伸手,就能全部抓住。

他已经等待了整整一天,直到一个老宦官颤颤巍巍地走过来,告诉他王爷已经回来了。

叶萧深呼吸了一口气。在转过了无数个走道之后,他走进了那个小花园,花园中心的池塘上重新结了一层薄冰,那树梅花还孤独地立在池边。

池边的小亭子里,朱由林正在独自品着酒。

叶萧缓缓地向他靠近,雪地上留下他长长的脚印。

"你来了,叶萧。"

"是的。"

"过来,喝一杯酒。"

"谢王爷。"

叶萧走到朱由林的身边,他又闻到了朱由林身上那股熏香味。

在亭子里的石桌上,放着一盏小小的香炉,一缕轻烟正从炉里飘然而出。

他刚要拿起酒壶给自己倒酒，却听到朱由林的声音，"不，我给你倒。"

朱由林拿起了酒壶，给他斟了一杯酒。

叶萧端起酒杯，忽然感到自己的手微微发抖。酒刚刚被温过，还冒着一股热气，酒杯里漾起了一些微波。他用眼角余光注意到朱由林正在看着他的表情。

雪大了。

朱由林微微一笑，"叶萧，原来你不胜酒力，那就算了。"

一粒雪片落到了酒杯里，再缓缓地融化。

叶萧终于把这杯酒喝了下去，一股香醇温热的液体流进了他的喉咙，很快，他的胃里开始热了起来。

"好酒，谢王爷恩典。"

"不错，这酒是王府里特酿的。叶萧，你看在这大雪之夜，如果能够独自饮酒赏雪，再吟上几句诗，实在是人生之一大美事。"

叶萧看了看亭外的雪和被雪所覆盖的假山和池塘，各自都呈现出奇特的形状。他轻声地说："王爷，昨天晚上，铁捕头死了。"

"铁案的气管被剑割断了吧？"

"是的，我在铁案的身上，还闻到了一种气味。"

朱由林的眉头一扬，却没有回答。

叶萧继续说，"这种香味只有在王府中才能闻到，特别是王爷您的身上。"

"你怀疑我？"

叶萧从怀中掏出了一些植物种子说："王爷，今天我在大殿的香炉里发现了这些东西，我曾听说这种西洋国的断魂草香能使人上瘾，让人变得疯狂而嗜血。"

朱由林的嘴角微微颤抖，"很好，叶萧，我知道你总有一天会发现我的秘密的。是的，在这个世界上，我唯一能够相信的，就是这断魂草香。在深夜闻到这熏香后，我就变成了另一个人——一个名叫王七的剑客。是在，在夜里我就是王七，天下第一的剑客，所有著名的剑客都将败于我剑下，所有无耻的小人也将死于我剑下。"

叶萧冷冷地盯着朱由林说："半年前，江湖上出现了一个叫王七的剑客，传说他来自南明城，他与十七位最负胜名的剑客比剑，并一一打败了他们。所有的失败者无一例外都是咽喉被剑割断而死，就和现在丁六、杨大、三空、铁案他们咽喉上的伤口一样。”

“没错，王七就是我，大明朝的七王子南明王。”朱由林微笑着说。

“你杀了那些剑客，是你们相互比剑的结果，惟其如此才能证明你是天下第一剑客。那你又为何要杀了丁六、杨大、三空、铁案他们呢？”

亭子里熏香缭绕，朱由林贪婪地深呼吸了一口说：“这诱人的熏香告诉我，王七的使命就是杀人，让鲜血洗净我的宝剑，没人能抗拒这熏香。可是，王七是天下第一的剑客，是顶天立地的英雄，绝不是滥杀无辜的凶徒。王七已经犯下了一次大错，误杀了深爱的惠妃，绝不能再犯第二次。王七要杀的人，是那些恶贯满盈、死有余辜的恶人。苍天有眼，绝不会让这些人多活一天，王七只不过是代替苍天提前惩罚了他们。我已经列出了一张死亡名单，南明城中所有作恶多端之人都将死于王七剑下，卖注水猪肉欺男霸女的丁六，卖假药害人性命的杨大，放高利贷弄得人家破人亡的三空，还有杀害了我生命中最爱的女子的铁案，你不觉得这些人早就该死了吗？而他们仅仅只是名单的开始，后面还将会有更多的恶人得到报应。”

听到这里，叶萧已经全都明白了，他的手悄悄地伸向了背囊里的剑柄，但现在又停了下来，手心里全都是冷汗。看着气度非凡的朱由林滔滔不绝地说出了一长串话，叶萧突然有些疑惑了，眼前这位为南明城斩奸除恶的王爷究竟是人还是魔？

朱由林冷冷地看着他，终于说话了，“叶萧，我知道你为什么来南明。”

“为什么？”

“你来找王七，和他比剑，打败他。”

叶萧握着剑柄的手又紧了起来。

沉默，大约半柱香的工夫。

石桌上的小香炉继续飘出轻烟，无孔不入的熏香，如女子的发丝般直涌入叶萧的鼻孔。他拼命地要屏住呼吸，但却无能为力，这诱人的气体已经充满了他的肺叶和血管。

叶萧的耳根渐渐发红了，眼睛里布满了血丝，他看了一眼朱由林，发现南明王爷的脸色也变得血红血红，仿佛变成了另一个人。

王七就在眼前。

突然，朱由林说话了，“你知道吗？我从你的眼睛里可以看出，熏香已经完全渗透进你的血液了，你已别无选择，今夜，我们两个人的剑，必然会有一把染上对方的血。"

叶萧的嘴唇微微颤抖，他已经感受到了，杀气正降临自己的咽喉。

依然，沉默。

朱由林在等待叶萧的回答，直到叶萧缓缓地抽出了背囊里的剑。

黑夜里，那把普通的铁剑发出冷冷寒光。

朱由林点了点头，对叶萧微笑了一下。忽然，朱由林的手里也出现了一把剑。

两个人的剑互相指着对方。

停顿。

一粒雪，缓缓地飘落在叶萧的剑尖上。他在等待，他在等待什么？

朱由林终于出剑了。

一道闪电划过黑夜里的亭子。没有雷鸣，只有飞雪。

叶萧的手有些僵硬，他的剑一挥，格开了朱由林的剑，一点金属碰撞的火花在他的眼前飞溅而起。

熏香弥漫。

又是一剑贴着叶萧的剑身过来，这一剑直指他的咽喉。

目标是气管。

不——叶萧暗吼了一声，身体猛地后仰，那一剑在距他咽喉两寸开外划过，他的脖子能清楚地感到一股逼人的剑风。一滴汗珠从叶萧额头渗出来，但他立刻反攻了一剑。朱由林极其轻巧地躲过了这一击，然后手腕一变化，他的剑无声无息地划破了叶萧的左肩。

血丝渗出了叶萧肩头的衣服。第二剑接踵而至，目标是叶萧的眉心。

叶萧躲不过了，他几乎闭上了眼睛，等待着死亡的那一刻。

忽然，一阵奇异的风卷着雪花掠过，一下子吹倒了石桌上那盏小香炉，香炉里的火星和熏香灰全都被撒了出来，它们在风雪的挟持下，像发疯了似地吹向朱由林的脸，一瞬间，那些熏香灰模糊了他的双眼，朱由林几乎什么都看不到了，于是，这一剑刺空了。

而叶萧的脸正好背对风向，当他重又睁开眼睛时，发现自己还活着。

风雪救了他。

今夜，注定不属于朱由林。

叶萧重新举起了剑，而朱由林的眼睛里全是火辣辣的熏香灰，刺激得他睁不开眼。

熏香，又是熏香……

叶萧的剑指着南明王朱由林的咽喉，突然如雕塑般定住了——

他该不该死？是杀，还是不杀？

熏香灰渐渐地散到了空中，几点香炉里撒出的火星飘舞起来，又迅速地消逝于雪中。

朱由林还是睁不开眼睛，只能仰天长叹一声，天意，天意如此。

叶萧的剑尖有些颤抖。

朱由林冷冷地催促道："你还等什么呢？酒都快凉了！"

酒都快凉了？

叶萧终于点了点头，手中的利剑，瞬间划破了朱由林的咽喉。

朱由林的气管被割断了。

叶萧将自己的剑送回到背囊中。

熏香渐渐散去了，朱由林终于睁开了眼睛，似乎要向他说什么话。片刻之后，朱由林从小亭的栏杆边摔了下去，倒在池塘的冰面上。冰面无法承受他的体重，裂了开来，冰凉的水冒着白气涌动着，朱由林缓缓地沉到了池塘的水底。

世袭南明郡王朱由林死了。

叶萧明白，并不是自己的剑杀死了对手，而是风雪和熏香杀死了朱由林。

不管是贱民，还是藩王，在大雪面前，都是平等的。

池塘上的冰面，又开始缓缓合拢了。

叶萧转过身，把酒壶打开尝了尝，酒还没有凉。于是，他仰起脖子把这壶温酒全都喝光了。

好酒，果然是好酒。·

尾 声

不知过了多少年，又是一个南明城的雪夜。

阿青蜷缩在破庙里，裹着件破烂不堪的棉袄，披散着肮脏的头发，浑身散发着臭味。今夜实在是太冷了，她担心自己会不会被冻死在这破庙里，外面的风雪呼呼地卷过，她忽然想起了什么，从怀中掏出一块玉佩。她摸着玉佩上的字，曾经有一个人告诉她，这两个字念"小枝"。只是，她还不知道这两个字本来也是她的名字。

于是，她又想起了那个人，束着金色的头巾，飘逸的紫色长袍，腰间系着玉带，足蹬一双软靴，双眼盯着她就好像发现了一块美玉。

瞬间，阿青全都想起来了。多年前那个风雪之夜，一个叫叶萧的带剑少年，徐徐向她走来，他们蜷缩在这座破庙中，围绕着篝火互相以身体取暖。不知发生了什么，她一夜之间从街头的小乞丐变成了宫廷中的小郡主，在梦一般的宫殿里，南明王像父亲般慈祥地看着她。最后是那场惊心动魄的决斗，她悄悄地躲在假山后面偷看，看着叶萧割断了王爷的喉咙，在那个瞬间，她自己也不知道，为什么有两行泪水潸然而下。

那天决斗结束以后，她留下来给王爷收了尸，而叶萧像幽灵一样离开了南明城，谁也不知道他去了哪里。

南明王朱由林的死惊动了当今天子，人们传说是一个叫王七的剑客杀死了王爷，但始终都没有查出这个王七的下落。

王爷死后，宦官们认定她是被王爷买来的青楼女子，于是他们把她送回了青楼，她拼命逃了出来，宁愿回到破庙做一个乞丐。或许在王府中的日日夜夜，不过是一场美丽的梦而已。

很多年过去了，阿青哪儿都没有去，就这样一直待在破庙里，等啊等啊，她等待某一个夜晚，在那茫茫的雪夜里，一个叫叶萧的少年，会英姿勃发地背着剑来她到面前。

你从哪里来？

我也不知道。

你为什么来南明？

我来找一个人。

谁？

王七。

王七是什么人？

我不知道。

你找王七干什么？

与他比剑，打败他。

蔡骏悬疑小说大事年表

（2000 年 3 月～2008 年 5 月）

2000 年

3 月，开始登陆"榕树下"网站，第一次在网络上发表短篇小说《天宝大球场的陷落》。

4 月，完成短篇小说《绑架》并投稿参加"贝塔斯曼·人民文学"新人奖大赛。

8 月，意外收到获奖通知书，并赴北京参加"贝塔斯曼·人民文学"新人奖颁奖典礼，《绑架》获得二等奖。感谢潘燕小姐、吉涵斌小姐。

12 月，《绑架》发表于《当代》杂志 12 月号。

12 月，网络爆发"女鬼病毒"，关于《病毒》的大致构思首次在蔡骏脑海中形成。

12 月 21 日，冬至前夜，第一主人公"我"登场亮相，《病毒》拉开序幕。

2001 年

1~3 月，蔡骏完成个人首部长篇小说《病毒》。

3~5 月，在榕树下网站连载《病毒》，引起网友强烈关注，成为中文互联网首部长篇"悬恐"小说。

6 月，正在创作中的一部长篇作品，因电脑病毒导致文件丢失。

9~11 月，完成个人第二部长篇小说《诅咒》，从此不再于网络首发作品，开始直接出版。

2002 年

1 月，中篇小说《飞翔》荣获第三届榕树下原创文学大奖赛小说奖。

4月，《病毒》由中国戏剧出版社出版，这是蔡骏个人首部图书，感谢张英先生的介绍，与出版界前辈严平先生。

6~8月，恰逢2002韩日世界杯期间，在看球过程中，完成了个人第三部长篇小说《猫眼》。

9月，《诅咒》由中国社会科学出版社出版。

9~11月，完成个人第四部长篇小说《神在看着你》。

11月，《猫眼》由中国电影出版社出版，感谢出版人花青老师的帮助。

2003 年

1月，《神在看着你》由中国电影出版社出版。

2~4月，完成个人第五部长篇小说《夜半笛声》，由于"非典"，本书的出版顺延了数月。

4月，出售《诅咒》电视连续剧改编权，感谢制片人张竹女士。

6月，蔡骏首部个人中短篇小说集《爱人的头颅》由中国电影出版社出版，感谢李异鸣先生的帮助。

6月，蔡骏作品的中文繁体字版首次在台湾出版，《爱人的头颅》与《天宝大球场的陷落》由台湾高谈文化出版公司出版。

6~8月，蔡骏自认为最唯美的作品，也是第六部长篇小说《幽灵客栈》创作完成。

8月，《夜半笛声》由中国电影出版社出版。

12月，有幸结识《萌芽》杂志傅星老师，并完成两万字的中篇小说《荒村》，欧阳小枝首度出场。

2004 年

2月，蔡骏应著名音乐人萨顶顶之邀，开始个人歌词创作。

3月，《幽灵客栈》由云南人民出版社出版，感谢李西闽大哥及程永新先生的帮助。

3月，中篇小说《荒村》首发于《萌芽》杂志4月号。

5~6月，完成蔡骏个人第七部长篇小说《荒村公寓》，春雨首度出场。

6月，中篇小说旧作《迷香》首发于《萌芽》杂志7月号。

9月，加入上海市作家协会。

9~10月，完成蔡骏个人第八部长篇小说《地狱的第19层》，高玄首度出场。

10月，根据《诅咒》改编的电视连续剧《魂断楼兰》开始在各地方台播出，女主角宁静，这也是蔡骏首部被搬上荧屏的作品。

10~12月，完成蔡骏个人第九部长篇小说《玛格丽特的秘密》。

11月，《地狱的第19层》上半部分首发于《萌芽》增刊。

11月，《荒村公寓》由接力出版社出版，感谢《萌芽》杂志社赵长天老师、接力出版社白冰老师，及本书责任编辑朱娟娟小姐。

2005 年

1月，《地狱的第19层》由接力出版社出版，创造国内原创同类小说单本销售纪录。

1月，《地狱的第19层》电影改编权售出。

2~4月，完成蔡骏个人第十部长篇小说《荒村归来》。

3月，《荒村公寓》电视剧改编权售出。

3~11月，《萌芽》杂志开始连载《玛格丽特的秘密》。

5月，《地狱的第19层》上半部分首发于《萌芽》增刊。

7月，《荒村归来》由接力出版社出版。

9月，《地狱的第19层》《荒村公寓》的中文繁体字版由台湾时报文化出版公司出版。

9月，申请注册"蔡骏心理悬疑小说"商标。

10月~次年3月，完成蔡骏个人第十一部长篇小说《旋转门》。

11月，《荒村》电影改编权售出，感谢张备先生的帮助。

12月，加入中国作家协会。

12月，《天机》的最初构思形成于大脑。

2006 年

1月，《玛格丽特的秘密》由接力出版社出版。

1月，"蔡骏午夜小说馆"合集《病毒》《诅咒》《猫眼》《圣婴》一套共四本书，由接力出版社出版。

1月，《地狱的第19层》荣获新浪网2005年度图书奖。

3月，俄文版《病毒》由俄罗斯36.6俱乐部出版社出版。

6月，《旋转门》上半部分首发于《萌芽》增刊。

6月，在英国伦敦实地考察小说中的地点及相关历史背景。

6月，《旋转门》由接力出版社出版。至此，由接力出版社出版的"蔡骏心理悬疑小说"销量已突破一百万册大关，创造中国原创悬疑小说畅销纪录。

6月，《荒村归来》中文繁体字版由台湾时报文化出版公司出版。

7月，根据基础翻译稿，修改润色美籍华人女作家谭恩美长篇小说《沉没之鱼》。

8月，2000年获得"贝塔斯曼·人民文学"新人奖的短篇小说《绑架》的电影改编权于六年之后售出。

8月，《幽灵客栈》中文繁体字版由台湾时报文化出版公司出版。

9月，《沉没之鱼》由北京出版社出版，原著：谭恩美，译写：蔡骏。

9月，俄文版《诅咒》由俄罗斯36.6俱乐部出版社出版。

9~11月，完成蔡骏个人第十二部长篇小说《蝴蝶公墓》的创作。

12月，根据《荒村》改编的电影《荒村客栈》在安徽开机拍摄。

12月，完成蔡骏首张个人音乐专辑《蝴蝶美人》的录制。

12月，历时一年，完成超长篇《天机》的初步构思及提纲。

2007 年

1月，《蝴蝶公墓》由作家出版社、台湾麦田出版公司在海峡两岸同步推出。同时感谢贝塔斯曼直接集团、广州滚石移动娱乐公司。感谢阮小芳小姐、赵平小姐、刘方先生、季炜铭先生。

1月，正式开始创作超长篇《天机》第一季"沉睡之城"。

2月，首次访问台北，参加台北国际书展的《蝴蝶公墓》宣传活动。

4月，创作完成《天机》第一季"沉睡之城"。

4月，受邀修改电影《荒村客栈》台词，感谢文隽老师指导。

5月，主笔悬疑杂志《悬疑志》出版上市。

8月，根据《地狱的第19层》改编的电影《第十九层空间》在全国公映，与导演黎妙雪、女主角钟欣桐、男主角谭耀文一同参加主创人员的观众见面会宣传活动。内地票房成功突破1800万，创造悬疑惊悚电影内地票房纪录。

8月，《天机》第一季"沉睡之城"由陕西师范大学出版社出版，感谢黄隽青老师。

9月，创作完成《天机》第二季"罗刹之国"。

11月，当选上海市作家协会第八届理事会理事。

11月，《天机》第二季"罗刹之国"由陕西师范大学出版社出版。

11月，因对于《天机》第二季"罗刹之国"腰封文字不满，爆发"腰封门"事件，导致加印图书腰封更换。

2008 年

1月，创作完成《天机》第三季"大空城之夜"。

1月，参加印度、尼泊尔七喜之旅，感谢贝榕文化、七喜公司。

3月，《天机》第三季"大空城之夜"由陕西师范大学出版社出版。

4月，创作完成《天机》第四季"末日审判"，至此超长篇悬疑史诗《天机》四季全部大功告成。

5月，《天机》第四季"末日审判"由陕西师范大学出版社出版。